Emely Dark studierte Literaturwissenschaften und Soziologie. Sie arbeitete als Journalistin und im Bereich Public Relations, bevor sie 2019 ihren ersten Thriller *Nachtangst – Das Wesen der Stille* veröffentlichte.

Seither ist sie als Autorin und Lektorin tätig. Das Leben als Schriftstellerin möchte sie keinen Tag missen. Denn in ihr brodelt die Faszination für die Abgründe der menschlichen Seele – und damit so viele Geschichten, die noch erzählt werden müssen.

 @EmelyDark_Autorin

www.emelydark.com

EMELY DARK

LAUERNDE STIMMEN

Die Deutsche Nationalbibliothek verzeichnet diese
Publikation in der Deutschen Nationalbibliografie;
detaillierte bibliografische Daten sind im Internet über
http://dnb.dnb.de abrufbar.

© 2022 Emely Dark

Lektorat: Sarah Lippasson
Korrektorat: Vivienne Schneider

Titelbild & Umschlaggestaltung:
Designomicon | Anke Koopmann unter Verwendung
eines Motivs von © Wendy Stevenson | Arcangel

Herstellung und Verlag: BoD – Books on Demand,
Norderstedt

ISBN: 9-783753-453071

Für Phil.
Du gibst mir den Halt,
den ich so dringend brauche.

PROLOG

Sie war ein gutes Mädchen. Deshalb schrieb sie die Hausaufgaben nie ab, obwohl sie in Mathe eine Niete war. Deshalb räumte sie immer artig ihr Zimmer auf. Und deshalb folgte sie dem Nachbarn in sein Haus, als er ihr sagte, dass er Hilfe brauche.

»Komm«, sagte der kleine Mann, nahm ihre Hand und zog sie mit sich fort. »Ich muss dir etwas zeigen.«

»Sollte ich nicht meinen Eltern —«

»Keine Zeit!« Er führte sie über die Straße, durch einen unordentlichen Garten und durch die Tür – ins Halbdunkel hinein.

Ihr wurde mulmig. Ihr Herz pochte schneller. »Herr Strewe, ich —« Sie wollte verschwinden, aber er stand direkt hinter ihr, blockierte den Ausgang.

»Warte.« Er schloss die Tür. Jetzt war es stockdunkel.

Scheiße! Warum hab ich nicht auf Mama und Papa gehört?!

Ihre Hände wurden feucht, begannen zu zittern. Sie wollte um Hilfe rufen, aber ihre Kehle war wie zugeschnürt.

»Einen Moment noch.«

Sie hörte das Rascheln seiner Kleidung. Ein leises Klackern. »Bitte«, krächzte sie leise. »Bitte tun Sie mir nichts.«

Dann ging das Licht an.

Sie erstarrte.

TEIL EINS

Es gibt Menschen mit leuchtendem
und Menschen mit glänzendem Verstande.
Die ersten erhellen ihre Umgebung,
die zweiten verdunkeln sie.

MARIE VON EBNER-ESCHENBACH

1

ANDREAS

Ein gleißend helles Licht raste auf ihn zu. Gleichzeitig drohte ein anschwellendes Hupen, seine Trommelfelle zum Platzen zu bringen. Andreas taumelte zur Seite.

»Runter von der Straße, Arschloch«, hörte er jemanden brüllen. Dann donnerte ein schwarzes Monstrum nur knapp an ihm vorbei. Er strauchelte, konnte sich gerade noch fangen. Hilflos sah er sich um. Der Gehweg war verlassen. Straßenlaternen warfen einen schalen Schein in die Nacht. Häuser und Gärten lagen im Dunkeln.

»Wo zum Teufel bin ich?« Das leise Murmeln wurde verschluckt vom Rauschen des Winds.

»Du hast es fast geschafft. Gleich bist du zuhause«, meldete sich eine Stimme in Andreas' Kopf.

»Gott sei Dank, du bist noch da.«

Ein kehliges Lachen. *»Das bin ich doch immer.«*

»Wie bin ich hierhergekommen?«

»Mit dem Auto, du Dummkopf.« Wieder ertönte das gackernde Rasseln.

Er warf einen neuerlichen Blick zurück – und tatsächlich. Der weiße Ford, der früher seiner Frau gehört hatte, parkte rund zehn Meter entfernt am Straßenrand. Die Fahrertür stand weit offen. Die Innenbeleuchtung war an.

Vorsichtig ging Andreas darauf zu.

»Tu das nicht«, mahnte die Stimme.

Er ignorierte sie. Noch fünf Meter.

»Lass das. Dafür haben wir jetzt keine Zeit.«

Noch drei Meter.

»Du musst dich in Sicherheit bringen!«

Jetzt konnte er das Armaturenbrett sehen. Auf dem hellgrauen Lenkrad zeichneten sich dunkle Flecken ab.

»Sie beobachten dich! Jeder kann sehen, wie du —«

Ein Klappern ließ ihn herumfahren. Im Fenster eines schmalen Häuschens brannte jetzt Licht. Drinnen konnte Andreas eindeutig eine menschliche Silhouette erkennen.

»Hört auf damit! Lasst mich in Ruhe!« Er wandte sich hektisch ab, begann zu rennen.

»Gut so! Lauf nach Hause!«

Seine Schritte hallten laut durch die Nacht, pochten im Takt seines Herzens. Unsichtbare Augen schienen ihm zu folgen. Eindringlich. Mahnend. Angewidert. Entsetzt.

»Du musst dich waschen!«

Andreas blieb abrupt stehen. Eine düstere Vorahnung schlich sich in sein Bewusstsein. Langsam, wie in Zeitlupe, trat er ins Licht der Straßenlaterne und hob die Hände. Sie steckten in schwarzen Lederhandschuhen, die mit einer dunklen, zähflüssigen Masse bedeckt waren.

»Blut. Das ist Blut.«

Ihm wurde schwindlig. Plötzlich tauchten Bilder vor seinem geistigen Auge auf. Rotverschmierte Finger, die ein Lenkrad umklammerten. Das nächtliche Berlin, das am Wagenfenster vorbeiflog.

»Du musst hier weg! Sofort!«

Er riss sich die Handschuhe herunter und stopfte sie in die linke Jackentasche. In den Häusern um ihn herum flammten weitere Lichter auf. Der Himmel hatte sich bereits bläulich verfärbt. Der Morgen war über Späthsfelde hereingebrochen. In Kürze würden die Nachbarn auf die Straße treten und –

»Laaaaauf!«

Er gehorchte. Rannte so schnell er nur konnte. Das Atmen fiel ihm schwer, die linke Seite brannte wie Feuer. Aber er durfte nicht aufgeben. Nicht langsamer werden, bevor er in Sicherheit war.

Endlich erreichte er sein Zuhause. Er stolperte den schmalen Steinweg entlang und steckte die Hand in die rechte Jackentasche, um den Schlüssel heraus zu fummeln. Dabei berührten seine Finger einen glatten, würfelförmigen Gegenstand von der Größe einer Mandarine. »Was zum –?!«

Weitere Erinnerungsfetzen schossen an die Oberfläche. Eine Tür. Zersprungenes Glas. Ein Schreibtisch. Etwas Glitzerndes. Und dann war da –

Er versuchte krampfhaft, das Bild zu verdrängen, aber es hatte sich bereits unauslöschlich eingebrannt: Blut. Überall Blut und Gedärm. Und seine eigene Stimme.

»Tommy, was hast du getan?!«

2

VOLKER

Wenn es eines gab, an das er sich nach all den Jahren in diesem Job nie gewöhnt hatte, dann war es der Geruch. Bleiern und schwer hing der im Raum. Eine Mischung aus Exkrementen und Blut.

Der Gestank des Todes.

Nicht der eines dahinsiechenden Kranken, der endlich den letzten Atem ausgehaucht hat. Sondern der eines abrupten, gewaltsamen Endes. Eines Endes, das noch nicht allzu lange zurückliegen konnte. Denn obgleich die Verwesung sofort nach dem Zelltod einsetzt, schwang ihre Note nicht in dem widerwärtigen Duftmix mit, der Hauptkommissar Volker Jansen jetzt entgegenwehte.

Das kommt später. Noch ist es der reine Geruch menschlicher Grausamkeit.

»Der liegt noch nicht lange«, folgerte auch sein Kollege Otto Brandt.

»Mhm.« Volker fröstelte.

Er betrachtete die Glasscherben, die verstreut auf dem Marmorboden lagen. Jemand hatte das Sichtfenster der Haustür eingeschlagen, um sich Zugang zu verschaffen. »Kein Sicherheitsdraht. Dünnes Holz, einfache Verglasung. Das Ding ist schon recht alt. Ganz schön leichtsinnig, wenn man bedenkt, was sich dahinter befindet.«

Er machte eine ausladende Geste, die den riesigen Eingangsbereich der Dahlemer Villa umfasste.

Er war schnörkellos, aber geschmackvoll eingerichtet. Eine massive Treppe wand sich ins obere Stockwerk. Durch den überdimensionierten Rundbogen auf der gegenüberliegenden Seite des Raums konnte Volker noch mehr Marmorboden, eine geblümte Chaiselongue und ein mit Intarsien verziertes Tischchen aus Kirschholz erkennen, das auf der Seite lag wie ein lebloses Tier.

Ein Stück weiter hinten befand sich eine zwei mal zwei Meter große Schiebetür aus Fensterglas, die irgendjemand dankenswerterweise einen Spalt breit geöffnet hatte. Die dadurch entstandene Zugluft vermochte den Geruch der Verwesung allerdings kaum zu vertreiben. Dafür war es im Haus eiskalt.

»Die Ehefrau ist auf der Terrasse«, erklärte der Kriminaltechniker, der, mit Ausnahme des beinahe kindlichen Gesichts, von Kopf bis Fuß in Plastik gehüllt war und den beiden Kommissaren gerade identische Schutzkleidung aushändigte. »Die Sanis sind bei ihr.«

Volker und Otto schlüpften in die Anzüge.

»Ist sie verletzt?«

»Nein. Aber sie steht unter Schock. Kein schöner Anblick da drin.«

Auf Volker wirkte der Kerl nicht nur sprichwörtlich grün hinter den Ohren, auch seine Wangen schienen einen leicht grünlichen Farbton aufzuweisen. Zum Glück erschien just in diesem Moment Doktor Böttcher in seinem Sichtfeld.

»Ah, die Herren Jansen und Brandt«, freute sich der Gerichtsmediziner. »Ich bin dann jetzt weg.«

»Können Sie uns schon etwas sagen?«, fragte Volker wider besseres Wissen. Vor der Obduktion gab Böttcher selten Vermutungen preis.

Zu seiner großen Überraschung entgegnete sein Gegenüber: »Multiple Stichverletzungen an Thorax und Abdomen, inklusive Perforation des Dünndarms mit Todesfolge. Das Opfer, männlich, vierundsechzig Jahre alt, starb vor zwei bis vier Stunden.«

»Das können Sie alles anhand der Leiche sehen?«, fragte das Jüngelchen von der Kriminaltechnik ungläubig.

Böttcher schmunzelte sichtlich. »Nein. Ich habe gehört, was die Witwe den Sanitätern erzählt hat.« Er zeigte mit dem Daumen über die Schulter, in Richtung der geöffneten Terrassentür. »Kein Gerichtsmediziner der Welt kann so genau den Todeszeitpunkt oder das Alter des Opfers bestimmen – schon gar nicht direkt am Tatort. Das gibt es nur in Hollywood.«

Er wandte sich Volker zu und wurde wieder ernst. »Was die Todesursache angeht, kann ich mich diesmal aber tatsächlich etwas aus dem Fenster lehnen. Diesen brutalen Angriff hätte kein Mensch überlebt. Und dass der Mann noch gelebt hat, als ihm die Verletzungen zugefügt wurden, lässt sich aus dem vielen Blut schließen. In welcher Reihenfolge ihm die Wunden zugefügt wurden, kann ich aber freilich noch nicht sagen. Genauso wenig, wie ich bestätigen kann, dass es sich bei dem von der SpuSi gesicherten Gegenstand eindeutig um die Tatwaffe handelt – obwohl die Vermutung schon sehr naheliegt. Dafür müssen Sie die Obduktion abwarten.«

Volker nickte, bedankte sich bei Doktor Böttcher und ging anschließend auf das Wohnzimmer zu, aus dem noch immer dieser bestialische Gestank zu ihm herüberwaberte. Rechts neben der Chaiselongue und dem umgestürzten Tischchen kam ein offener Kamin in Sicht. Davor lag ein einzelner Pantoffel und –

Das Handy in Volkers Hosentasche signalisierte einen eingehenden Anruf. Er blieb stehen. Der Klingelton war unverkennbar.

Otto verdrehte entnervt die Augen. »Schon wieder?«

»Gib mir eine Minute.« Volker friemelte das Gerät umständlich aus dem Schutzanzug heraus und hielt es sich ans Ohr. »Schatz, es tut mir leid, aber ich bin gerade an einem Tatort.«

Stille am anderen Ende der Leitung.

»Renate?«

Ein schwermütiges Seufzen.

»Alles in Ordnung?«

»Ich ... Ich will nicht stören, aber ... ich bin so allein.«

Der kraftlose Klang ihrer Stimme versetzte ihm einen Stich ins Herz. »Ich weiß, Liebling. Aber ich muss arbeiten. Wir sprechen heute Abend, in Ordnung?«

»Ja«, hauchte sie. Dann war die Leitung tot.

Otto räusperte sich lautstark.

»Entschuldige.« Volker packte das Handy wieder weg. »Seit die Kinder aus dem Haus sind, ist sie ... nicht mehr dieselbe.«

»Können wir dann jetzt?« Kein Verständnis. Kein Mitgefühl.

Er schloss den Reißverschluss der Plastikkluft und wandte sich wieder dem Tatort zu. »Wir können.«

Das gesamte Ausmaß der Verwüstung erkannten die beiden Kommissare erst, als sie den Rundbogen passiert und den Wohnbereich betreten hatten. Schränke waren auf-, Schubladen herausgerissen worden. Ihr Inhalt lag kreuz und quer auf dem Marmorboden verteilt. Auf der linken Seite des Raums befand sich eine Tür, die weit offenstand und in ein Arbeitszimmer führte. Auch dort herrschte Chaos. Überall wuselten Kriminaltechniker herum, nahmen Proben, sammelten Beweise.

Rechterhand waren die Wände mit rostroten Sprenkeln übersät. Vor dem Kamin, den Volker bereits vor seinem Telefonat gesehen hatte, lag ein Mann. Der blau-weiß-karierte Schlafanzug war über und über mit Blut besudelt, das Oberteil an mehreren Stellen zerrissen, sodass es den Blick auf tiefe Fleischwunden freigab. Aus einem faustgroßen Loch im Unterleib der Leiche hing etwas heraus, das aussah wie ein übergroßer, aufgeplatzter Regenwurm. Eine braune Pampe war daraus hervorgequollen und hatte sich mit der roten Lache vermischt, die den Toten umgab.

»Ist das –?« Volker zog die Nase kraus.

»Scheiße«, antwortete Otto trocken. »Normalerweise kommt die hinten raus.«

Einer der Kriminaltechniker hob einen großen Beweismittelbeutel hoch. Darin befand sich ein Schürhaken, dessen Spitze von einer zähflüssigen Masse bedeckt war. »Der hier lag neben der Leiche. Wir untersuchen ihn auf Fingerabdrücke.«

Volker sah sich um und entdeckte ein umgestürztes Metallgestell mit vier Halterungen für das Kaminbesteck. Der Besen hing noch darin fest. Schaufel und Zange lagen etwa zwanzig Zentimeter daneben.

»Die mutmaßliche Tatwaffe gehört also dem Opfer.«

»Sieht ganz danach aus. Außerdem würde ich Ihnen gerne noch das hier zeigen.« Der Kriminaltechniker zog einen deutlich kleineren Beutel hervor. »Sieht aus wie von einem Geburtskettchen.«

Volker betrachtete das weiße, hauchdünne Gummiband und die beiden rosafarbenen, würfelförmigen Perlen mit eingestanzten Buchstaben und musste unweigerlich an seine Tochter denken. An zarte Babyhaut, winzige Fingerchen und fröhliches Quieken.

Mann, ist das lange her ...

Der Anflug von Wehmut verschwand, als er an all das Geschrei dachte. An Schlafmangel, volle Windeln und Kotze auf dem Shirt. Er rückte dem Fünfzigsten immer näher und war insgeheim froh, dass sie beide das alles hinter sich hatten. Auch wenn Renate das anders sah.

»Das ›L‹ und die Schnur haben wir direkt neben der rechten Hand des Opfers gefunden«, fuhr der Kriminaltechniker fort. »Das ›I‹ lag hier.« Er deutete auf eine Stelle etwa zwanzig Zentimeter weiter. »Die restlichen Buchstaben suchen wir noch. Die Perlen sind leicht und können überall hingeflogen sein. Aber wir finden sie schon noch.«

»Geben Sie mir Bescheid.« Volker nickte und wandte sich den Streifenpolizisten zu, die in der Ecke des Raums standen wie bestellt und nicht abgeholt. Beide stierten ungläubig auf den Toten. »Sie waren als Erste am Tatort?«

Ein Nicken. »Die Ehefrau hat den Notruf gewählt, die Meldung war allerdings völlig unverständlich. Wir wussten nicht, dass —«

»Hat sie den Täter gesehen?«

»Nachdem wir Sie angefordert haben, haben wir versucht, sie zu vernehmen, aber sie steht unter Schock. Ist hier im Wohnzimmer zusammengeklappt und war nicht mehr ansprechbar. Deshalb sind die Sanis hier. Die haben sie wieder wachbekommen und vor zehn Minuten nach draußen gebracht, damit sie die Leiche nicht noch mal sehen muss.«

»Dann ist sie wieder bei Bewusstsein?«

Ein Achselzucken.

»Ich muss mit ihr sprechen.«

3

SANDRA

Happy Birthday!

Sie blinzelte verschlafen aufs Display ihres Smartphones. Halb neun. Unter dem kurzen Text erschien ein Foto. Es zeigte ihre beste Freundin Anna. Braungebrannt, in Haremshosen und Blümchen-Shirt, saß sie auf dem Rücken eines Kamels und winkte freudestrahlend in die Kamera. Im Hintergrund zeichneten sich Pyramiden von ockerfarbenem Sand und tiefblauem Himmel ab.

Sandra reckte sich unter der Bettdecke und warf einen Blick zum Fenster, von dessen Scheibe dicke Tropfen abperlten und in Bächen herunterrannen. Ganz kurz verspürte sie einen Anflug von Neid. Dann fiel ihr ein, dass sie selbst in wenigen Stunden mit einem Cocktail in der Hand unter tropischen Palmen liegen würde.

Endlich achtzehn!

Gut, die künstliche Kuppel-Landschaft des *Tropical Islands* im Brandenburgischen Krausnick konnte ganz sicher nicht mit ägyptischer Sonne mithalten. Und wäre nicht Ferienzeit, dann hätte Sandra auch gern eine Party mit all ihren Klassenkameraden geschmissen. Aber die Aussicht auf eine Nacht mit Fynn – allein und ungestört in einem Hotelzimmer – machte das allemal wett.

Anna schläft in der Suite ihrer Eltern, während ich ...

Ein Kribbeln machte sich in ihr breit. Sie schickte ihrer besten Freundin einen Kuss-Smiley, ignorierte die vielen weiteren Nachrichten von Freunden und Verwandten und sprang aus dem Bett.

Während sie sich anzog und anschließend den Bikini, Handtücher und Wechselklamotten in eine der Taschen stopfte, konnte sie unten im Haus Geschirr klappern hören. Mama und Papa waren also ebenfalls wach und schon dabei, das Frühstück vorzubereiten.

Sie wollte gerade zu ihnen gehen, hatte bereits einen Schritt aus dem Zimmer gemacht, da begann das Handy zu vibrieren. Ein Anruf. Sandra sah sich um, konnte das Gerät aber nirgends entdecken.

Verdammt, wo hab ich es denn hingelegt?

Sie versuchte, es anhand des Geräuschs zu orten, tapste lauschend hin und her und endete schließlich vor dem Bett.

Ach ja, ich –

Das Vibrieren erstarb.

Beherzt packte Sandra die Decke und schüttelte sie, bis das Smartphone herausfiel und auf den Dielenboden krachte.

Scheiße!

Eine Schrecksekunde später stellte sie erleichtert fest, dass das Display keinen Schaden genommen hatte. Stattdessen zeigte es einen verpassten Anruf von Fynn, der ihr sicher hatte Bescheid geben wollen, dass er gerade losgefahren war.

Er braucht also noch etwa eine Stunde.

Sie rief zurück. Es tutete und tutete. Sandra stöhnte genervt, griff mit der freien Hand nach der Tasche und machte sich auf den Weg nach unten. Der Geruch von Kaffee und frisch gebackenen Brötchen waberte ihr entgegen. Ihr Magen knurrte.

Tuuut. Tuuut.

Auf halber Höhe der Treppe gab sie auf, nahm das Smartphone vom Ohr – und entdeckte eine Nachricht von Fynn.

Schatz, es tut mir wahnsinnig leid, aber mein Auto springt nicht an. Musste es in die Werkstatt schleppen lassen. Alles, alles Gute! Wir feiern nach!

Sie spürte, wie sich in ihrer Kehle ein Kloß bildete. Die Reisetasche rutschte ihr aus den Fingern und schlitterte die Stufen hinab. Sandra beachtete sie nicht.

Das ist doch jetzt nicht sein Ernst!

Tränen stahlen sich in ihre Augen. Sie versuchte ein weiteres Mal, Fynn anzurufen, hörte aber wieder nur endloses, beinahe höhnisches Tuten.

Geh ran! Ich habe Geburtstag! Meine Freunde sind alle im Urlaub, ich habe niemanden eingeladen! Was soll ich denn jetzt machen?!

Enttäuschung verwandelte sich in Wut. Sandra war wütend auf Fynn, weil er nicht ans Telefon ging. Auf den verdammten Seat, der schon seit Monaten aus dem letzten Loch pfiff, aber ausgerechnet heute liegenbleiben musste. Und auf ihre Eltern, die sich entschlossen hatten, am Arsch der Welt zu wohnen.

Brachwitz – wo all Ihre Träume enden.

Nicht einmal einen Bahnhof hatte dieses dämliche Kaff. Nur die Bushaltestelle mit genau einer Linie: der 545. In den Ferien fuhren drei Busse pro Tag – aber nur unter der Woche. Heute war Samstag.

Verdammte Kackscheiße!

Sandra stapfte los und verpasste der Tasche am Fußende der Treppe einen wütenden Tritt. Das half. Zumindest ein wenig. Sie zwang sich einmal tief durchzuatmen, ließ sich auf die unterste Stufe sinken und überlegte.

Fynn traf keine Schuld. Bestimmt sprach er gerade mit den Mechanikern und konnte deshalb nicht telefonieren. Vielleicht brauchten die ja auch gar nicht so lange, um den Seat wieder zum Laufen zu bringen. Falls doch, konnte sie vielleicht ihren Vater bitten, Fynn im zehn Kilometer entfernten Borkheide abzuholen. Allerdings würde der mit den öffentlichen Verkehrsmitteln knapp zweieinhalb Stunden bis dorthin brauchen.

Sandra runzelte die Stirn.

So oder so: Der Trip ins Tropical Island ist gelaufen. Und ob Fynn nach dem ganzen Drama mit der Werkstatt überhaupt Lust hat, hierherzufahren –

Ein Schnurren riss sie aus ihren Gedanken. Fell kitzelte ihre Hand. Sandra sah nach unten, entdeckte Mister Hyde und lächelte. »Wenigstens einer gratuliert mir persönlich zum Geburtstag.« Sie kraulte dem Kater das Kinn, woraufhin dieser prompt noch lauter schnurrte, das flauschige Köpfchen nach oben reckte und genüsslich die Augen schloss. Beinahe sah es aus, als würde er grinsen.

»Obwohl es ja auch irgendwie dein Geburtstag ist, was?« Sandra lächelte. Den Findling vom Bauernhof hatte Papa ihr zum Dreizehnten geschenkt. Ihre Mutter war alles andere als begeistert gewesen. »Jetzt bist du schon ganze fünf Jahre bei uns.«

Hyde ließ ein selbstgefälliges Maunzen hören.

»Was meinst du, wollen wir mal nachschauen, ob es in der Küche was zu futtern für uns gibt?« Sie stand auf, blieb dann aber unschlüssig stehen, weil ihr plötzlich auffiel, wie still es im Haus geworden war. Irgendwann zwischen ihrem Wutanfall und dem Eintreffen des Katers waren die Geräusche in der Küche verstummt. Trotzdem mussten ihre Eltern noch drin sein.

Sie verzog die Mundwinkel, sah Hyde ratlos an und flüsterte: »Sie streiten wieder, oder?«

Er maunzte noch einmal, drehte sich um und stolzierte davon.

Klar. Lass mich allein mit dem Kriegsschauplatz.

Als Sandra wenig später die Küche betrat, blickte ihr Vater überrascht auf. »Guten Morgen, Geburtstagskind! Hast du gut —« Seine Miene veränderte sich. »Was ziehst du denn für ein Gesicht? Alles in Ordnung?« Er rutschte von der altmodischen Eckbank herunter und eilte zu ihr.

»Ach, schon gut.«

Er nahm sie in die Arme. »Alles Liebe zu deinem Geburtstag, mein Schatz! Ich kann gar nicht fassen, dass du schon achtzehn Jahre alt bist.«

»Lass los«, sagte sie in gespielter Empörung. »Du zerdrückst mich noch!«

Ihre Mutter, die die ganze Zeit über mit dem Rücken zu den beiden gekehrt an der Anrichte gestanden hatte, drehte sich um und rang sich ein gequältes Lächeln ab. »Herzlichen Glückwunsch.« Tiefe Krähenfüße zeigten wie Signalpfeile auf die verquollenen Augen.

»Danke.« Sandra kannte das schon. Phase zwei. Erst gab es Geschrei, dann tagelanges, erbittertes Schweigen und Tränen. Am besten war es, Mamas Gehabe einfach zu ignorieren. »Gibt es noch Kaffee?«

Papa war echt nicht zu beneiden. Als ihre Mutter sich wortlos umdrehte, um ihr eine Tasse einzugießen, warf Sandra ihm einen aufmunternden Blick zu, den er mit einem schiefen Grinsen quittierte.

Mama kann echt eine Hexe sein. Halte durch!

Na klar.

»Also, was ist los, Spatz?«, fragte er laut, als wolle er von dem beinahe telepathischen Moment ablenken, den die beiden gerade miteinander geteilt hatten. »Was trübt deine Geburtstagsfreude?« Er setzte sich zurück auf die Eckbank und klopfte mit der flachen Hand zweimal aufs Polster.

Sandra befolgte die Aufforderung, nahm neben ihm Platz und legte das Handy auf den Tisch. »Fynns Auto ist verreckt. Den Ausflug zum *Tropical Islands* kann ich mir wohl abschminken.«

»Oh. Das ist ja blöd.« Die mitfühlende Miene wirkte aufgesetzt. Er schien erleichtert. »Wenn du magst, sage ich Jürgen für heute ab, und wir beide unternehmen was.«

Na klar ...

Ihre Mutter, die ihr gerade die Tasse Kaffee reichte, ließ ein Zischen hören, bevor sie sich den beiden gegenüber auf einen Stuhl niederließ.

»Nein, schon gut.« Sandra lächelte ihren Vater gequält an. Er war ein leidenschaftlicher Dart-Spieler. Die regelmäßigen Treffen mit seinem besten Freund Jürgen waren das einzige Vergnügen, das er sich all die Jahre beibehalten hatte. Außerdem bestand ja noch immer die Chance, dass sie ihren Freund trotzdem sehen konnte.

Wie zur Bestätigung leuchtete das Display des Smartphones auf und zeigte eine neue Nachricht: Seat bleibt in der Werkstatt. Ich mache jetzt noch ein paar Besorgungen und melde mich gegen 12, wenn ich wieder zuhause bin, ok?

Sandra packte das Gerät in die Beuteltasche ihres Kapuzenpullovers und wandte sich wieder ihrem Vater zu. »Danke für das Angebot, aber Fynn kann ja heute Nachmittag mit dem Zug herkommen. Könntest du ihn in Borkheide am Bahnhof abholen, bevor du nach Potsdam fährst?«

»Klar. Er ist uns hier jederzeit willkommen und –«

»Herrgott, jetzt gib ihr schon ihr Geschenk«, platzte Sandras Mutter völlig unerwartet dazwischen. »Was du hier veranstaltest, kann sich ja keiner anhören! So ein Affenzirkus!«

Sandra hob eine Augenbraue und sah ihren Vater fragend an.

Der wirkte plötzlich zerknirscht. »Na gut.« Er fasste in die Tasche seiner Jogginghose und holte ein Päckchen mit einer roten Schleife hervor. Es sah aus wie eine Schmuckschatulle, war nicht viel größer als die Box eines Verlobungsrings. »Nochmal: Alles Gute zum Geburtstag!«

»Dankeschön.« Neugierig nahm sie die kleine Schachtel entgegen, löste die Schleife und hob den Deckel ab. »Was zum –?! Ihr seid doch verrückt!«

Perplex starrte sie auf das schwarze Plastikgehäuse, dessen Oberfläche das eingestanzte VW-Logo zierte. »Irre seid ihr! Völlig bekloppt!«

Ihr Vater lachte. »Machen wir eine Spritztour?«

»Sofort!« Sandra griff nach dem Schlüssel, ließ die Verpackung achtlos fallen und sprang auf. Sie stürmte in den Flur, schlüpfte hastig in ein Paar Sneakers und eilte wenig später, dicht gefolgt von ihren Eltern, zur Haustür hinaus.

In der Auffahrt, neben dem silbernen Audi, den Mama und Papa gemeinsam nutzten, parkte ein roter Polo. Der Himmel hatte zwischenzeitlich aufgeklart. In den Tropfen, die auf der Motorhaube zurückgeblieben waren, spiegelten sich Sonnenstrahlen. Sie glitzerten wie kleine Diamanten.

»Wow!« Sandra zog ihr Smartphone hervor, knipste ein Foto und schickte es per Whatsapp an Anna.

Nie wieder Busfahren!

Als Antwort erhielt sie drei Emojis: zwei Smileys, einer mit Sonnenbrille, der andere mit Sternchen als Augen, und ein Bündel Geldscheine. Sofort überkam sie ein schlechtes Gewissen. Sie löste den Blick vom Display und sah ihren Vater schuldbewusst an. »Können wir uns das leisten?«

Er grinste. »Wir haben ihn von deinem Geld gekauft. Von dem Konto, das ich gleich am Tag nach deiner Geburt für dich eröffnet habe.«

»Aber wir hätten das Geld doch sicher —«

»Papperlapapp!« Er machte eine wegwerfende Handbewegung. »Ich will nichts hören. Er gehört dir.«

Sie fiel ihm um den Hals. »Danke, Papa! Ihr seid der Wahnsinn!«

Auch ihrer Mutter schenkte sie eine Umarmung. Zu Sandras Überraschung lächelte sie sogar.

Als sie sich von ihr löste, um sich wieder dem Wagen zuzuwenden, entdeckte sie einen kleinen, hageren Mann, der sie von der anderen Straßenseite aus zu beobachten schien. Herr Strewe. Ein eigenartiger Kauz. Trotzdem hob sie die Hand und winkte dem Nachbarn pflichtbewusst zu.

»Lass das«, sagten ihre Eltern fast wie aus einem Mund, und ihre Mutter fügte hinzu: »Wie oft haben wir dir das schon gesagt? Halt dich von ihm fern. Der hat nicht mehr alle Latten am Zaun.«

Strewe zuckte zurück, als habe er sie gehört. Wenige Sekunden später verschwand er im Haus.

Sandra zuckte die Achseln und ließ den Blick zurück zur Auffahrt und zu dem roten Flitzer gleiten, der jetzt ihrer war. Sie konnte es noch immer nicht fassen. Nach all den Jahren in diesem Kaff war sie endlich mobil.

Sie drückte auf den elektrischen Schlüssel, um die Türen des Polos zu entriegeln, sah, wie die Scheinwerfer des Wagens aufleuchteten und machte ein paar Schritte darauf zu.

»Woaaah, echt! Fynn wird ausflippen, wenn er —«
Plötzlich begriff sie, weshalb ihr Vater gezögert hatte,
ihr das Geschenk zu überreichen. Sie wandte sich zu ihm
um. »Hey, dann kann ich ja heute Mittag zu Fynn fahren,
ihn überraschen und vielleicht sogar bei ihm übernachten!«

Prompt verdüsterte sich Papas Miene. »Also ehrlich
gesagt wäre mir wohler, wenn ihr hier bei uns seid, so
wie sonst auch.«

Sandra biss sich auf die Lippe, verkniff sich den
Kommentar, dass sie seit heute seine Erlaubnis nicht
mehr brauchte – und bekam völlig unerwartet Rücken-
deckung von ihrer Mutter: »Ach, jetzt lass sie doch! Sie
ist alt genug. Nächstes Jahr macht sie Abi und zieht
danach ganz aus. Du kannst sie nicht immer behüten.«

»Ja, aber bis dahin —«

»Sie ist seit mehr als zwei Jahren mit Fynn zusammen.
Er ist ein feiner Kerl.« Sie gluckste. »Und du glaubst
doch nicht im Ernst, dass die beiden eine Übernachtung
brauchen, um Sex zu haben?!«

Sandra spürte, wie ihr die Röte ins Gesicht schoss.

Ihr Vater wurde aschfahl. »Na gut.« Er rang sich ein
Lächeln ab. »Aber unter Protest!«

4

ELISA

Ein Strich. Schon wieder. Dabei war sie doch eine ganze Woche über der Zeit.

Ungläubig starrte Elisa auf das Kontrollfenster, in dem sich auch nach weiteren zwei Minuten des Wartens kein anderes Ergebnis abzeichnen wollte. Eine Mischung aus Wut, Trauer und Verzweiflung machte sich in ihr breit. Tränen trübten die Sicht. Sie hatte versagt. Schon wieder.

»Schatz?« Ein Klopfen an der Badezimmertür. »Alles okay da drin?«

Sie spürte einen dicken Kloß im Hals und verschaffte sich ein klein wenig Zeit, indem sie die Toilettenspülung drückte. Trotzdem musste sie sich mehrmals räuspern, bevor sie antworten konnte. »Geht schon. Ich hab wohl nur was Falsches gegessen.«

»Soll ich dir einen Tee machen, bevor ich ins Büro fahre?«

An einem anderen Samstag hätte Elisa ihrem Ehemann sprichwörtlich den Kopf dafür abgerissen, dass er schon wieder Überstunden machen wollte. Jetzt war sie dankbar. »Das wäre lieb.«

Sie hörte, wie sich seine Schritte entfernten, und atmete erleichtert aus. Die aufmunternden Worte, seine

31

Umarmung, der stetige Optimismus. All das konnte sie nicht mehr ertragen. Schon gar nicht jetzt, da ihr die eigene Unzulänglichkeit erneut schwarz auf weiß vor Augen geführt worden war.

Naja. Rosa auf weiß, wenn man es genau nimmt.

Sie ließ den Schwangerschaftstest in einen schwarzen, blickdichten Müllbeutel fallen und knotete diesen fest zu, bevor sie ihn in den Abfalleimer stopfte.

Es ist meine eigene Schuld. Alles nur, weil ich für dieses widerliche Schwein noch mal die Beine breit machen musste.

Kurz vor der Hochzeit hatte sie kalte Füße bekommen. Sie war planlos durch Berlin gefahren, hatte Fluchtpläne geschmiedet – und sich schließlich vor der Tür ihres Ex-Freunds wiedergefunden. Er war lieb zu ihr gewesen, richtig verständnisvoll. Doch am Morgen hatte er sie ausgelacht. Sie eine billige Schlampe genannt, die er jederzeit wiederhaben könnte.

Der Scheißkerl hat mir mein Leben ruiniert!

Fünf Monate später hatte sie plötzlich Schmerzen im Unterbauch gespürt, sich fiebrig und abgeschlagen gefühlt. Aus Angst vor einer Blinddarminfektion hatte ihr liebender Ehemann sie in die Notaufnahme gebracht – wo sie der schrecklichen Wahrheit ins Gesicht hatte sehen müssen: Chlamydien hatten ihre Eileiter bis zur Undurchlässigkeit verklebt. Eine künftige Schwangerschaft war nahezu ausgeschlossen.

Rainer hatte geweint. Zum ersten Mal, seit sie ihn kannte. Zunächst war er für ein paar Tage zu seinen Eltern gezogen, um einen klaren Kopf zu bekommen.

Doch dann war er zu ihr zurückgekehrt. Sagte, er habe ihr verziehen. Sie selbst würde sich niemals verzeihen. Und manchmal, zwischen all den Liebesbekundungen und Aufmunterungsversuchen der darauffolgenden Jahre, konnte sie in seinen Augen erkennen, dass er log.

»Du dumme Kuh!« Elisa trat vor den Spiegel, um sich die Tränen wegzuwischen, verschmierte dabei aber nur die Wimperntusche. Jetzt sah sie aus wie ein Waschbär. Ein verzweifeltes, gänzlich abgemagertes Tier mit rot geränderten Augen. Sie verabscheute sich selbst. »Du hättest glücklich sein können. Stattdessen hast du alles kaputtgemacht.«

5

ANDREAS

»Tommy?« Andreas knallte die Tür hinter sich ins Schloss. »Bist du hier?«

Keine Antwort. Stattdessen machte sich die Stimme in seinem Kopf wieder bemerkbar. »*Du musst dich beeilen! Sonst werden sie dich drankriegen!*«

Er wusste, dass ihm die Zeit ausging. Was auch immer in den vergangenen Stunden geschehen war, es konnte nichts Gutes bedeuten.

»Blut. Überall Blut und Gedärm.«

Sicher waren ihm seine Verfolger schon dicht auf den Fersen. Trotzdem wollte er so schnell nicht aufgeben. »Wo steckst du verdammt?«

Mit wenigen, schnellen Schritten, an der schmalen Küchenzeile, der Couch und dem Schwedenofen vorbei, erreichte er die Hintertür.

»Toooooommy?!«

Der kleine Garten wurde von ersten Sonnenstrahlen erhellt. Ein Frosch hüpfte verschreckt in den Teich. Ansonsten war es totenstill.

»Du musst die Beweise vernichten und verschwinden!«

Er machte auf dem Absatz kehrt und stolperte los. Unterwegs riss er die Tür zum zweiten Zimmer des Bungalows auf und lugte vorsichtig hinein. Dunkelheit und Stille. Hier war Tommy auch nicht.

»Mach jetzt, dass du vorankommst!«

Andreas nickte gehorsam.

Wenige Sekunden später fand er sich im Bad wieder und leerte die Jackentaschen. In der linken befanden sich die blutbeschmierten Lederhandschuhe, sowie eine Strumpfmaske; beides wanderte ins Waschbecken. In der anderen entdeckte er eine kleine Schmuckschatulle. Als er sie mit zitternden Fingern öffnete, blieb ihm beinahe das Herz stehen. »Scheiße, woher —«

»Darum kannst du dich später kümmern!«

Er nickte und legte die Box beiseite. Dann drehte er den Hahn auf. In Sekundenschnelle verfärbte sich das Wasser im Becken rot.

»*Das wird nicht reichen*«, warnte die Stimme.

Er musste ihr recht geben.

»*Du musst die Sachen verbrennen!*«

Er packte den klatschnassen Haufen und trug ihn in den Wohnbereich zurück. Obwohl das Holz bereits schwarz verkohlt war, tanzten im Schwedenofen noch Flammen. Andreas konnte also höchstens drei Stunden weggewesen sein.

»*Manchmal hat man Glück im Unglück.*«

Er warf Handschuhe und Strumpfmaske ins Feuer. Es zischte, wurde beunruhigend dunkel in der Brennkammer. Kurzentschlossen riss sich Andreas die gesamten Klamotten vom Leib und stopfte sie ebenfalls in den Schlund. Die Flammen züngelten vorsichtig um den Stoff herum, fraßen sich langsam hinein. Wenige Augenblicke später brannte alles lichterloh.

»*Gut so! Aber du musst auf Nummer sicher gehen.*«

Andreas gehorchte. Er taumelte zurück ins Bad und sprang unter die Dusche.

»*Beeil dich! Sie werden bald hier sein ...*«

6

VOLKER

»Geht es ihr besser?«

Der Sanitäter, der gerade die Blutdruckmanschette von Frau van Hautens Arm entfernte, nickte. »Sie war eine ganze Zeit lang hypotonisch, aber wir konnten sie stabilisieren.«

»Wir machen ganz langsam.«

»Es geht schon«, murmelte die Witwe schwach. Obwohl sie in eine dicke Daunendecke gehüllt war, zitterte sie am ganzen Leib. »Was wollen Sie wissen?«

Volker wartete, bis die Sanis alle Utensilien eingepackt hatten und außer Hörweite waren, bevor er antwortete: »Ich bin Hauptkommissar Volker Jansen. Das ist mein Kollege, Kommissar Otto Brandt. Fangen Sie bitte einfach ganz von vorne an, Frau van Hauten. Erzählen Sie uns, woran Sie sich erinnern.«

»An ein Geräusch. Ein Klirren. Das hat uns geweckt.«

»Das war die Haustür«, kommentierte Otto.

Sie drehte langsam den Kopf und starrte ins Innere der Villa. »Ich habe Horst wieder und wieder gesagt, dass wir eine bessere einbauen lassen müssen. Aber er wollte nicht auf mich hören. Er ist ein Sturkopf, wissen Sie? Ein echter —« Ihre Stimme erstarb. Sie unterdrückte ein Schluchzen. »Er *war* ein Sturkopf. Entschuldigen Sie.«

Volker nickte verständnisvoll. »Schon gut. Erzählen Sie weiter.«

»Zuerst dachte ich, ich hätte geträumt. Aber dann waren Schritte zu hören. Es polterte mehrmals. Unten im Haus.«

»Und diese Schritte«, mischte sich Otto ein, »kamen die von einer oder von mehreren Personen?«

Die Witwe schüttelte bedauernd den Kopf. »Das weiß ich nicht. Mein Herz schlug so laut. Horst ist aus dem Bett gesprungen. ›Versteck dich im Bad‹, hat er gesagt. ›Versteck dich, schließ ab, und komm erst raus, wenn ich es dir sage.‹ Ich wollte nicht, dass er nach unten geht.« Sie begann zu weinen. »Das wollte ich wirklich nicht.«

»Das alles ist nicht Ihre Schuld, Frau van Hauten.« Volker sah sie mitfühlend an. Er gab ihr einen Moment, um sich wieder etwas zu fassen. »Was ist danach passiert?«

Sie zog den Arm unter der Decke hervor, räusperte sich und überprüfte den Sitz des ergrauten Dutts.

Eine Übersprungshandlung. Sie versucht, die Kontrolle zurückzugewinnen.

Tatsächlich klang ihre Stimme etwas fester, als sie weitersprach. »Ich glaube, er hat im Wohnzimmer angefangen zu suchen. Ich habe gehört, wie Schubladen aufgerissen wurden. Es raschelte und polterte immer wieder. Ich wollte die Polizei rufen, aber wir haben oben kein Telefon.«

Wieder platzte Otto dazwischen. »Sie benutzen kein Schnurloses? Was ist mit Handys?«

Volker warf ihm einen verärgerten Blick zu.

Auch Frau van Hauten nahm eine entrüstete Haltung ein. Nur für wenige Sekunden. Dann sackten ihre Schultern wieder kraftlos herab. »Diese neumodischen Dinger sind nichts für uns. Ich komme mit so viel Technik einfach nicht zurecht.«

Volker entschied, weiterzumachen, bevor sie sich wieder in Selbstvorwürfen verlor. »Ihr Mann ist also nach unten gegangen?«

»Ja.« Sie schluckte schwer. »Ich habe versucht, ihn davon abzuhalten. Dachte, wenn der Kerl da unten hat, was er will, dann geht er wieder, aber Horst ... ich denke, er wollte mich einfach beschützen. Mich und unser Zuhause. Alles, was wir uns in all den Jahren hart erarbeitet haben.«

»Er hat eine lokale Möbelhaus-Kette geleitet, nicht wahr?«

»Ja. Ausgewählte Designer-Stücke.« Stolz schlich sich in ihre Mimik. »Angefangen hat alles mit einem kleinen Laden. Horst hat geschuftet wie ein Tier. Ich habe für ihn die Abrechnung gemacht. Aber das ist heute natürlich nicht mehr nötig.«

Genug der Ablenkung.

»Kommen wir noch einmal zurück auf die vergangene Nacht. Können Sie uns sagen, um wieviel Uhr sich der Täter Zugang zum Haus verschafft hat?«

»Kurz nach halb drei. Ich habe auf den Wecker geschaut, als ich aufgewacht bin.«

Daher also Böttchers Einschätzung des Todeszeitpunkts.

»Ihr Mann ging kurz darauf nach unten. Was ist dann passiert?«

»Ich habe mich im Bad eingeschlossen, wie Horst es mir gesagt hat. Dann habe ich gebetet. Gebetet, dass er das Telefon erreicht, bevor der Kerl ihn entdeckt. Gebetet, dass nichts Schlimmes passiert. Aber es hat nicht geholfen.« Eine einzelne Träne kullerte die altersfleckige Wange hinab. »Ich habe gehört, wie Horst etwas gerufen hat. Was es war, konnte ich nicht verstehen. Dann hat ein anderer Mann geflucht, und plötzlich gab es Geräusche wie von einem Kampf. Und dann hat Horst geschrien. So laut und schrill, dass —« Ihre Stimme brach. Sie musste sich mehrmals räuspern, bevor sie fortfahren konnte. »Es war nicht auszuhalten. Ich wollte nach unten rennen, ihm zur Seite stehen. Aber was hätte ich schon ausrichten können?!«

Volker nickte verständnisvoll.

»Also habe ich gewartet. Ich weiß nicht, wie lange.« Die Witwe sah jetzt noch schuldbewusster aus. »Es hat noch ein paar Mal gepoltert, zwischendurch hat ein Mann irgendetwas gerufen. Kurz darauf habe ich wieder Schritte gehört, und die Haustür wurde zugeschlagen. Danach war alles ganz still. Aber selbst dann war ich nicht sicher, ob dieser widerliche Kerl wirklich weg ist.« Sie sah Volker tief in die Augen. »Glauben Sie, wenn ich früher nach unten gegangen wäre, dann hätte ich …?«

»Nein«, antwortete er rasch. »Sie haben alles richtig gemacht.«

Sie nickte dankbar.

Er dachte an die würfelförmigen Perlen, die die SpuSi neben der Leiche sichergestellt hatte, und fragte: »Haben Sie Kinder, Frau van Hauten?«

»Zwei«, antwortete sie sichtlich stolz. »Petra macht gerade eine Weltreise. Sie findet sich noch. Uwe ist schon verheiratet. Er lebt auf dem Land, kommt uns aber oft besuchen. Zusammen mit der zuckersüßen Leonie.« Sie strahlte jetzt bis über beide Ohren. »Wir sind nämlich sogar Großeltern.«

L und I. Das passt.

Volker warf Otto einen alarmierenden Blick zu. Nicht selten stammten Täter aus dem engsten Familienkreis. Hatte Uwe van Hauten womöglich das Erbe nicht abwarten können und war darüber mit dem Vater in Streit geraten? Nicht unwahrscheinlich. Aber was machten die Perlen des Geburtskettchens am Tatort? Volkers Finger begannen zu kribbeln. War die Enkelin der van Hautens womöglich in Gefahr?

»Wir müssen mit Ihrem Sohn sprechen, Frau van Hauten.«

»Natürlich. Ich kann die Nummer nicht auswendig, aber sie steht in meinem Adressbuch. Unter ›S‹, nicht ›V‹. Er hat den Nachnamen seiner Frau angenommen, müssen Sie wissen. Vielleicht ist er aber auch im Büro. Er ist ein echtes Arbeitstier und —« Von einer auf die andere Sekunde brach das Lächeln der Witwe in sich zusammen. »O Gott! Wenn die Kinder hören, was mit ihrem Vater passiert ist ...«

Mist!

»Können Sie uns denn schon sagen«, unterbrach Volker, bevor die Frau wieder in einen Schockzustand geraten konnte, »ob etwas entwendet wurde?«

Van Hauten sah sich suchend um. »Das ... das weiß ich nicht. Die wirklich wertvollen Gegenstände bewahren wir aber ohnehin im Tresor auf.«

Der Täter wurde bei der Suche überrascht. Nach dem Mord ist er Hals über Kopf geflohen.

Volker nickte. »Bei unserer Ankunft ist mir eine Kamera über der Haustür aufgefallen. Filmt die den Bereich, oder handelt es sich nur um eine Attrappe?«

»Die hatte ich ja völlig vergessen. Ich sagte ja, ich habe mit Technik nichts am Hut.«

»Können wir uns die Aufnahmen ansehen?«

Sie nickte schwach und legte die Wolldecke beiseite. »Im Arbeitszimmer.«

Volker half ihr auf und stützte sie auf dem Weg durch die geöffnete Terrassentür und ins Wohnzimmer hinein. Beide Kommissare versuchten, ihr möglichst den Blick auf das Blut zu versperren. Die Leiche war in der Zwischenzeit abtransportiert worden. Die Kriminaltechniker wuselten noch immer durch das Chaos wie ein aufgescheuchter Bienenschwarm.

Van Hauten starrte zu Boden, während sie sich von Volker ins Arbeitszimmer führen ließ. »Warten Sie einen Moment. Ich ...« Sie verstummte und legte den Kopf schief.

»Ist Ihnen etwas aufgefallen?« Während die Frau zu dem mannshohen Tresor rechterhand ging und eine

Kombination in das Tastenfeld tippte, ließ Volker den Blick durch den Raum schweifen.

Auf dem schmucken Mahagoni-Schreibtisch stand ein Bildschirm, darunter der dazugehörige, leise surrende Computer. Beide waren mindestens zehn Jahre alt und kaum als Diebesbeute zu gebrauchen. Die Schubladen der Kommode waren herausgezogen worden. Ihr Inhalt – Papiere, Kugelschreiber, allerlei Krimskrams – lag wild verstreut auf dem Perserteppich. Dazwischen schlängelte sich ein schwarzes Kabel bis zu dem Telefon, das Horst van Hauten in der vergangenen Nacht vergeblich zu erreichen versucht hatte. In der Ecke des Zimmers lehnte ein Gemälde. Ein helles Rechteck an der Wand und ein Nagel zeigten, wo es eigentlich hingehörte. Zweifellos hatte der Täter auch in diesem Zimmer nach etwas gesucht.

Nach der Kombination für den Safe?

»Dachte ich es mir doch.«

Volker wandte sich wieder der Witwe zu, die nun in den Tresor starrte.

»Meine Diamant-Ohrringe sind weg. Horst hat sie mir zur Silberhochzeit geschenkt. Ich trage sie nur zu ganz besonderen Anlässen, wie der Firmenfeier am vergangenen Wochenende. Danach habe ich Horst gebeten, sie wieder wegzuschließen. Aber gestern Abend, bevor ich ins Bett gegangen bin, lag die Schatulle immer noch auf dem Schreibtisch. So ist er, mein lieber Schlendrian. Mein –« Sie brach ab, schluckte laut hörbar. »Ich meine: So *war* er.«

»Das ist doch ein guter Anhaltspunkt.« Otto überging die Trauer der Frau. »Haben die Diamanten vielleicht einen besonderen Schliff? Irgendein Merkmal?«

Van Hauten nickte. »Ja. Es handelt sich um Einzelstücke von *Harry Winston*. Das Zertifikat ist in unserem Bankschließfach.«

»Lassen Sie uns das bitte schnellstmöglich zukommen.«

Sie nickte stumm.

»Und die Kameraaufnahmen?«

»Ach ja.« Sie drehte sich wieder zum Tresor und zeigte hinein. »Ich glaube, dazu ist das hier.«

Volker trat näher. Jetzt konnte er, neben einem Bündel Bargeld und allerlei Boxen, einen schwarzen Kasten im Inneren des Safes sehen, an dessen Vorderseite ein kleines Lämpchen blinkte.

»Ich habe keine Ahnung, wie das funktioniert. Horst hat die Kamera installieren lassen, und bisher haben wir die Aufnahmen nie gebraucht. Aber Sie kennen sich da ja bestimmt aus.«

»Natürlich.« Volker zog den Stick heraus, reichte ihn aber an Otto weiter.

»Darf ich?«, fragte der und deutete zum Schreibtisch.

»Ja, natürlich.«

Otto setzte sich und steckte den USB-Stick in den dafür vorgesehenen Slot des Computers. Ein Wackeln an der Maus, und schon flammte der Bildschirm auf. Kurz darauf öffnete sich ein Fenster, das sieben Dateien zeigte. Anhand der Bezeichnung ließ sich erkennen, von welchem Tag die einzelnen Aufnahmen stammten.

»Wir haben Glück«, verkündete Otto nach einem Blick auf die Metadaten, die hinter den Dateinamen aufgelistet waren. »Die Kamera scheint mit einem Bewegungsmelder gekoppelt zu sein und zeichnet nur auf, wenn im Eingangsbereich tatsächlich etwas passiert. Deshalb sind die Videos kurz, und wir müssen nicht lange nach den entsprechenden Stellen suchen.« Er schob den Cursor auf die oberste Datei und klickte zweimal darauf.

Ein zweites Fenster poppte auf. Darin zu erkennen war eine Schwarz-Weiß-Aufnahme der Haustür. Das Glas des Sichtfensters war noch intakt. Die Zeitanzeige am unteren, rechten Bildschirmrand zeigte zwei Uhr dreiunddreißig. Bis auf die stetig steigende Zahl der Sekunden passierte im Video jedoch überhaupt nichts.

Volker legte die Stirn in Falten. »Eine Fehlfunktion?«

»Nur Geduld. Ich denke, die Kamera ist mit der Außenbeleuchtung gekoppelt. Die ist an, es muss sich also jemand auf dem Grundstück befinden.«

Das erklärt, weshalb wir überhaupt etwas sehen. Es war immerhin mitten in der Nacht.

»Wahrscheinlich läuft er gerade über die Einfahrt auf die Tür zu.« Als habe Otto den Täter herbeibeschworen, tauchte plötzlich eine Gestalt im Bild auf. Sie trug eine dunkle Daunenjacke und Handschuhe. Das Gesicht war der Tür zugewandt und aus diesem Winkel nicht zu sehen. Kopf und Nacken waren aber ohnehin von schwarzem Stoff bedeckt.

»Ist das eine Strumpfmaske?«, fragte Frau van Hauten ungläubig.

Volker nickte. »Leider.«

Die Gestalt im Video blickte sich hektisch nach allen Seiten um. Jetzt konnte man auch die charakteristischen Löcher an Augen und Mund erkennen. Eine Identifizierung blieb nahezu unmöglich.

Der Einbrecher öffnete den Reißverschluss seiner Jacke und zog einen Hammer aus der Innentasche hervor. Dann holte er aus und setzte einen gezielten Schlag auf die Glasscheibe. Sie barst, schien komplett nach innen wegzubrechen. Der Mann steckte das Werkzeug zurück.

»Warte mal«, sagte Volker.

Otto hielt das Video an.

»Wenn der Kerl einen Hammer dabeihatte, weshalb hat er dann zu –« Er unterbrach sich, suchte nach Worten, die Frau van Hauten nicht mehr als nötig aufbringen würden. »– einer anderen Tatwaffe gegriffen?«

»Hmm. Im Gerangel? Da nimmt man, was greifbar ist, nicht was in der Jacke steckt.« Otto zuckte die Achseln.

Guter Punkt.

»Okay, weiter.«

Die Gestalt steckte die behandschuhte Hand durch das Loch, wo die Scheibe gewesen war. Es dauerte nur wenige Augenblicke, ehe sie den Schließmechanismus entsichert hatte und das Heim der Familie van Hauten betrat. Der Bildschirm wurde schwarz.

Eine Sekunde später startete die nächste Szene. Zeitanzeige: zwei Uhr zweiundfünfzig. Der Eindringling stürzte zur Tür hinaus. Er trug nach wie vor Handschuhe. Die Strumpfmaske war verschwunden.

Van Hauten ließ ein lautes Zischen hören.

Der Bildschirm wurde wieder kurz schwarz, dann traten zwei Streifenpolizisten ins Bild. Otto stoppte die Aufnahme und spulte zurück zu der Stelle, wo das Gesicht des Mannes zu sehen war. »Erkennen Sie ihn?«

»Mehlich«, ereiferte sich die Witwe. »Sein Name ist Mehlich. Er ist ein Angestellter meines Mannes. In Teilzeit, glaube ich.«

Volker schnaubte. *So passt also alles zusammen.*

»Gab es Probleme zwischen ihm und Ihrem Mann?«

Van Hauten legte die Stirn in Falten. »Am Samstag, nach der Firmenfeier, da stand er plötzlich hinter uns. Hier, direkt vor dem Haus. Er hat Horst um einen Lohnvorschuss gebeten. Ihn angefleht, sollte ich wohl eher sagen.« Sie schüttelte entrüstet den Kopf. »Vielleicht hat er sich mit den falschen Leuten angelegt. Er sah aus, als wäre der Leibhaftige hinter ihm her.«

Volker dachte an die Perlen des Geburtskettchens zurück und schauderte.

Hoffentlich geht es der kleinen Leonie gut ...

7

SANDRA

»Bist du noch traurig, dass wir nicht ins *Tropical Islands* fahren konnten?«

»Nein, schon okay.« Sandra schmiegte sich noch enger an Fynns nackte Brust. »Wir haben ja trotzdem noch eine nette Geburtstagsaktivität gefunden.« Sie grinste.

»Nett?!« Er stupste sie in die Seite. »Pass bloß auf, Madame, sonst ...«

»Heeey, lass das!« Sie entwand sich seiner Umarmung. »Das kitzelt!«

»Nett?!«, fragte Fynn noch einmal in gespielter Empörung, rutschte nach und fuhr mit zwei Fingern langsam zwischen ihren Brüsten Richtung Bauchnabel.

»Schon gut, schon gut, ich gebe auf!« Sie lachte und gab ihm einen Kuss. »Es war wunderschön!«

»Das wollte ich hören.« Er ließ von ihr ab, nahm die Fernbedienung vom Couchtisch und drückte die Pause-Taste. »Wir haben immerhin eine ganze Folge verpasst.«

Sandra sah auf die Uhr und stellte enttäuscht fest, dass es tatsächlich bereits kurz vor vier war. »Musst du echt schon los?«

Fynn, der bereits aufgesprungen und dabei war in Boxershorts und Jeans zu steigen, machte ein schuldbewusstes Gesicht. »Tut mir echt leid. Als Frankie heute

Mittag angerufen hat, habe ich ihm fest zugesagt. Ich konnte ja nicht ahnen, dass du herkommst und wir deinen Geburtstag doch noch gemeinsam verbringen können.«

Sie überlegte. Hätte sie ihm Bescheid gesagt, statt ihn mit ihrem Besuch zu überraschen, wäre der Abend anders verlaufen. Doch jetzt ließ sich das natürlich nicht mehr ändern. Sie rang sich ein Lächeln ab. »Was hält dein Chef eigentlich davon, dass du in der Klause Extraschichten schiebst?«

Er zuckte die Achseln, bevor er sich das Shirt über den Kopf zog. »Ich hab es ihm nicht gesagt. Solange ich weiter den Schnitt am Fließband halte ... was geht es ihn an?! Und jetzt, wo ...« Er biss sich auf die Lippe und sah beschämt zu Boden. »Jetzt, wo der Seat verreckt ist, kann ich die Kohle gut brauchen.«

Sandra verstand, legte aber trotzdem einen Schmollmund auf. »Echt schade. Wir hätten heute Abend noch so viel mehr anstellen können ...«

Fynn kam zu ihr und gab ihr einen leidenschaftlichen Kuss. »Bring mich nicht in Versuchung ...« Dann wandte er sich ab, um Schlüssel und Handy in die Hosentaschen zu stopfen und in Sneakers zu schlüpfen. »Du kannst noch hierbleiben und duschen, wenn du willst.«

Sie raffte sich auf, um sich ebenfalls anzuziehen. »Nein, passt schon, ich fahr nach Hause. Soll ich dich in der Klause absetzen?«

»Quatsch, lass dir Zeit. Mit der S-Bahn bin ich eh schneller«, winkte er ab und ging ins Bad, um einen letzten, prüfenden Blick in den Spiegel zu werfen.

»Was ist denn nun eigentlich mit dem Seat?«, rief sie zu ihm hinüber, während sie mit dem Reißverschluss des Rocks kämpfte.

Fynn zupfte einige der blonden Strähnen zurecht. »Mein Dad kümmert sich drum.«

Sandra hielt inne. »Ihr habt wieder Kontakt?«

»Wenn es sein muss.« Er zuckte die Achseln. »Ich bin einundzwanzig, deshalb ist das zum Glück nicht mehr allzu oft.«

»Gott, wie sehr ich dich darum beneide!« Sie kümmerte sich wieder um den störrischen Verschluss und schaffte es endlich, das blöde Ding zuzuziehen. »Meine Mutter treibt mich noch in den Wahnsinn!«

Fynn kam aus dem Bad zurück. »Schon wieder Ärger an der Front?«

»Du hast ja keine Ahnung. Selbst an meinem Geburtstag kann sie's nicht lassen! Heute Morgen war wieder die verheulte Schweigenummer dran.«

Er schenkte ihr ein aufmunterndes Lächeln, wirkte aber gleichzeitig fast ein wenig traurig. »Familie kann man sich nicht aussuchen.«

»Da sagst du was!« Sie warf sich die Tasche über die Schulter und schlüpfte ebenfalls in Sneakers. »Startklar?«

»Let's go!«

Hand in Hand verließen sie die Wohnung und gingen die Treppe hinab zur Straße. Unten angekommen küssten sie sich lang und innig.

Sandra spürte Schmetterlinge im Bauch, auch noch nach zwei Jahren. Fynn war einfach ein Traum. Umso mehr schmerzte es sie, dass sie sich jetzt wieder trennen mussten. »Sehen wir uns morgen?«

Er grinste. »Ich seh zu, dass ich mir ein Auto leihen kann. Wenn nicht, musst du halt noch mal in deinen schicken, neuen Flitzer springen.«

Sie schenkte ihm einen weiteren Kuss.

»Lass dich in der Zwischenzeit nicht allzu sehr von deiner Mutter ärgern.« Sein Gesicht wurde ernst. »Du weißt doch: Sie meint es nicht böse.«

»Pfff.«

»Du bist zu hart zu ihr. Ehrlich, ich denke —«

»Und du weißt das, ja?!«, unterbrach sie ihn trotzig. »Ach, egal jetzt. Nächstes Jahr mach ich Abi, und dann bin ich weg.«

Fynn sah sie an, als habe sie ihn geschlagen. »Apropos weg: Ich sollte los.« Er drückte ihr einen hastigen Kuss auf den Mund. Dann marschierte er Richtung S-Bahn-station davon.

»Zu hart zu ihr« – Der hat sie doch nicht alle!

Sandra stolzierte die wenigen Meter zu ihrem neuen Wagen, schwang sich auf den Fahrersitz und knallte die Tür zu. Als sie den Motor startete, sprang das Radio an.

– tearing me up, but I know, sang Ed Sheeran, begleitet von Pianomusik, *a heart that's broke is a heart that's been loved.*

Sie bekam Gänsehaut, so wie jedes Mal, wenn sie den Song hörte. Doch diesmal kam auch noch ein schlechtes Gewissen dazu.

So I'll sing Hallelujah. You were an angel in the shape of my mum.

Sie war nicht fair zu Fynn gewesen.

When I fell down, you'd be there holding me up.

Sandra schaltete das Radio aus. Als sie die erste rote Ampel erreichte, fummelte sie ihr Handy aus der Tasche und schickte ihrem Freund eine Sprachnachricht: »Tut mir leid, Schatz. Das war dumm. Lass uns nicht streiten. Ich liebe dich.«

Es dauerte nur wenige Sekunden, bis das Display den Eingang einer Antwort anzeigte. Die Ampel war gerade auf Grün gesprungen, und Sandra musste gleichzeitig kuppeln, schalten und lenken, aber sie schaffte es trotzdem, auch noch den kleinen Play-Button zu drücken.

»Schon verziehen. Ich liebe dich auch – und ich freu mich auf moooorgen!«

»Und ich mich erst!«

Sie linste abwechselnd auf die Straße und auf das Smartphone, um die Musikstreaming-App zu öffnen und mit dem Audiosystem des Wagens zu verbinden. Den Rest der einstündigen Fahrt trällerte sie fröhlich die Songs ihrer Playlist mit.

Die gute Laune verflog, als sie den Polo gerade in der Auffahrt ihres Elternhauses abgestellt hatte. Drinnen war lautes Gezeter zu hören. Obwohl sie die Worte nicht verstehen konnte, wusste sie genau, worum es ging. Es war immer dasselbe.

Sandra ging auf die Eingangstür zu, blieb dann aber unschlüssig stehen. Jetzt bereute sie, dass sie Fynns Angebot nicht angenommen hatte und in seiner Wohnung geblieben war. Zumindest noch für eine Weile. Sie hatte wenig Lust, sich in den Kleinkrieg ihrer Eltern einzumischen. *An meinem Geburtstag!*

Andererseits konnte sie auch nicht ewig hier draußen stehenbleiben und –

Sie zuckte zusammen. Jemand hatte ihr von hinten auf die Schulter getippt. Als sie herumfuhr, erkannte sie ihren Nachbarn, Herrn Strewe, und atmete erleichtert auf.

»Komm mit, ich will dir etwas zeigen.«

Sandra zögerte nur eine Sekunde. Sie wusste nicht, was ihre Eltern hatten. Der kleine Mann sah nicht ansatzweise bedrohlich aus.

»Bitte«, flüsterte er heiser. »Ich brauche deine Hilfe!«

8

ELISA

Als sie endlich die Kraft fand, das Bad zu verlassen, war der Tee in der Küche längst kalt.

Mein lieber, treusorgender Ehemann ..., dachte sie wehmütig und kippte das Gebräu in den Ausguss. *Wie lange bleibst du noch bei mir, wenn du endgültig die Hoffnung verlierst?*

Sie entschied, ihm auch am Abend noch nichts von dem Test zu sagen. Sie würde in ein paar Tagen einen neuen machen. Vielleicht war es jetzt noch zu früh, das Ergebnis falsch? Ein Hoffnungsschimmer schlich sich in ihr geschundenes Herz.

Irgendwo klingelte das Telefon.

Elisa ignorierte es und setzte Kaffee auf. Während sie dem Blubbern der Maschine lauschte, stellte sie sich den Moment vor, wenn sie Rainer die frohe Botschaft verkünden und sich endlich wieder vollständig fühlen konnte. Wie schön es doch wäre, wenn ihr Zuhause von Kinderlachen erfüllt würde, statt in trostloser Stille zu versinken. Welch unbeschreibliches Gefühl es sein musste, Mutter zu sein. Wenn das dritte Zimmer –

Erneutes Klingeln riss sie aus ihren Tagträumen. Überrascht stellte Elisa fest, dass mehr als eine Viertelstunde vergangen war. Die Kanne vor ihr war randvoll mit duftendem, heißem Kaffee.

Sie goss sich eine Tasse ein, machte sich auf die Suche nach dem schnurlosen Telefon und entdeckte es schließlich auf der Anrichte im Flur. Das Display zeigte die Festnetznummer ihrer Mutter.

Na klar ...

Weil sie wusste, dass die sowieso keine Ruhe geben würde, hob sie ab. »Ja, ich bin ja da. Was ist denn?«

»Was hast du denn für eine miese Laune an einem Samstagmorgen?«

Elisa atmete tief durch. »Entschuldige. Ich ... hab schlecht geschlafen.«

»Ich hab dir gesagt, ihr müsst eine bessere Matratze kaufen. Du solltest wirklich –«

»Jaaaa, Mama.« Jedes Mal, wenn sie mit ihrer Mutter sprach, kam sie sich vor wie ein trotziges Kind. Sie zwang sich zu einem Lächeln. In einem Marketing-Seminar hatte sie einmal gelernt, dass man den Unterschied durch die Leitung sehr wohl hören konnte. »Wieso rufst du an?«

»Gertrude aus dem Bibelkreis lässt dich grüßen.«

Elisa verdrehte die Augen – und hoffte inständig, dass man *das* nicht durchs Telefon hören konnte. »Ich kenne diese Frau kaum.«

»Natürlich kennst du Gertrude«, ereiferte sich ihre Mutter. »Du hast als Kind immer in ihrem Garten gespielt, während wir gepokert haben, weißt du nicht mehr?«

Elisa grinste. *Mit der Gottestreue ist es nur so weit her, wie kein Vergnügen am Wegesrand lockt.*

»Doch, klar«, log sie, »jetzt fällt es mir wieder ein.«

»Na, jedenfalls ... Gertrudes Enkel sind jetzt aus dem Gröbsten raus, und —«

Sie wusste, was kam. Und hätte am liebsten aufgelegt.

»— da hat sie gefragt, ob ihr die Sachen nicht brauchen könnt. Bettchen, Kinderwagen, Windeleimer, alles, was man so braucht, und in einem top Zustand!«

»Ich ... weiß nicht, es ... ist vielleicht einfach noch nicht die richtige Zeit«, presste Elisa hervor und zwang sich ein breites Lächeln ins Gesicht, damit ihre Mutter nicht hörte, wie es ihr wirklich ging.

»Das sagst du schon so lange, Kind! Aber irgendwann ist es dann einfach zu spät, weißt du? Irgendwann ist die Uhr abgelaufen.«

Ich weiß.

»Du bist Mitte dreißig, Herrgott! Wie lange wollt ihr denn noch warten?!«

»Naja, wir ...«

»Das dritte Zimmer, um das Rainer so ein Brimborium macht, das wär doch perfekt dafür!«

»Er braucht halt ein Arbeitszimmer, Mama. Und da hast du, wenn du uns besuchst, nun mal nichts drin zu suchen!«

»Papperlapapp, Arbeitszimmer! Arbeiten kann er im Büro. Und wenn ihr erst Kinder habt, wird das alles eh anders.«

»Mama, ich ...« Sie wusste nicht, was sie sagen sollte. Also nahm sie stattdessen einen Schluck Kaffee.

»Weißt du was? Ich bring dir die Sachen einfach nächste Woche vorbei, dann kannst du deinen Göttergatten damit überraschen! Manchmal wissen Männer noch gar nicht, dass sie etwas wollen, bis man sie vor vollendete Tatsachen stellt.«

Eine einzelne Träne kullerte Elisas Wange hinab. Sie stellte die Tasse auf die Anrichte und wischte sich mit der Hand die Augen trocken. »Ich muss los ... zum Yoga.« Schon wieder eine Lüge. »Wir telefonieren morgen nochmal, okay?« Sie legte auf, ohne die Antwort abzuwarten, legte das Telefon weg und blieb ratlos im Flur stehen.

Und dann spürte sie es. Kein Zweifel. Sie bekam ihre Periode.

Wie konnte ich nur so dumm sein, schon wieder zu hoffen?!

Elisa ballte die Hände zu Fäusten und stürmte los.

9

ANDREAS

»Schneller!«

Andreas gehorchte. In Windeseile stopfte er Socken, Unterwäsche, Pullover und Hosen in die altersfleckige Reisetasche.

»Mach schon! Sie kommen!«

Er ließ die Schubladen der Kommode offenstehen und stürzte zum Sofa. Irgendwo hier, unter der Bettdecke oder in den Ritzen, musste der Geldbeutel stecken.

»Dafür hast du keine Zeit«, warnte die Stimme.

Andreas ignorierte sie. Ihm brummte der Schädel, alles drehte sich. Aber er musste weitersuchen. Hektisch wühlte er sich durch das Meer aus Stoff – und bekam endlich die Lederbörse zu fassen. Er klappte sie auf, versicherte sich, dass das Foto noch drinsteckte.

»Wenn du mich jetzt nur sehen könntest, Nathalie ... Du wusstest immer, was zu tun ist.«

»Jetzt ist nicht die Zeit, eine Tote zu beweinen!«

Andreas schenkte dem Bild seiner Frau einen Kuss. Ihm wurde übel. Er spürte, wie ihn die Kräfte verließen. Seine Knie wurden weich. Er sackte aufs Polster. »Was ist nur passiert?«

»Blut. Überall Blut und Gedärm.« Die Stimme rief ihm den Albtraum in Erinnerung, beschwor Bilder hervor, die

er kaum ertragen konnte. Eine Tür. Zersprungenes Glas. Ein Schreibtisch. Etwas Glitzerndes.

Andreas sprang auf und griff nach der Reisetasche. Er war bereit zur Flucht. Jetzt fehlte nur noch eins. Das einzige, das in diesem Haus je von Wert gewesen war.

»Schnell! Sonst werden sie dich drankriegen!«

Er taumelte los – und blieb direkt vor der Badezimmertür wie angewurzelt stehen. Ein schwarz vermummter Kopf lugte durchs Fenster zu ihm herein.

»Zu spät ...«

10

VOLKER

»Zugriff!« Die Einsatzkräfte der Spezialeinheit stürmten den Bungalow. Drei der Männer waren vor dem Eingang postiert, um Mehlich den Fluchtweg abzuschneiden. Die anderen drangen durch die weit offenstehende Hintertür ein. Es gab kein Entrinnen.

Volker und Otto hielten sich im Hintergrund. Mit gezogener Waffe, allzeit bereit. Trotzdem mussten sie die Verhaftung den Profis überlassen.

»Verdammter Mist«, schimpfte Otto und machte eine rasche Kopfbewegung in Richtung seiner Schuhe.

Die schicken Ledertreter steckten zwei Zentimeter tief im Schlamm und wiesen zahllose Sprenkel auf.

Volker war froh, dass er sich heute Morgen für Stiefel entschieden hatte. »Du hättest vorne bleiben können, statt sie hier im Garten zu ruinieren.«

»Und die ganze Action verpassen?! Du spinnst wohl!«

Im Inneren des Bungalows rang das SEK den Verdächtigen nieder. Er schien kaum Widerstand zu leisten, brüllte nur wie am Spieß.

»Allzu viel hättest du nicht verpasst«, sagte Volker und steckte die Pistole ins Halfter zurück. In all den Jahren seiner Dienstzeit hatte er sie nicht ein einziges Mal benutzen müssen. Er hoffte, dass das bis zum Rentenalter so blieb.

»Gesichert«, rief der Leiter des SEK zu ihnen herüber.

Die schwarzgewandeten Männer führten Mehlich in die entgegengesetzte Richtung, zur Vordertür hinaus und über den schmalen Steinweg auf das Einsatzfahrzeug zu. Eine Schar schaulustiger Nachbarn hatte sich auf der anderen Seite der Straße versammelt.

Jetzt steckte auch Otto die Waffe weg. »Dann wollen wir mal.«

Volker nickte und wollte sich gerade auf den Weg machen, als der SEK-Chef brüllte: »Aber hier ist kein Kind!«

Eine Gänsehaut überzog Volkers Nacken. »Findet sie!« Er sah sich hektisch um. »Findet das Mädchen!«

Chaos brach los. Während die verbliebenen Spezialkräfte den Bungalow ein weiteres Mal durchsuchten, hasteten die beiden Kommissare durch den Garten, spähten hinter Bäume und Gestrüpp.

Mehlich, du verdammtes Arschloch! Was hast du mit ihr gemacht?

Volker hatte den Zaun erreicht, wandte sich nach rechts – und erstarrte.

Am Rande des Teichs, von dichten Schilfhalmen beinahe gänzlich verborgen, trieb ein Teddybär im trüben Wasser.

11

SANDRA

Sie war ein gutes Mädchen. Deshalb schrieb sie die Hausaufgaben nie ab, obwohl sie in Mathe eine Niete war. Deshalb räumte sie immer artig ihr Zimmer auf. Und deshalb folgte sie dem Nachbarn in sein Haus, als er ihr sagte, dass er Hilfe brauche.

»Komm«, sagte der kleine Mann, nahm ihre Hand und zog sie mit sich fort. »Ich muss dir etwas zeigen.«

»Sollte ich nicht meinen Eltern –«

»Keine Zeit!« Er führte sie über die Straße, durch einen unordentlichen Garten und durch die Tür – ins Halbdunkel hinein.

Ihr wurde mulmig. Ihr Herz pochte schneller. »Herr Strewe, ich —« Sie wollte verschwinden, aber er stand direkt hinter ihr, blockierte den Ausgang.

»Warte.« Er schloss die Tür. Jetzt war es stockdunkel.

Scheiße! Warum hab ich nicht auf Mama und Papa gehört?!

Ihre Hände wurden feucht, begannen zu zittern. Sie wollte um Hilfe rufen, aber ihre Kehle war wie zugeschnürt.

»Einen Moment noch.«

Sie hörte das Rascheln seiner Kleidung. Ein leises Klackern. »Bitte«, krächzte sie leise. »Bitte tun Sie mir nichts.«

Dann ging das Licht an.

Sie erstarrte.

Da war ein Gesicht auf der Stehlampe neben dem Eingang. Die feinen Züge eines kleinen Kindes, gezeichnet mit Bleistift auf etwas das aussah, wie – *Haut!*

Sandras Puls beschleunigte sich. Sie stolperte rückwärts, krachte mit dem Rücken gegen die Wand. Sie blinzelte mehrmals, stierte auf das widerwärtige Ding, bekam kaum noch Luft.

»Du musst mir helfen! Ich bezahle dich auch dafür!«

Plötzlich stand Strewe neben ihr. Aber er sah nicht mehr aus wie der freundliche, vielleicht etwas verschrobene Nachbar von Gegenüber. Er sah aus wie ein Monster. Eine unbändige Energie schien ihn förmlich zum Beben zu bringen. Die frühzeitig ergrauten Haare standen in alle Richtungen ab. Giftgrüne Augen blickten wirr durch den Raum, bis sie sich schließlich an Sandra festsaugten.

»Ich hätte nie gedacht, dass ich so gut malen kann.« Verträumt betrachtete er sein Werk. »Du etwa?«

»Das ... äh ... ist schön geworden.« Sie setzte ein künstliches Lächeln auf, während sie sich gleichzeitig, langsam und an der Wand entlang, einige weitere Schritte von ihm entfernte.

Er nickte selbstzufrieden. »Es sieht wirklich aus wie sie. Dabei war das gar nicht so einfach, immerhin kann man den Lampenschirm nicht flach auf den Tisch legen.«

Sandra schielte zu dem grotesken Bild hinüber und erkannte ihren Fehler. Die Panik hatte ihr einen Streich gespielt. Was sie für menschliche Haut gehalten hatte, war nichts als altersfleckiger, beigefarbener Stoff.

Aber macht es das besser? Nicht wirklich ...

Die Angst blieb – und steigerte sich um ein Vielfaches, als der Irre sich unversehens wieder ihr zuwandte. »Jetzt brauche ich dich.«

Sie machte ein paar weitere Schritte, blieb mit dem Schulterblatt an etwas Spitzem hängen und erschrak. Ein gerahmtes Foto krachte neben ihr zu Boden. Glas splitterte. Sandra machte instinktiv einen Satz nach vorn.

Strewe wirkte verstimmt.

»Nein, bitte, das wollte ich nicht.« Sie taumelte wieder zurück. Scherben knirschten unter den Sohlen ihrer Sneakers. »Es war keine Absicht.«

Er lächelte. Aber seine Augen lächelten nicht mit. »Du musst keine Angst vor mir haben, Mädchen. Ich bin nicht verrückt.« Er kam auf sie zu. Ihre Muskeln verkrampften sich. Wieder stockte ihr der Atem.

»Ich bin geheilt.«

»Was ...« Sie räusperte sich, versuchte krampfhaft einen kühlen Kopf zu bewahren. Zum Ausgang zu gelangen, bevor ... Sie wagte gar nicht, daran zu denken. »Was wollen Sie von mir?«

»Das sagte ich doch schon«, er kam noch näher. »Ich brauche deine Hilfe.«

Eine Wolke aus Schweiß und Mundgeruch wehte zu ihr herüber. Ihr wurde übel. In blinder Verzweiflung tastete Sandra mit den Fingern die Wand entlang, während sie gleichzeitig den Blick des Irren hielt.

Er darf nicht merken, dass ich –

»Danach kannst du gehen.«

Danach ... Sie schauderte, glaubte sich übergeben zu müssen – und bekam endlich etwas zu fassen.

»Ihr macht das doch ständig, du und dein Freund.« Strewe griff in seine Jackentasche – *Ein Messer! Er hat ein Messer!* – und machte gleichzeitig einen letzten, entscheidenden Schritt auf sie zu. »Deshalb –«

Jetzt oder nie!

Sandra riss den Bilderrahmen hoch und ließ ihn anschließend so fest sie konnte nach unten schnellen. Sie spürte den Aufprall bis in die Schulter.

Das Glas zerschellte an Strewes Stirn, die sich in Sekundenschnelle rot färbte. Er strauchelte. »Auuuu!«

Lauf!

Sie stürzte an dem Irren vorbei zur Tür, riss sie auf und rannte so schnell sie konnte in die Freiheit. »Hilfe!« Endlich fand sie auch ihre Stimme wieder. »Hiiilfe!«

»Was zum Teufel sollte denn das?!«, heulte es aus dem Haus hinter ihr.

Sandra beschleunigte ihre Schritte und hatte schon fast das geöffnete Gartentor erreicht, als die Spitze ihres Turnschuhs plötzlich an etwas Hartes stieß. Schlagartig verlor sie das Gleichgewicht, flog für eine Millisekunde durch die Luft – und konnte gerade noch die Hände nach oben reißen und sich abfangen, bevor ihr Gesicht auf den Steinweg knallte.

Ihr war schwindelig. Alles drehte sich. Beide Schultern schmerzten, und sie bekam keine Luft.

»Jetzt bleib doch hier, Mädchen«, hörte sie Strewe sagen.

Nah. Zu nah.

Es kostete sie alle Mühe, sich auf den Rücken zu rollen. Sie schluckte. Der Irre stand direkt vor ihr.

12

ELISA

Nach ein paar schnellen Schritten erreichte sie den Raum, den ihre Mutter für ein Arbeitszimmer hielt, riss die Tür auf, stürmte hinein und fegte in einem Anfall blinder Wut mit der Hand einmal quer übers Regal.

Windeln, Fläschchen und Schnuller landeten auf dem Fußboden.

Du naive Kuh!

An den Wänden, die Rainer vor Jahren in geschlechts-neutralem Grün gestrichen hatte, zog sich auf Augenhöhe eine Bordüre rundherum. Die Tiere des Waldes tanzten darauf, quietschvergnügt vor Glück. Elisa entdeckte eine Ecke, in der sich der Tapetenkleister gelöst hatte, packte den Fetzen und riss Fuchs, Igel und Bär herunter. Der vierte in der Reihe, ein grinsender Hase, wurde zweigeteilt, als das Papier nachgab. Der Körper klebte noch im Wald. Die dümmliche Visage segelte nach unten.

Elisa rang mit den Tränen. Sie packte die Auflage des Wickeltischs und schleuderte sie ebenfalls aufs Laminat. Dann folgte der Inhalt des Schranks: winzige Bodys, Shirts und Hosen.

Bettchen, Kinderwagen, Windeleimer, alles, was man so braucht, und in einem top Zustand, hörte sie ihre Mutter sagen. *Weißt du was? Ich bring dir die Sachen einfach nächste Woche vorbei.*

Elisa schluchzte. Sie war längst auf ein Kind vorbereitet. Hatte alles, was man so brauchte – und würde es doch nie brauchen. Sogar Namen hatte sie sich schon überlegt.

Irgendwann ist es dann einfach zu spät, weißt du? Irgendwann ist die Uhr abgelaufen.

Plötzlich wurde ihr schummrig. Sie ließ sich auf den Sessel sinken, in dem sie ihr Baby hatte stillen wollen, und betrachtete das Chaos um sich herum.

Es *war* zu spät. Und zwar schon lange.

Das Telefon klingelte. Wahrscheinlich ihre Mutter, die sich darüber beklagen wollte, dass sie einfach aufgelegt hatte.

Elisa zwang sich, mehrmals tief durchzuatmen, aber es half nicht. In diesem Zustand konnte sie auf gar keinen Fall mit ihr sprechen. Stattdessen zog sie die Beine nach oben aufs Polster, umarmte die Knie und weinte.

13

ANDREAS

»Noch mal von vorne.«

Andreas stöhnte. Er hatte längst jedes Gefühl für Zeit verloren. Wie lange saß er schon in diesem verdammten, fensterlosen Raum? Erst hatten die Kommissare ihn schmoren lassen. Jetzt nahmen sie ihn in die Mangel. Wie viele Stunden waren seit seiner Verhaftung vergangen? Er wusste es nicht.

»Und du hast noch etwas vergessen. Etwas Wichtiges!«

»Ich weiß nicht, was passiert ist! Wie oft soll ich Ihnen das denn noch sagen?«

»Verkaufen Sie uns bitte nicht für dumm«, murrte der Größere von beiden, der sich als Volker Jansen vorgestellt

hatte. »Susanne van Hauten hat Sie zweifelsfrei wiedererkannt.«

Van Hauten. Da klingelte etwas.

»Ich arbeite für sie«, stellte Andreas nüchtern fest.

»Aber da ist noch etwas Anderes ...«

»Richtig, Herr Mehlich. Sie ist die Ehefrau Ihres Chefs.
Sie haben sie am vergangenen Samstag bei der Firmenfeier getroffen. Erinnern Sie sich?«

Er nickte mechanisch. »Wenn Sie das sagen.«

»Wir haben in der Zwischenzeit mit einigen Ihrer
Kollegen gesprochen. Sie können bezeugen, dass Sie in
den vergangenen Monaten immer übellauniger wurden
und immer häufiger über Geldsorgen geklagt haben.«

»Ist das ein Verbrechen?«

»Das nicht. Aber es ist ein Motiv.«

»Ein Motiv ... wofür?«, stammelte Andreas.

Sein Gegenüber verdrehte die Augen. »So kommen
wir nicht weiter.«

»Van Hauten ist tot«, sprang der kleinere Kommissar
ein. »Die Spurensicherung hat in Ihrem Waschbecken
Blutreste sicherstellen können. Genau wie an Türgriff,
Schaltknauf und Lenkrad Ihres Wagens. Die Ergebnisse
sind noch nicht da, aber ich gehe jede Wette ein, dass es
von van Hauten stammt!«

»Ich hab's dir ja gesagt«, nölte die Stimme in Andreas'
Kopf besserwisserisch. *»Sie werden dich drankriegen.«*

»Ja, aber ich ... ich hab ihn nicht umgebracht! Das sagte
ich doch schon!«

»Bist du dir sicher?«

Er schauderte.

»Blut. Überall Blut und Gedärm.«

»Hören Sie, ich weiß, wie das aussieht, aber ich könnte doch nie —«

»Wieso war es an den Handschuhen, wenn du van Hauten nicht angerührt hast?«

Sein Puls beschleunigte sich.

»Sie haben die van Hautens angefleht, Ihnen Geld zu leihen. Aber als die Ihnen keins geben wollten, da wurden Sie wütend, nicht wahr? Sie waren neidisch auf deren Vermögen, und da haben Sie einen Plan geschmiedet, um —«

»Nein, so war das nicht! Ich sagte Ihnen doch: Das war alles Tommys Idee!«

»Herr Mehlich«, mischte sich der Größere wieder ein. Betont ruhig, aber streng. »Sie befinden sich nun schon seit einigen Stunden hier. Unsere Kollegen haben in der Zwischenzeit Ihre Nachbarn befragt und sogar den Leiter der Selbsthilfegruppe ausfindig gemacht, in der Sie diesen Tommy angeblich kennengelernt haben. Keiner der Zeugen hat je einen Mann gesehen, der Ihrer Beschreibung entspricht.«

Andreas riss die Augen auf. Ein Pfeifton schrillte durch seinen Verstand, machte ihn schummrig. »Er war nur einmal in der Gruppe. Er —«

»Dafür beschreiben sie *Sie* als einen Mann, der zu Wutausbrüchen und paranoiden Ideen neigt. Vor allem in jüngster Zeit.«

»Vorsicht! Sag jetzt nichts Falsches.«

»Ich trinke hin und wieder ein Glas«, gab er zu.

»Das wissen wir. Ihr Bluttest von heute Morgen ergab eins Komma acht Promille. Dass Sie noch geradestehen konnten und nicht lallen, legt den Schluss nahe, dass Sie oft Alkohol konsumieren.«

»Die verdammte Miete ... wurde schon wieder erhöht«, stammelte er, kämpfte verzweifelt gegen den Schwindel. »Ich kann ... mir das Leben in Berlin ... nicht mehr leisten.«

Das Pfeifen erstarb. Der Raum drehte sich weiter.

»Dazu kommen Spielschulden.«

»Herrgott, ja, ich dachte, einen Versuch ist es wert ... und hab mich damit noch mehr in die Scheiße geritten!«

»Das macht Sie wütend, nicht wahr?«

»Ja, verdammt«, brüllte Andreas dem Kerl entgegen. »Das macht mich scheißwütend!« Er schluckte, hatte plötzlich das Gefühl, er müsse sich übergeben, bemühte sich aber um Fassung. »Aber das macht mich noch nicht zum Mörder!«

»Herr Mehlich, wir haben die Ohrringe, die den van Hautens entwendet wurden, in Ihrem Haus gefunden. Sie hatten ein Motiv. Und Sie waren zum Zeitpunkt des Mordes am Tatort. Dafür gibt es einen Videobeweis. Kein anderer ist darauf zu sehen.«

Andreas' Muskeln verkrampften sich. Irgendetwas stimmte da nicht. Er hatte sich Tommy nicht eingebildet.

»Oder doch?«

Er presste sich die Hände auf die Ohren. Nein, das durfte nicht sein. Es durfte nicht wieder passieren.

»Was, wenn —?«

»Sie waren schon einmal in stationärer, psychiatrischer Behandlung«, stellte der kleinere Kommissar fest.

»Das war nichts«, presste Andreas hervor. »Woher ... wissen Sie überhaupt davon?«

»Ihr Bruder hat uns davon erzählt. Er sagte, Sie hatten einen imaginären Freund.«

»Das war ... ich war noch ein Kind!«

»Das ist erst dreizehn Jahre her, Herr Mehlich. Sie waren also siebzehn.«

Andreas' Arme sackten kraftlos herab. »Mit Tommy war das anders!« Er wusste, sie würden ihm nicht glauben. Sie hörten ja gar nicht richtig zu.

»Wieso sollten sie auch?!«

Bilder flackerten durch seinen Verstand. Eine Tür. Zersprungenes Glas. Ein Schreibtisch. Und dann war da Blut. Überall Blut und Gedärm.

»Du warst da. Und du hast ihnen noch nicht alles erzählt«, mahnte die innere Stimme.

Er riss den Kopf nach rechts und sprang auf. »Weil ich mich nicht an alles erinnern kann, gottverdammt noch mal!«

14

VOLKER

Der Kerl ist geisteskrank.

Volker zuckte instinktiv zurück. Bislang hatte er Mehlichs Behauptungen für reine Taktik gehalten. Für eine Strategie, die ihn vor dem Knast bewahren sollte, indem sein Anwalt auf Unzurechnungsfähigkeit plädierte. Jetzt wurde ihm klar, dass der Mann die Wahrheit sagte.

Seine Wahrheit. In der ein imaginärer Freund die Fäden zog.

»Mit wem sprechen Sie da, Herr Mehlich?« Er warf Otto einen kurzen Blick zu, sah nichts als Abscheu. Volker beugte sich demonstrativ nach vorn. »Ist Tommy hier mit uns im Raum?«

»Selbstverständlich nicht!« Mehlich riss den Kopf wieder herum und sah ihm tief in die Augen. »Sonst könnten Sie ihn ja jetzt verhaften und mich endlich gehenlassen!«

»Bitte.« Volker zeigte auf den Stuhl und schenkte dem armen Kerl ein Lächeln. »Setzen Sie sich wieder.« Die Erfahrung hatte ihn gelehrt, auf Menschen mit psychischen Störungen einzugehen, statt sie noch mehr unter Druck zu setzen. »Wir können doch über alles reden. Wir wollen Ihnen nichts Böses. Wir möchten nur herausfinden, was heute Nacht geschehen ist.«

Sein Gegenüber zögerte.

»Sehen Sie, wenn Sie mit uns kooperieren, sind Sie allemal besser dran. Erzählen Sie uns in aller Ruhe, was passiert ist. Lassen Sie sich Zeit. Versuchen Sie, sich an so viel wie möglich zu erinnern.«

Mehlichs Schultern sackten herab. Er seufzte und nahm wieder Platz. »Ich versuche es ja. Das müssen Sie mir glauben.«

»Wir glauben Ihnen.« Ein mitfühlendes Lächeln. Dann ein erneuter, vorsichtiger Vorstoß. »Es war also Tommys Idee, ja?«

Der Irre nickte vehement.

Wann bist du so geworden wie du bist? An welchem Punkt deines Lebens ist alles aus der Bahn geraten?

Volker legte die Stirn in Falten. Er musste das Vertrauen des Mannes gewinnen. Ein Geständnis war eigentlich nicht nötig. Die Beweislast war erdrückend. Trotzdem musste er auf Nummer sicher gehen. Musste dafür sorgen, dass Mehlich zur Rechenschaft gezogen wurde – und dabei die Hilfe bekam, die er dringend benötigte. Bevor er sich selbst oder weiteren Unbeteiligten schadete. »Gehen wir noch einmal zurück zum Anfang.«

Wann hat das mit den Halluzinationen angefangen?

»Wann –« Volker räusperte sich. »Wann ist Tommy in Ihr Leben getreten?«

Mehlich leckte sich die Lippen und griff sich in einer anscheinend unbewussten Geste ans linke Handgelenk. »Das habe ich Ihnen doch alles schon erzählt.«

»Bitte. Ich möchte es verstehen.«

Ein leises Seufzen. Mehlich zwirbelte eine Hautfalte zwischen Daumen und Zeigefinger, zog fest daran, schien den Schmerz aber nicht zu bemerken. »Vor anderthalb Jahren, als ... als ich nicht mehr weiterwusste.«

Als er seine Frau verloren hat. Das erklärt einiges.

»Man könnte also sagen, er war für Sie da, als Sie am Tiefpunkt waren?«

Ein langsames Nicken. »Ja. Vielleicht.«

Volker holte Luft, um seine nächste Frage zu stellen, aber sein Gegenüber sprach bereits weiter.

»Ich dachte, er wäre mein Freund.« Ein Funkeln schlich sich in Mehlichs Augen. »Aber er ist böse. Er ist der Teufel!«

Er sah aus, als wäre der Leibhaftige hinter ihm her. Jetzt verstand Volker, was die Witwe van Hauten gemeint hatte. Nur dass der Teufel, der diesen Mann gejagt und zu Fall gebracht hatte, kein Mensch aus Fleisch und Blut war, sondern in seinem Kopf wohnte. Er konnte ihm nicht entkommen.

»Ich will nicht in den Knast.« Plötzlich nahm das Gesicht des Mannes beinahe kindliche Züge an. »Bitte schicken Sie mich nicht dahin.«

»Sie kommen nicht ins Gefängnis.« Volker bemühte sich weiterhin um einen ruhigen Tonfall. »Sie —«

»Für Abschaum wie dich ist ein besonderer Platz in der Hölle reserviert«, polterte Otto dazwischen.

Ganz toll ...

Volker warf ihm einen erbosten Blick zu und brachte ihn damit zum Schweigen. Der Hass in der Mimik des

Kollegen blieb. Er schien nicht zu begreifen, dass Mehlich längst in seiner ganz eigenen Hölle schmorte.

Der Irre begann zu schluchzen. »Bitte. Ich tu doch mein Bestes!«

»Wir wollen Ihnen helfen. Sobald wir unser Gespräch beendet haben, werden wir einen Arzt für Sie rufen.«

Mehlich legte den Kopf schief, hörte aber zumindest auf zu weinen. »Ich bin nicht verletzt. Das war nicht mein Blut, wissen Sie?«

»Ich weiß.« Volker machte eine kurze Pause, gab dem Mann etwas Zeit, die Dinge zu ordnen. »Wessen Blut war es? Können Sie sich daran erinnern?«

Ein beinahe animalisches Grunzen. »Das von … van Hauten … nehme ich an.«

»Richtig, Herr Mehlich. Sie waren am Tatort, nicht wahr?«

»Ich weiß es nicht mehr.«

Otto stöhnte. »So wird das nichts.«

Volker presste die Lippen aufeinander. Unter dem Verhörtisch ballten sich seine Hände zu Fäusten. »Vielleicht erzählen Sie uns einfach, was gestern Abend passiert ist, *bevor* Sie nach Dahlem aufgebrochen sind.«

Mehlich überlegte. »Wir … wir haben getrunken. Und auf die Welt geschimpft. Wie ungerecht das doch alles ist. Dass Menschen wie …« Er zögerte, schien mit sich zu ringen. »Dass Menschen wie die van Hautens so viel Geld haben. Und wir nicht. Und dann … hat Tommy irgendwann vorgeschlagen, dass wir uns etwas davon holen.«

Volker nickte ihm aufmunternd zu.

»Tommy sagte, die Tür der van Hautens wäre ganz leicht aufzubrechen. Mit dem Hammer durchs Glasfenster und –«

»Woher wusste Tommy, wie die Tür aussieht?«, fuhr Otto wieder dazwischen, doch diesmal klang sein Tonfall fast beiläufig.

Volker sah ihn fragend an, registrierte gleichzeitig im Augenwinkel ein Achselzucken. »Das weiß ich nicht, aber ... aber so war es ja dann auch. Ging ganz leicht. Tommy weiß immer Bescheid.«

»Sie geben also zu, dass Sie am Tatort waren?« Auf Ottos Gesicht zeichnete sich plötzlich das Grinsen einer lauernden Katze ab.

Volker war unsicher, ob der Kollege die richtige Strategie verfolgte, ließ ihn aber vorerst gewähren und wandte sich wieder Mehlich zu. *Vielleicht schaffen wir es so ja doch noch, ihn langsam an die Wahrheit heranzuführen.*

»Ja, jetzt erinnere ich mich wieder. Aber es kommen nur Bruchstücke zurück. Ich hab im Arbeitszimmer gesucht.«

Im Arbeitszimmer. Da, wo die Ohrringe lagen.

»Tommy hat geflucht, und plötzlich hab ich die Stimme des Chefs, also, ich meine die von Horst van Hauten, gehört. ›Ich rufe die Polizei‹, hat er gesagt. Und dann ...« Mehlich stockte, schien krampfhaft zu überlegen. »Ich erinnere mich nicht mehr.«

»Ich sage Ihnen, was passiert ist!« Otto warf den Oberkörper nach vorn und schleuderte dem Mann die

Wahrheit entgegen: »*Sie* haben am Samstag gesehen, dass die Tür leicht zu knacken ist. Gestern haben Sie sich betrunken und sind bei den van Hautens eingebrochen.«

Volker packte ihn an der Schulter, wollte ihm Einhalt gebieten, aber Otto ließ sich nicht beirren: »Und als der Hausherr Sie erwischt hat, da haben Sie ihn eiskalt umgebracht! So einfach ist das!«

Mehlich zuckte zurück, schien förmlich zusammenzufallen. »Nein, nein! Ich schwöre, so war das nicht! Ich könnte doch keiner Fliege was zuleide tun. Tommy muss das gewesen sein!«

»Es gibt keinen Tommy!«

»Otto, jetzt —«

»Blut. Da war überall Blut. Blut und Gedärm.« Mehlich schien ihre Anwesenheit gar nicht mehr zu bemerken. Mit weit aufgerissenen Augen wankte er auf dem Stuhl vor und zurück. »Tommy war weg. Einfach weg. Und ich bin gerannt. So schnell gerannt.«

»Herr Mehlich, hören Sie mir jetzt genau zu ...«

»Otto, lass das. Siehst du nicht, dass er —«

»... es hat nie einen Tommy gegeben. Wir haben nach ihm gesucht. Ohne Erfolg. Er ist nur eine Ausgeburt Ihrer Fantasie. Eine Stimme in Ihrem Kopf.«

Mehlich erstarrte. Das bleiche Gesicht verkrampfte sich zu einem Ausdruck blanken Entsetzens.

Volker schauderte. »Otto, bitte, du musst —«

»Deshalb ist er auch nicht auf den Kameraaufnahmen zu sehen. Da sind nur Sie. Sie ganz allein!«

Ein Zittern erfasste Mehlichs Körper.

»Und wissen Sie, was wir noch gefunden haben? Direkt neben der Leiche, die Sie nie angerührt haben wollen?« Otto zog einen Beweismittelbeutel hervor und knallte ihn auf den Tisch. »Sagen Sie mir doch bitte, was das ist!«

15

SANDRA

»Sandra!«

Papa! Gott sei Dank! Irgendwo, weit weg, hörte sie seine Stimme. Schritte donnerten über den Asphalt, kamen näher und näher.

Strewes Gesicht veränderte sich. Jetzt konnte sie Angst in seinen Augen sehen. »Ich ... ich wollte doch nicht ...« Er taumelte rückwärts, schien sich im Haus verkriechen zu wollen.

Doch Sandras Vater war schneller. Er schoss in ihr Blickfeld – und direkt auf den Irren zu. »Lass ja die Finger von meiner Tochter, hast du mich gehört?!« Er packte den Mann am Kragen und schüttelte kräftig.

Strewes blutüberströmter Kopf flog vor und zurück. »Ich wollte ihr nichts tun, das wollte ich wirklich nicht«, heulte er wieder und wieder.

Sandra rappelte sich auf, musste sich aber am Gartenzaun festhalten, um nicht das Gleichgewicht zu verlieren. Noch immer war ihr schwindelig. Sie zitterte am ganzen Leib.

»Meine Frau hat die Polizei gerufen, du Arschloch«, brüllte ihr Vater weiter und gab dem Irren einen Schubs, der ihn zu Boden schleuderte.

Er stürzte wie eine Puppe, so kraftlos, dass er sich nicht einmal abfangen konnte. »Bitte, ich wollte doch nur —« Der Aufprall raubte ihm den Atem. Er rang nach Luft, stierte seinen Gegner hilfesuchend an.

Sandras Schwindel wurde etwas besser, aber das Zittern wollte einfach nicht nachlassen.

Ihr Vater ließ den Irren liegen, trat zu ihr und nahm sie fest in den Arm. »Schhhh. Alles wird gut, mein Schatz. Du bist jetzt in Sicherheit. Er kann dir nichts mehr tun.«

Sie konnte ihm noch keinen Glauben schenken. Nicht, solange ihr Angreifer noch da war.

»Nein, ihr versteht nicht«, jammerte Strewe, kaum dass er wieder etwas zu Atem gekommen war. Er lag wie ein Käfer auf dem Rücken und strampelte mit den Beinen. »Ich brauche Hilfe!«

»Die brauchst du wirklich, du verdammter Irrer«, zischte Sandras Vater und presste ihren Kopf mit der rechten Hand fest an seine Brust. »Wenn du meine Tochter noch einmal anrührst, dann schwöre ich bei Gott ...«

Der Irre schrie wie ein verletztes Tier. »Das verstehe ich doch! Ich —« Er verstummte.

Die Luft war plötzlich von blauen Blitzen durchzogen. Sie pulsierten im Takt des Herzschlags, der durch Sandras Schädel wummerte.

»Da sind sie ja.« Ihr Vater hielt sie an den Schultern fest und schob sie ein Stück von sich weg, bevor er ihr tief in die Augen sah. »Alles gut?«

Sie nickte benommen.

»Dann lauf rüber zu Mama ins Haus. Ich komme gleich nach.«

Aber sie konnte nicht. Konnte sich einfach nicht regen. Also blieb sie stehen und beobachtete, wie ihr Vater auf den Streifenwagen zuging und die beiden Polizisten begrüßte.

»Gut, dass Sie so schnell kommen konnten. Es ist Strewe. Er hat Sandra angegriffen!«

Der männliche Uniformierte warf ihr einen besorgten Blick zu. »Der Krankenwagen ist schon unterwegs.«

»Es geht schon«, sagte sie schwach und rang sich ein Lächeln ab – das in der Sekunde gefror, als eine Hand die ihre packte.

Sie riss den Kopf herum. Ihr Puls beschleunigte sich. Die Welt um sie herum begann sich wieder zu drehen.

Strewe, noch immer blutend, kniete vor ihr im Dreck. »Bitte, Sandra, du musst mir helfen!«

Sie machte sich von ihm los. »Lassen Sie mich in Ruhe! Ich –«

»Du kennst dich doch damit aus.« Er griff in seine Jackentasche, holte ein Handy daraus hervor und streckte es ihr mit weinerlichem Gesichtsausdruck entgegen.

Sandra stutzte.

»Jetzt reicht's aber wirklich«, fuhr ihr Vater dazwischen und schubste den Mann wieder in den Dreck.

»Nicht doch«, kommentierte die Polizistin und hielt seinen Arm fest, bevor er noch einmal zuschlagen konnte. »Das lassen wir schön bleiben, bevor Sie sich auch noch eine Anzeige einhandeln.« Sie führte ihn ein Stück weg. »Mein Kollege kümmert sich jetzt um ihn.«

Der Beamte trat hinter Strewe, packte ihn unter den Armen und zog ihn hoch, bis er wieder auf den Füßen stand. Die ganze Zeit über ließ der kleine Mann Sandra nicht aus den Augen. »Das ist meine einzige Chance!«

»Genug jetzt«, kommandierte der Polizist, aber Strewe ließ sich nicht beirren. »Du musst das Bild ins Internet stellen! Du kennst dich doch damit aus. Das macht ihr doch ständig, du und dein Freund.«

Darum geht es also? Deshalb greift er mich an?!

Handschellen klickten. »Der Rettungswagen ist gleich da. Der bringt Sie in die Klinik zurück.«

Der Irre schien gar nicht hinzuhören. Stattdessen stierte er weiter Sandra an. »Bitte! Das ist meine einzige Chance, sie zu finden! Meine Tochter ... sie ist einfach verschwunden!«

Sandra begann zu begreifen.

Doch das Gesicht des Polizisten nahm einen ganz eigenartigen Ausdruck an. Er packte ihren Angreifer an der Schulter und drehte ihn langsam zu sich herum. »Ihre Tochter ist tot, Herr Strewe. Und das schon seit vielen Jahren.«

16

ELISA

Einatmen.

Es knirschte unter den Sohlen ihrer Sneakers. Der nächtliche Regen hatte Spuren hinterlassen. Kleine Zweige lagen auf dem asphaltierten Weg.

Und aus.

Ihr Atem stob als weiße Wolke in die Luft. Nur vereinzelt kamen ihr andere Jogger und Hundehalter entgegen. Der Lärm der Stadt verblasste zu unbedeutendem Hintergrundrauschen. Sie hörte nichts als das rhythmische Klopfen der eigenen Schritte.

Kein unaufhörliches Telefonklingeln. Kein Vorwurf, ob real oder in ihrem Kopf. Kein Druck. Ihr war, als ließe sie alle Sorgen hinter sich. Hier und jetzt, zwischen den kargen Weiden, die ihre gewohnte Strecke säumten, konnte sie einfach nur sein.

Einatmen. Und wieder aus.

Elisa fühlte sich frei. Sie erreichte das Spreeufer und gönnte sich eine kurze Pause, betrachtete den Fernsehturm in der Ferne. Obwohl sie über genügend Ausdauer verfügte, spürte sie ein Stechen in der Brust.

Sie hasste Berlin. Heute mehr denn je. Vielleicht war es Zeit für einen Neuanfang. Für die nächste Phase ihres Lebens. Sie entschied, es Rainer heute Abend zu sagen.

Keine Versuche mehr. Keine Hormone. Keine Hoffnung. Keine bitteren Enttäuschungen.

Während sie zurücklief, formte sie die Sätze in ihrem Kopf. Wog Argumente gegeneinander ab, überlegte, wie sie Rainer überzeugen konnte. Doch eigentlich, das war ihr wohl bewusst, hatte das Schicksal längst für sie beide entschieden.

Einatmen. Und wieder aus.

Je näher sie ihrem Zuhause kam, desto schwerer wurden die Schritte. Immer wieder kam sie aus dem Rhythmus, stolperte aber tapfer weiter, bis sie schließlich durchs Treppenhaus nach oben stapfte. Vor der Tür blieb sie einen Moment unschlüssig stehen.

Was, wenn Rainer nicht aufgeben will? Was, wenn er –

Der Gedanke, er könne sie verlassen, sich gar einer anderen zuwenden, trieb ihr schon wieder Tränen in die Augen. *Er* hatte noch immer die Chance auf das ganz große Familienglück. Für Elisa war diese Möglichkeit für immer verloren.

Nein, das würde er nicht tun. Er liebt mich, versuchte sie sich rasch einzureden. Aber tief im Inneren war sie sich dessen nicht sicher. Ein unsagbares Gefühl der Leere übermannte sie, hielt sie im festen Klammergriff.

Sie atmete ein paarmal tief durch. Dann zog sie mit zitternden Fingern den Schlüssel hervor und betrat die Wohnung. Zu ihrer Überraschung hörte sie, wie Rainer eine Melodie pfiff, während Geschirr klapperte. Elisa ging zur Garderobe, um sich ihrer Jacke und der Schuhe zu entledigen.

Das Pfeifen erstarb. »Liebling?« Er klang über die Maße gut gelaunt.

»Ich bin zurück«, rief sie Richtung Küche.

Wenige Sekunden später stand er vor ihr, ein breites Grinsen im Gesicht. »Da bist du ja.« Er betrachtete sie von oben bis unten. »Wie war's beim Laufen?«

»Ganz gut.« Sie zögerte. »Hör mal, ich —«

»Verrätst du mir, was im Kinderzimmer passiert ist?«

Sie zuckte zusammen. »Tut mir leid, bin ausgerastet.«

»Nicht so schlimm.« Seine Mimik zeugte noch immer von einer Fröhlichkeit, die Elisa unbegreiflich war. »Das meiste habe ich schon wieder aufgeräumt. Nur das mit der Bordüre wird knifflig, wenn wir es so herrichten wollen, dass man es nicht mehr sieht. Ich könnte —«

»Rainer«, unterbrach sie ihn sanft und legte ihm die Hand auf den Arm. »Meinst du nicht, es wird Zeit, dass wir es tatsächlich als Arbeitszimmer nutzen? Ich denke, wir müssen langsam der Wahrheit ins Auge sehen.«

Sein Grinsen wurde noch breiter. »Ganz und gar nicht, mein Liebling. Wir sollten das Gegenteil tun. Wir sollten zusehen, dass wir die Wand reparieren.« Er schlang die Arme um sie und drückte sie fest. »Ich habe nämlich eine Überraschung für dich.«

Sie hörte ein Geräusch. Ihr Herz machte einen Satz, noch bevor ihr Verstand begriff. »War das —?« Elisa verstummte. Da war es wieder!

Das unverkennbare Glucksen eines kleinen Kindes.

17

ANDREAS

Ungläubig stierte Andreas auf den Inhalt des kleinen Plastikbeutels. Sechs würfelförmige, rosafarbene Perlen mit eingravierten Buchstaben.

»Ich sagte doch, du hast etwas vergessen. Du hättest —«

Der Rest des Satzes wurde von einem schrillen Pfeifen verschluckt, das immer weiter anschwoll und von den Innenwänden seines Schädels widerhallte, bis nichts anderes mehr zu existieren schien.

Der Raum um ihn herum verschwand. Andreas schwebte. Er schwebte hoch hinaus und immer höher, begleitet vom irren Klang seiner schreienden Seele.

Weit entfernt konnte er eine Männerstimme rufen hören. »... braucht einen Arzt! Du hättest ihn nicht ...«

Es war ihm egal. Alles war plötzlich gleichgültig. Alles, bis auf den Abgrund, vor dem er jetzt stand.

»Herr Mehlich, hören Sie mich? Können Sie ...«

Andreas holte tief Luft. Und sprang.

TEIL ZWEI

Die ganz Schlauen
sehen um fünf Ecken
und sind geradeaus blind.

BENJAMIN FRANKLIN

18

ANDREAS

Es war warm in der Höhle. Und sicher. Er fühlte sich wohl in seiner unendlichen Dunkelheit. Nur selten wurde die Ruhe gestört. Vom Hall einer Stimme. Dem Rauschen von Wasser. Oder einem Piepsen. Manchmal war ihm, als habe er Hunger. Doch das Gefühl verschwand so schnell es gekommen war. Dann trieb er wieder schwerelos durch die Nacht. *Frieden.*

Doch heute war das anders. Etwas hatte sich verändert. Eine innere Unruhe hatte von ihm Besitz ergriffen. Ein Kribbeln schoss durch seine Adern. Plötzlich war er sich seines Körpers bewusst, spürte einen Druck an Rücken und Po.

Ich schwebe nicht mehr. Ich ... liege?

Jetzt konnte er den eigenen Puls hören. Er wummerte schneller und schneller.

Nein, ich will hier nicht weg! Ich –

Ein Lichtstrahl bohrte sich mit brachialer Gewalt in sein Bewusstsein. Andreas blinzelte. Die Höhle wurde unscharf, schmolz vor seinem inneren Auge dahin wie ein Gletscher.

Bitte nicht!

Er versuchte krampfhaft, das sichere Refugium festzuhalten, kämpfte verzweifelt um Seelenfrieden. Doch es war zu spät. Die Höhle verschwand im Nichts. Was blieb, war eine kalte Neonröhre hinter Glas, montiert zwischen unzähligen Stockflecken, etwa drei Meter über ihm.

»Schön, dass du dich auch endlich zu uns gesellst!«

Andreas warf den Kopf herum. Auf der gegenüberliegenden Seite des Raums befand sich ein schmales Metallbett. Schneeweiße, perfekt drapierte Bettwäsche vor mintgrüner Wand. Daneben stand ein kleiner, hagerer Mann und grinste ihn unverhohlen an. »Ich hab schon angefangen, mich zu langweilen.«

»Was —«, begann Andreas, musste aber abbrechen. Seine Kehle war vollkommen ausgedörrt. Der Schädel brummte.

»Schon deine Stimme«, empfahl der Fremde. »Du hast sie immerhin ganze sechs Monate lang nicht benutzt.«

Sechs Monate?!

Andreas schluckte trocken.

»Das war echt gruselig, wie du hier rumgelatscht bist. Wie ein Zombie, sag ich dir!«

Als er den Blick durch den Raum schweifen ließ, entdeckte er eine Wasserflasche auf dem metallenen Nachttisch neben sich. Er setzte sich vorsichtig auf, griff danach und machte sich am Verschluss zu schaffen. Während er gierig trank, sprach der kleine Mann ungerührt weiter.

»Nicht einen Mucks hast du gemacht. Sie mussten dich füttern, duschen, aufs Klo setzen, dir den Hintern abwischen und dich wieder runterholen. Und die ganze Zeit über hast du mechanisch mitgemacht, aber ... deine

Augen waren so stumpf wie die eines Toten. Gruselig, echt!«

Als er die Flasche geleert hatte, sah Andreas an sich herab. Er trug eine Jogginghose und ein rotes Shirt mit Aufdruck. Beides kam ihm vage vertraut vor. Er unternahm einen neuen Versuch zu sprechen. Es ging schon besser, wenngleich seine Stimme nach wie vor kratzig klang. »Wo bin ich hier?«

»Sieh dich doch um!« Der Mann lachte und machte eine ausladende Geste. »Was glaubst du wohl?«

Andreas gehorchte.

Die beiden spiegelgleichen Hälften des Raums, ausgestattet mit Bett und Nachttisch, in die Wand eingelassenen Schränken und je einem Schreibtisch, verband ein Fenster. Robuste Stahlgitter zeichneten sich dahinter ab.

Ihm wurde schwindelig.

Auf der gegenüberliegenden Seite befanden sich zwei Türen, die beide offenstanden. Die erste, aus Holz, führte in ein Badezimmer mit Dusche, in der ein Plastiksitz stand. Die andere war aus Metall und wies zwei übereinander montierte Klappen auf. Dahinter konnte er einen Flur ausmachen, dessen Wände ebenfalls mintgrün gestrichen waren.

»Ich bin im Gefängnis.«

Wieder erntete er ein Lachen. »Schlimmer.«

Er schauderte, ignorierte die leise Ahnung, die sich in sein Bewusstsein schlich. »Was könnte schlimmer sein?«

Der kleine Mann überging die Frage. »Weißt du, weshalb du hier bist?«

Andreas zog die Stirn kraus, überlegte krampfhaft. Aber da war nichts. Nicht eine einzige Erinnerung. Oder doch? »Mein Name ist Andreas Mehlich«, begann er zögerlich. »Ich bin in Pankow zur Schule gegangen, aber ich musste in der Oberstufe abbrechen, weil —« Er zuckte zusammen, lauschte in sich hinein. Etwas fehlte. Die Stimme war nicht mehr da.

»Sie haben dir Medikamente gegeben«, erklärte sein Gegenüber, als habe er seine Gedanken gelesen. »Die machen müde und schummrig, aber der Rest fällt dir schon noch ein.«

Schlagartig wurde Andreas klar, wo er war. Er kannte das alles. Aus seiner Teenagerzeit. »Ich bin in einer Klinik, nicht wahr?«

Ein Nicken. »Willkommen im Club der 63er!«

Er hatte keine Ahnung, was das zu bedeuten hatte, stellte die Frage aber zunächst hintenan. »Wer bist du?«

Der kleine Mann grinste. »Du kannst mich Pokey nennen.«

»Weshalb bist *du* hier?«

Ein Zögern. »Man hat mir das Kind geraubt.«

Andreas zuckte zurück. Ein schmerzhaftes Ziehen breitete sich in seiner Brust aus. Erinnerungsfetzen stoben durch seinen Verstand wie Staubflusen im Wind, aber er konnte sie nicht lange genug festhalten, um sie zu erkennen. Er presste die Hände an die Wangen und schloss die Augen, versuchte, den Nebel in seinem Kopf zu vertreiben, aber es ging nicht. Plötzlich fiel ihm das Atmen schwer.

»Du hyperventilierst.« Pokey klang besorgt. »Ich gehe mal nachsehen, wo die Pfleger stecken.«

Andreas hörte, wie sich Schritte entfernten. Für eine Sekunde umgab ihn wieder nichts als Stille. Dann polterte jemand schwer schnaufend in den Raum hinein. »Ich kann fliiiiiegen!«

Andreas riss die Augen auf und starrte ungläubig auf den Hünen mittleren Alters, der mit weit ausgebreiteten Armen im Kreis herumlief und dazu Motorengeräusche machte.

»Dumbo, du Riesenbaby, komm sofort da raus!« Im Türrahmen erschien ein schier bis auf die Knochen abgemagerter Blondschopf. »Du weißt genau, dass Doktor Engels dich bestraft, wenn du den Katatoniker – oh!« Sein Gesicht nahm eine überraschte Miene an. »Du bist ja wach!« Er machte ein paar Schritte nach vorn und winkte Andreas freundlich zu. »Ich bin Zyankali. Willkommen auf Station F.«

Pokey, Dumbo, Zyankali ... die haben sie doch nicht alle!

Sein Arm fühlte sich unsagbar schwer an, trotzdem erwiderte er den Gruß. »Andreas.«

»Bruuuuum. Bruuuuum.« Ein Spuckefaden troff aus dem rechten Mundwinkel des kindischen Riesens. Dumbo zog einen letzten Kreis, bevor er mit rudernden Armen zur Tür hinauslief. »Ich kann fliiiiiegen!«

»Hm«, machte Zyankali und fuhr dann fort, als habe es gar keine Unterbrechung des Gesprächs gegeben: »Da müssen wir uns aber schnell einen Spitznamen für dich überlegen. Wieso bist du hier?«

Andreas zuckte die Achseln, während er gegen einen weiteren Schwindelanfall ankämpfte. »Ich ... ich weiß es nicht mehr.«

Sein Gegenüber öffnete gerade den Mund, um zu antworten, als zwei weitere Gestalten ins Zimmer hereinplatzten.

»Du machst dir kein Bild, was heute passiert ist«, schnatterte die vordere, ein Mann um die Fünfzig mit dichtem Vollbart, sofort los. »Ich hab verschlafen, und als ich zum Frühstück kam, gab es keine Brötchen mehr. Ich musste warten, bis Benny wieder welche aus der Küche geholt hat, und dabei —«

»Story«, unterbrach Zyankali, »das ist sicher ganz spannend, und du kannst es mir später in allen Einzelheiten erzählen, aber der Katatoniker ist wach!«

Dem Mittfünfziger klappte die Kinnlade herunter. Seine Mimik wirkte so unnatürlich wie die einer Komikfigur.

»Ich bin überrascht«, kommentierte der Kerl mit der Igelfrisur neben ihm in sachlichem Tonfall.

Der Mann namens Story machte eine wegwerfende Handbewegung in seine Richtung, bevor er sich Andreas zuwandte. »Beachte den nicht. Er hat keine eigene Persönlichkeit, spiegelt nur unsere Stimmungen und Gefühle. Wir nennen ihn ›Cammy‹, weil uns ›das Chamäleon‹ auf Dauer zu lang war. Hast du auch schon einen Spitznamen? Wir haben alle einen. Das macht uns besonders, weißt du? Mich nennt man ›Story‹, weil ich so viel —«

»Story!« Zyankali lachte.

Der Mittfünfziger stutzte. »Ich mach es schon wieder, nicht wahr? Ich hab schon wieder zu viel gelabert.«

Andreas grinste. »Ein bisschen vielleicht.«

Das Chamäleon mit der Igelfrisur stierte ihn eindringlich an, schien ihn mit seinem Blick beinahe zu durchbohren. »Ich traue euch nicht.«

Mist! Er spiegelt Emotionen ...

Andreas fühlte sich ertappt. Er sah beschämt zu Boden. »Tut mir leid. Ich ...«

»Du kennst uns nicht, schon klar«, sagte Zyankali verständnisvoll.

Story hielt überraschenderweise die Klappe, zog stattdessen einen übertriebenen Schmollmund, drehte sich um und marschierte davon.

Andreas machte ein schuldbewusstes Gesicht. »Hey, bleib doch hier! Das ist überhaupt nicht böse gemeint! Ich ...« Er wusste nicht, wie er den Satz beenden sollte.

»Ich habe Angst«, entschied der menschliche Spiegel – und traf damit wieder genau ins Schwarze.

»Das solltest du auch«, fand Zyankali und warf einen besorgten Blick über die Schulter. »Sie werden gleich hier sein!«

19

VOLKER

»Bitte, Renate, du musst etwas essen«, flehte Volker.

Seine Frau stierte dumpf auf den unangetasteten Toast mit Butter, der auf dem Teller vor ihr lag. »Ich habe keinen Appetit.« Ihre Stimme war schwach und brüchig. Das fleckige Nachthemd hing am Körper wie ein Sack. Der Ausschnitt ließ die weit hervorstehenden Schlüsselbeine erkennen.

»Bitte. Nur einen Happen.« Er wusste sich nicht mehr zu helfen. Sie hatte in den vergangenen Monaten unzählige Kilos abgenommen. Überhaupt wurde alles von Tag zu Tag schlimmer. Sie weinte viel. Nichts machte ihr mehr Freude. Und die verdammten Medikamente schlugen einfach nicht an.

Renate schob den Teller von sich weg. »Weshalb?«, fragte sie tonlos.

»Weshalb was?«

»Weshalb soll ich essen?«

Volker ballte die Hände unter dem Tisch zu Fäusten. In seinem gesamten Leben hatte er sich noch nie so machtlos gefühlt. »Weil du sonst verhungerst, Schatz.«

Sie sah ihn aus trüben Augen an und zuckte die Achseln. »Wäre das so schlimm?«

Für einen Moment verschlug es ihm die Sprache.

»Mich braucht doch niemand mehr«, fuhr Renate im selben, gleichgültigen Tonfall fort.

»Ich brauche dich!«

Sie schnaubte. »Für den Haushalt?«

Volker warf einen Blick auf das Chaos in der Spüle und auf der Anrichte. Er wurde dem Durcheinander einfach nicht Herr. Überall stapelte sich dreckiges Geschirr und allerlei Krimskrams, der hier gar nicht hergehörte. »Nein, das ist doch —«

»Wenn ich nicht mehr da bin, gibt's weniger Sauerei.«

»Jetzt reicht es aber!« Hilflose Wut machte sich in ihm breit. »Du isst jetzt!« Er schob ihr den Teller wieder hin und warf einen Blick auf die Uhr. Kurz vor halb acht. »Und sobald die Praxis öffnet, rufe ich Doktor Hillesheimer an. Der soll dir neue Pillen verschreiben.«

Sie nickte langsam, rührte den Toast aber nicht an.

»Ich brauche dich, Liebling.« Volker kehrte zu seinem flehentlichen Tonfall zurück. »Als Ehefrau, nicht als Haushälterin. Und die Kinder brauchen dich – auch wenn sie jetzt groß sind und nicht mehr hier wohnen. Du wirst immer ihre Mama bleiben.«

Das schien sie zu überzeugen. Sie nahm sogar einen kleinen Bissen. Trotzdem kullerte eine Träne ihre Wange hinab, während sie kaute.

Volker atmete auf, nahm sich aber vor, die Nachbarin darum zu bitten, noch öfter nach Renate zu sehen, bis sie eine andere Lösung gefunden hatten. Er selbst musste gleich zur Arbeit. Eine Funktion, in der er etwas bewirken konnte, statt hilflos mit anzusehen, was geschah.

Prompt ertönte vor dem Haus eine Hupe.

»Otto ist da.«

Renate reagierte nicht.

»Schatz?« Er legte ihr eine Hand auf den Arm. »Ich muss los, in Ordnung?«

Sie nickte schwach.

»Frau Mayer kommt gleich rüber. Dann könnt ihr weiter an eurer Tagesdecke stricken, ja?« Er erhoffte sich ein Lächeln, aber Renates Miene blieb starr. »Macht euch einen schönen Tag, ihr zwei!«

Es hupte ein zweites Mal.

Volker stand auf, drückte seiner Ehefrau einen Kuss auf die Stirn und verließ die Küche. Er schnappte sich seine Sachen vom Sideboard im Flur, ging zur Haustür hinaus und auf den Wagen zu, der an der Straße wartete.

»Wieder nichts?«, fragte Otto, kaum dass Volker auf dem Beifahrersitz Platz genommen hatte.

»Einen Bissen. Aber vielleicht isst sie ja jetzt noch weiter.«

Sein Kollege legte die Stirn in Falten, sagte aber nichts. Stattdessen startete er den Motor und fuhr los.

»Ich rufe nachher den Psychiater an. Kann doch nicht sein, dass es nichts gibt, das ihr hilft.« Volker schüttelte den Kopf, versuchte die trüben Gedanken zu vertreiben und sich auf den bevorstehenden Tag zu konzentrieren. »Wo fahren wir hin?«

»Tegeler See«, sagte Otto, während er den Blinker setzte. »Da wurde die Leiche eines kleinen Mädchens gefunden.«

20

SANDRA

Sie saß zwischen Gänseblümchen und Pusteblumen auf einer Wiese und spielte. Ein seichter Wind wehte. Eine Libelle surrte an ihrem Ohr vorbei. Sandra drehte den Kopf, um ihr nachzusehen – da hörte sie plötzlich ein Rascheln im Gebüsch.

»Papa?«

Zwischen Zweigen und Blättern entdeckte sie einen Mann. Für einen kurzen Moment war er wie erstarrt. Dann hoben sich seine Mundwinkel. »Hallo, Prinzessin.« Es raschelte ein weiteres Mal, als er aus dem Schatten der Sträucher trat. »Du hast mich erwischt.« Er lächelte, aber seine Augen wirkten eiskalt.

Ihr kleines Herz machte einen Satz.

Der Mann kam näher und –

Der Wecker schrillte. Sandra tastete schlaftrunken nach dem Smartphone auf dem Nachttisch. Nach einer gefühlten Ewigkeit, bekam sie es zu fassen und schaffte es, den Alarm auszustellen. Das Display zeigte eine Nachricht von Fynn. **Guten Morgen, Schatz! Ich wünsche dir einen wundervollen Tag!**

Sie setzte sich auf und tippte. **Kann's nicht erwarten, dich wiederzusehen.** Dahinter packte sie einen Smiley, der die Lippen spitzte.

Fynns Antwort ließ nicht lange auf sich warten. Morgen Abend kannst du wieder in meinem Arm einschlafen.

Sandra lächelte und schickte Fynn ein Herz-Emoji, bevor sie das Handy weglegte, aufstand und sich anzog. Sie ging ins Bad, kämmte sich die Haare, putzte die Zähne und legte Make-Up auf. Als sie fertig war, warf sie einen letzten Kontrollblick in den Spiegel und nickte zufrieden. Sie ging zurück in ihr Zimmer, schnappte sich die Schultasche und machte sich dann auf den Weg nach unten, wo sie der Duft von Kaffee und frischen Brötchen erwartete.

Ihre Eltern saßen bereits am Küchentisch. Mama griff wortlos zur Thermoskanne und schenkte ihr eine Tasse ein. Papa blickte von der Stulle auf, die er sich gerade schmierte, und lächelte sie an. Freitags machte er Homeoffice und hatte deshalb noch den Schlafanzug an. »Guten Morgen, Prinzessin.«

Sie zuckte zurück. »Nenn mich nicht so!«

Er machte ein schuldbewusstes Gesicht. »Entschuldige bitte, ich weiß, du bist schon groß.«

Sandra bekam ein schlechtes Gewissen, dass sie ihn so angefahren hatte. »Nein, schon gut, das ist es nicht. Es ...« Sie setzte sich neben Papa auf die Eckbank. Erinnerungsfetzen stoben durch ihren Verstand. »Ich hab nur wieder schlecht geträumt.«

Ihre Eltern tauschten einen besorgten Blick.

»Die Sache mit Strewe lässt dich noch immer nicht los, hmm?«, fragte ihr Vater und legte ihr eine Hand auf den Arm. »Kein Wunder. Er hat dir einen wahnsinnigen Schrecken eingejagt.«

»Ich weiß nicht. Eigentlich bin ich darüber weg.« Sie zuckte die Achseln und nahm einen Schluck Kaffee.

»Du brauchst dir auch seinetwegen keine Sorgen zu machen. Der Krankenwagen hat ihn mitgenommen. Er ist weg. Wahrscheinlich in der Klapsmühle.«

»Ich weiß. Irgendwie kommt es mir aber auch so vor, als hätte das gar nichts mit ihm zu tun. So als hätte ich diesen Traum auch davor schon gehabt – nur halt nicht so oft.«

»Unser Verstand macht manchmal komische Dinge mit uns.« Papa nickte verständnisvoll. »Das ist sicher beängstigend, aber es wird vergehen.«

»Der Mann in meinem Traum sieht auch gar nicht aus wie Strewe. Er ist größer und —«

»Vielleicht sollten wir doch einen Termin bei einem Profi machen«, mischte sich jetzt auch Mama ein. »Nur für den Fall ...«

Sandra schüttelte entrüstet den Kopf. »Ich hab keinen an der Klatsche, falls du das meinst.«

Ihre Mutter machte ein Gesicht, als sei sie da anderer Meinung.

»Schon gut, schon gut«, beschwichtigte ihr Vater. »Themenwechsel. Was steht heute an?«

»Doppelstunde Mathe, dann Bio. Nachmittags Sport.«

»Wie jeden Freitag.« Ihre Mutter deutete vielsagend auf den Stundenplan, der mit einem Magneten am Kühlschrank befestigt war.

Papa überging die Spitze. »Und dann kommt Fynn vorbei?«

»Diesmal nicht.« Sandra nahm einen weiteren Schluck Kaffee. »Er hat heute Abend eine Schicht in der Klause, und ich treffe mich morgen Vormittag noch mit Anna und den anderen zur Lerngruppe.« Sie warf einen Blick auf die Uhr und schnappte sich hastig ein Brötchen aus dem Korb.

»Sehr vernünftig.« Ihr Vater grinste zufrieden. »Ich bin stolz auf dich.«

Sie verzog gequält den Mund. »Ob du das immer noch bist, wenn ich in sechs Wochen beim Mathe-Abi durchrassle ...«

»Sei nicht albern. Ich bin immer stolz auf dich!«

Sandra lächelte und griff nach der Salami, als plötzlich ein Maunzen ertönte und ein graues Fellbündel auf ihrem Schoß landete.

»Herrgott nochmal!« Ihre Mutter sprang auf, packte Mister Hyde im Nacken und riss ihn hoch. »Das reicht jetzt!« Sie trug den fauchenden Kater davon, öffnete die Terrassentür und beförderte ihn unsanft nach draußen.

»Ach, Mama, er wollte doch nur —«

»Wenn er sich nicht benehmen kann, darf er eben erst rein, wenn wir mit dem Essen fertig sind!«

Sandra wollte widersprechen, aber mit Mama zu diskutieren war aussichtslos. Außerdem schien Hyde selbst gar nicht mehr entrüstet über den plötzlichen Rausschmiss. Er hockte hinter dem Glas und schleckte sich sichtlich entspannt die Pfoten.

»Na gut.« Sie wandte sich wieder der Stulle zu, belegte sie mit Salami und biss herzhaft ab.

»Was haben du und Fynn denn dieses Wochenende vor?«, fragte ihr Vater neugierig.

»Anna veranstaltet morgen 'ne Party«, nuschelte sie kauend.

Er zog die Augenbraue hoch, sagte aber nichts.

Ein weiterer Blick auf die Uhr verriet Sandra, dass sie jetzt wirklich losmusste. Sie drückte Papa einen Kuss auf die Wange und sprang auf. »Mach dir nicht immer so viele Sorgen!«

Er lächelte schwach.

»Bis später!« Sie griff nach der Schultasche, stürmte aus der Küche, durch den Flur und zur Haustür hinaus.

Als sie den Polo wenige Minuten später in die Einfahrt zum Haus ihrer besten Freundin lenkte, wartete diese bereits auf sie. »Echt cool, dass wir nicht mehr Busfahren müssen, aber so langsam reißt's ein.«

»Das schaffen wir noch!« Sandra wartete, bis Anna sich angeschnallt hatte, dann wendete sie den Wagen und brauste los.

»Wenn wir zu spät zu Mathe kommen, rastet Frau Hoffensteet aus!«

»Ich sagte doch, wir schaffen das!« Sie gab noch mehr Gas.

Anna lachte. »Wenn du meinst. Aber ich werd' alles auf dich schieben.«

»*Wenn* wir zu spät kommen, darfst du das auch. Die Alte hat mich eh auf dem Kieker.« Sandra grinste, während sie in den vierten Gang schaltete. »Und jetzt mach mal Musik an!«

Ihre beste Freundin zog das Handy hervor, verband das Gerät über Bluetooth mit dem Soundsystem des Wagens, und kurz darauf dröhnte ihrer beider Lieblingssong aus den Boxen.

Gleich hab ich's gewusst: Ewig bin ich dein. Für alle Zeit.

Anna drückte die Pause-Taste. »Du, sag mal ... was ich dich noch fragen wollte ...«

Der Wagen schlitterte um eine Kurve.

»Hat Fynn vielleicht ein paar gutaussehende Freunde, die er morgen mit zu meiner Party bringen kann?«

Sandra lachte. »Keine Ahnung. Aber ich frag ihn. Wir finden schon noch den Traummann für dich.« Sie zwinkerte ihrer besten Freundin verschwörerisch zu.

»Na, das will ich doch hoffen!« Anna nickte zufrieden und drückte wieder auf Play.

Außergewöhnlich. Niemals mehr allein. Geborgenheit.

Den Refrain grölten die beiden lauthals mit: »Ein Traum wird wahr, wir sind uns nah. Nur deine Liebe; für immer zu zweit.«

21

ELISA

Kaum zu fassen, dass unsere Kleine jetzt schon ganze sechs Monate bei uns ist!

Nur mit Mühe riss sich Elisa von dem Anblick der beiden Mädchen los, die auf der anderen Seite des Wohnzimmers einträchtig mit der neuen Puppenküche spielten. Sie wandte sich ihrer Freundin zu und deutete auf den Kuchen, der ursprünglich die Form einer Zwei gehabt hatte. Jetzt war nur noch der gerade, untere Teil übrig. »Möchtest du noch ein Stück?«

»Um Himmels willen, nein.« Nadine klopfte sich auf den kugelrunden Bauch. »Ich esse zwar wieder für zwei, aber mästen musst du mich auch nicht.«

Elisa lachte, während sie eine durchsichtige Plastikglocke über die Gebäckreste stülpte. »Dann bekommt Rainer nachher eben eine doppelte Portion.«

»So wie wir. Da muss er durch.«

»Auf liebende Ehemänner und zuckersüße Kinder!« Sie hob das Sektglas und prostete Nadine zu.

Die schwangere Freundin nahm einen Schluck Wasser. »Das fehlt mir echt. Trink einen für mich mit!«

»Das lass ich mir nicht zweimal sagen.«

»Aber mal ehrlich: Wollt ihr nicht auch bald für ein Geschwisterchen sorgen?«

Elisa wurde nervös, versuchte sich aber nichts anmerken zu lassen. Sie hatte Nadine vor fünf Monaten auf dem Spielplatz kennengelernt – und Themen wie dieses seither gekonnt umschifft. Das musste auch heute klappen.

»Wenn ihr zu lange wartet, dann ist der Altersunterschied zu groß. Das wären ja jetzt schon fast drei Jahre.«

»Du hörst dich ja schon an wie meine Mutter!«

Nadine zuckte die Achseln. »Wo sie recht hat ...«

»Wir haben es nicht eilig«, sagte Elisa schnell und hoffte, dem Ganzen damit ein Ende zu setzen.

Doch die Freundin gab nicht auf. »Einzelkinder haben ganz komische Macken, weil sie nie teilen lernen.«

»Sei nicht albern. Dafür gibt es Freunde und später den Kindergarten.«

»Das ist etwas anderes.« Nadine streichelte sich den Bauch. »Ja, ich weiß schon. Schwangerschaft und Geburt sind echt anstrengend. Und dann das verflixte erste Jahr! Himmel, ich weiß noch, wie Tanja gebrüllt hat, als die Zähne kamen. Wie war das bei euch?«

»Schlimm.« Elisa setzte ein Lächeln auf, obwohl ihr die Lüge einen Stich ins Herz versetzte. »Zum Glück ist das überstanden.«

»Aber sie geben einem so viel zurück! Schau sie dir doch nur an, unsere zwei Engel!«

»Mama«, sagte die kleine Tanja prompt, stakste auf ihre Mutter zu und hielt ihr einen kleinen Topf entgegen. »Schau, Rießbei!«

Elisa lächelte weiter.

»Ihr habt Grießbrei gekocht? Toll!« Nadine strahlte bis über beide Ohren, nahm die Kuchengabel vom Tisch, rührte damit in dem leeren Behältnis herum und nahm sie anschließend in den Mund. »Hmmm, lecker!«

»Ecker«, fand auch die Kleine – und Elisa war ihr unendlich dankbar, dass sie das Gespräch unterbrochen hatte.

Es klingelte.

»Bin gleich wieder da.« Sie sprang auf, ging in den Flur und öffnete die Wohnungstür.

Frau Wagner stand davor, grauhaarig und im Kittelschurz, eine Tafel Schokolade in den altersfleckigen Händen. »Für Ihre süße Maus zum Geburtstag.« Sie strahlte. »Damit sie sich schneller einlebt. Ist ja –«

»Oh, danke«, unterbrach Elisa schnell. »Aber ich glaube für Naschkram ist es noch etwas früh.«

Frau Wagner legte die runzlige Stirn in Falten. »Na, dann essen Sie sie eben selbst. So ein Kleinkind kann ganz schön anstrengend sein – besonders, wenn man nicht an den Lärm gewöhnt ist. Da können Sie und Ihr Mann doch sicher Nervennahrung gebrauchen.«

Mist! Das hat Nadine bestimmt gehört.

»Äh ...« Elisa schwitzte. »Danke, gute Idee. Bis bald.« Sie nahm die Tafel entgegen, lächelte entschuldigend und knallte der Alten die Tür vor der Nase zu.

Als sie zurück ins Wohnzimmer kam, bestätigte sich ihre Befürchtung. Nadine sah sie verwirrt an. »War das eure Nachbarin?«

»Mhm.«

»Was hat sie damit gemeint, dass sich die Kleine erst noch einleben muss, und ihr noch nicht daran gewöhnt seid?«

»Ach.« Elisa bemühte sich um eine neutrale Mimik. »Sie ist völlig dement. Das darfst du nicht ernst nehmen.«

Die Freundin zögerte, dann hellte sich ihr Gesicht auf. »Na gut. Wo waren wir?«

»Du wolltest mir gerade erzählen, wie euer Wochenendtrip war.«

Die Schwangere schien ein weiteres Mal irritiert.

Verdammt. Das war vielleicht doch zu viel des Guten ...

»Ach, stimmt ja.«

Elisa atmete erleichtert auf.

»Also, du kannst dir nicht vorstellen, wie toll das Hotel war! Ein Spa-Bereich so groß wie eine Messehalle. Luxus, wo du auch hinschaust, und der Zimmerservice erst, der war eine Wucht! Zum Glück konnte Tanja bei ihren Großeltern bleiben, und wir ...«

22

ANDREAS

»Uns bleibt nur wenig Zeit!« Zyankali sah ihn eindringlich an. »Ich weiß, du kennst mich nicht. Aber du musst mir einfach vertrauen, okay?«

Andreas' Puls beschleunigte sich. Schlagartig wurde ihm wieder schwindlig.

»Doktor Engels ist der wahre Feind. Er und seine Helfershelfer. Sie wollen uns alle vergiften!«

»Wer –?«

»Du darfst niemandem vertrauen, hörst du?! Sie stecken alle unter einer Decke!«

Andreas hatte keine Ahnung, was er von all dem halten sollte. Das kurze Gespräch und die vielen neuen Eindrücke hatten ihn völlig ausgelaugt. Er fühlte sich, als habe er einen Marathon absolviert.

»Hör nicht auf ihn!« Plötzlich lehnte Pokey im Türrahmen. »Vergiss nicht, wo du bist!«

Der abgemagerte Blondschopf beachtete ihn gar nicht. »Sie mischen uns Gift ins Essen! Du musst immer auf der Hut sein, dann kannst du sie vielleicht sogar dabei erwischen!« Seine Augen funkelten.

Zyankali.

Andreas begann zu begreifen. Dieser Mann hatte seinen Spitznamen bekommen, weil er jederzeit damit rechnete, vergiftet zu werden. Deshalb war er auch so verflucht dünn. Noch magerer als Pokey.

»Er ist paranoid«, bestätigte der gelassen. Er ging an Zyankali vorbei, um sich auf seinem Bett niederzulassen.

»Du musst mir vertrauen«, flehte der Paranoiker. »Keiner will mir glauben.«

Schwarze Schlieren flimmerten durch Andreas' Blickfeld. Er sammelte seine letzten Kraftreserven. »Ich glaube dir.« Eine glatte Lüge, aber eine gute.

Zyankalis Gesichtszüge entspannten sich. Er lächelte beinahe wieder. »Danke.«

Hastige Schritte hallten durch den Flur, kamen näher und näher. Kurz darauf betrat ein junger Mann in roter Pfleger-Kluft den Raum. Grinsend tippte er Zyankali auf die Schulter. »Sind wir nicht ein bisschen spät dran für die Schicht? Auf, auf! Der Werkstattleiter wartet nicht gern.«

Zyankali zwinkerte Andreas verschwörerisch zu, drehte sich um und eilte hinaus.

Pokey stand auf und folgte ihm. »Bis später!«

»Schön, dass Sie wieder fit sind, Herr Mehlich«, sagte der Pfleger, sobald die beiden außer Hörweite waren. »Die neuen Medikamente haben also angeschlagen.« Er zog ein Blutdruckmessgerät hervor und trat zu Andreas ans Bett. »Wie fühlen Sie sich?«

»Kopfschmerzen und Schwindel.« Er streckte bereitwillig den Arm aus, sodass der Mann die Manschette darumlegen konnte, feuerte aber gleichzeitig eine Ladung Fragen auf ihn ab: »Wo bin ich hier? Was ist passiert?

Welche Medikamente habe ich bekommen? Weshalb hat man mich eingesperrt?«

»Schhh.« Der Pfleger steckte sich die Hörer des Stethoskops in die Ohren. Der Druck um Andreas' Oberarm wuchs und wurde kurz darauf wieder abgelassen. »Hundertzehn zu siebzig. Das ist in Ordnung. Möchten Sie eine Tablette gegen die Kopfschmerzen?«

Sie wollen uns alle vergiften! Obwohl er den Worten des Paranoikers keinen Glauben schenkte, gingen sie ihm nicht aus dem Kopf.

»Nein. Weshalb bin ich hier?«

Ein Seufzen. »Doktor Engels wird Ihnen heute Nachmittag alles erklären. Mein Name ist Benjamin Müller, aber Sie dürfen mich Benny nennen. Das machen hier alle.« Er lächelte freundlich. »Ich bin dazu da, Ihren Gesundheitszustand zu überprüfen.«

»Und um uns zu überwachen«, nuschelte Andreas, während ein neuerlicher Schwindelanfall die Welt zum Wanken brachte. Kraftlos sank er ins Kissen zurück.

»Nun, wir möchten, dass es Ihnen gut geht. Eine Beobachtung ist daher unerlässlich.«

»Das klingt auswendig gelernt.«

Der junge Mann presste die Lippen zusammen. »Ist es auch«, gab er kleinlaut zu. »Ich habe gerade erst vergangene Woche die Prüfung bestanden.«

Aha.

Andreas kämpfte gegen den stechenden Schmerz in seinem Schädel. »Dann ... erinnern Sie sich doch bestimmt auch ... an den Inhalt meiner Akte?«

Benny lachte. »Das tue ich. Aber ich darf Ihnen wirklich nichts sagen. Sonst komme ich in Teufels Küche.«

»Na gut«, gab sich Andreas vorerst geschlagen. Er wollte dem netten, jungen Mann keine Schwierigkeiten bereiten. Außerdem war er müde. So unsagbar müde.

»Ich schlage vor, dass Sie sich noch ein wenig ausruhen, damit Sie später fit für Ihr Gespräch mit Doktor Engels sind.«

Wann wird das sein?, wollte Andreas fragen. *Wann bekomme ich endlich Antworten?* Aber er versank bereits wieder im Nichts.

23

VOLKER

Als sie das Wirtshaus *Krumme Linde* passiert hatten, lenkte Otto den Wagen von der Heiligenseestraße hinunter und auf den Schwarzen Weg, der, durch den Wald hindurch, am Westufer des Tegeler Sees entlangführte. Nur einmal wurden die dichten Baumreihen von ein paar vereinzelten Gebäuden durchbrochen. Dem Segelclub, einem Anglerverein und einem Restaurant, wenn Volker nicht irrte.

Hinter einer langgezogenen Biegung kam ihnen plötzlich ein ganzer Tross Einsatzfahrzeuge entgegen und brauste in die andere Richtung davon. »Wow! Groß-aufgebot.«

»Das Mädchen wurde ursprünglich vermisst gemeldet«, erklärte Otto. »Deshalb hat es eine großangelegte Such-aktion gegeben.«

Jetzt konnte Volker das Ende der Straße ausmachen. Rechterhand befand sich ein Wildgehege, das er früher mit den Kindern hin und wieder besucht hatte. Auf der anderen Seite gab es öffentliche Toiletten und einen kleinen Parkplatz.

Einige Streifenwagen waren noch da. Außerdem entdeckte Volker ein Fahrrad mit auf dem Gepäckträger montiertem Kindersitz. Otto stellte das Auto daneben ab, die beiden Kommissare stiegen aus und machten sich zu Fuß auf den Weg zur Badestelle Reiherwerder.

Nach einigen Minuten lichteten sich Bäume und Gestrüpp. Der Grund unter ihren Sohlen veränderte sich. Aus Waldboden wurde feiner Sand. Der Tegeler See kam in Sicht. Sonnenstrahlen spiegelten sich auf der Oberfläche. Das Wasser glitzerte verheißungsvoll.

Doch heute wurde das kühle Nass zwischen den Markierungsbojen nicht von planschenden Familien oder Teenie-Grüppchen aufgewühlt. Stattdessen trieb ein Motorboot der DLRG am Ufer. Polizeibeamte und Rettungskräfte bildeten eine Menschentraube am Strand, schienen sich um etwas herumgeschart zu haben.

Volker fröstelte.

Am Rand der Bucht entdeckte er zwei Uniformierte, die gerade einen schmächtigen Mann zu vernehmen schienen, der vor ihnen auf einer Picknickdecke im Sand kauerte. Außerdem einen Beamten vom LKA-123, mit dem sie vor einiger Zeit in einem Fall von Kindstötung zusammengearbeitet hatten.

»Baumann. Erinnerst du dich?«

Otto nickte.

Nun bemerkte der Kollege die beiden ebenfalls. Er hob die Hand zum Gruß und stapfte auf sie zu. »Gut, dass ihr da seid.«

»Was können wir tun?«

Baumann machte ein betretenes Gesicht. »Die Kleine ist ertrunken.«

»Fremdeinwirkung?«

Er schüttelte den Kopf. »Für mich spricht alles für einen traurigen Fall von Verletzung der Aufsichtspflicht. Aber vielleicht seht ihr ja etwas, das mir entgangen ist.«

»Zeugen?«

»Der Vater«, Baumann machte eine Geste in Richtung des Mannes auf der Picknickdecke, »lebt getrennt von der Mutter in einem Dorf in Brandenburg. Er hat das Mädchen erst vor zwei Stunden bei ihr abgeholt, um einen Badeausflug zu machen.«

»So früh?«

»Die Mutter musste wohl zur Arbeit, und die Babysitterin konnte heute nicht. Deshalb sollte er die Tochter solange betreuen. Er hat beim Bäcker Proviant besorgt und ist anschließend mit ihr hierhergekommen. Sie hat im Sand neben der Decke da drüben gespielt, und er muss kurz eingedöst sein.« Baumann verzog gequält den

Mund. »Vor einer Stunde hat er den Notruf gewählt, weil er die Kleine auch nach mehrmaligem Rufen nicht finden konnte.«

Volker schauderte. Was musste das für ein schreckliches Gefühl sein, wenn das eigene Kind verschwunden war.

»Allem Anschein nach ist sie ins Wasser gelaufen, um zu plantschen. Hier geht es ja recht flach rein. Eigentlich perfekt für Kinder. Aber ohne Aufsicht kann das bei einer Vierjährigen natürlich trotzdem schnell schief gehen.«

Kinder ertrinken leise, schoss es Volker durch den Kopf. Plötzlich musste er an einen anderen Fall denken. An einen Fall, den er vor sechs Monaten bearbeitet hatte. An einen winzigen Bungalow mit Garten und Teich. An einen Teddybären. Und an Andreas Mehlich.

24

SANDRA

Als Sandra den Polo am späten Nachmittag gerade in der Auffahrt abgestellt hatte, vibrierte das Smartphone in ihrer Jackentasche. Sie zog es hervor und nahm den Anruf entgegen, während sie auf die Haustür zuging. »Hey Anna, was gibt's denn?«

»Ich hab die Sportsachen im Kofferraum vergessen.«

»Ach, Mist.« Unschlüssig blieb sie stehen. »Soll ich sie dir noch schnell bringen?«

»Nein, Quatsch. Du bist sicher schon zuhause, oder?«

»Jepp. Hab grade geparkt.«

»Dann bring sie mir morgen mit. Das mit der Lerngruppe steht noch?«

Sandra setzte sich wieder in Bewegung. »Unbedingt! Ich peil so gar nicht, was die Hoffensteet heute von uns wollte.« Sie schnaubte, während sie den Schlüssel ins Schloss steckte. »Stochastik! Als ob wir das je fürs Leben brauchen!«

Anna lachte. »Naja, vielleicht wenn wir Mathe studieren würden. Aber ich nehme mal an, das kommt für dich eher nicht infrage.«

»Wohl kaum.« Sandra öffnete die Tür. Die Stimmen ihrer Eltern drangen aus der Küche zu ihr herüber.

»– kann so nicht weitergehen!«

»Es ist nichts, du wirst sehen.«

Nicht schon wieder ... Es kann doch nicht sein, dass die beiden sich ständig streiten!

»Warte mal kurz«, flüsterte Sandra, bevor sie das Handy vom Ohr nahm und ins Haus schlich. Sie hoffte, nach oben zu gelangen, ohne dass Mama und Papa sie bemerkten. Zwischen die Fronten zu geraten, war keine gute Idee.

»Was, wenn doch?! Sie erinnert sich ...«

»Das tut sie nicht. Es sind nur Träume!«

Moment mal.

Sandra blieb ruckartig stehen.

»Das glaubst du doch wohl selbst nicht! Der Schock hat etwas in ihr ausgelöst und —«

»Schluss jetzt, sie kommt gleich nach Hause und wird dich noch hören!«

Geht es da etwa um mich?

Sie schlich auf Zehenspitzen Richtung Küchentür. Ihr Herz pochte wie wild.

»Na und?«, zischte ihre Mutter gerade. »Wir wollten es ihr doch ohnehin sagen, wenn sie achtzehn ist!«

»Nach allem, was mit Strewe passiert ist?! Wir dürfen sie nicht noch mehr verunsichern!«

»Herrgott, die Sache ist ein halbes Jahr her, und seither vertröstest du mich immer wieder! Irgendwann muss sie die Wahrheit erfahren!«

»Wer sagt das? Was wäre so schlimm daran, wenn sie es nie erfährt?«

Sandra legte die Hand auf die Klinke.

»Sie träumt schon von ihm! Wir müssen es ihr sagen – bevor sie es von allein herausfindet! Und dann kann sie selbst entscheiden, was sie daraus macht.«

Sie riss die Tür auf, stürzte in die Küche und blickte in zwei überraschte Gesichter. »Was?! Was müsst ihr mir sagen?«

25

ELISA

Sie stellte die Kuchenreste in den Kühlschrank und räumte das Geschirr in die Spülmaschine. Aus dem Kinderzimmer schallte fröhliches Gedudel zu ihr herüber. *Schni-schna-schnappi, schnappi-schnappi-schnapp.*

Elisa verdrehte entnervt die Augen. Sie hätte Rainer am liebsten den Hals dafür umgedreht, dass er diese CD gekauft hatte. Seit Wochen lief die jetzt rauf und runter.

Schni-schna-schnappi, schnappi-schnappi-schnapp.

Ein glockenhelles Lachen stimmte sie versöhnlicher. Die Kleine liebte den Song. Fast so sehr, wie sie Mama und Papa liebte. Die Zeit vor ihrem Einzug schien vergessen.

Ich bin Schnappi, das kleine Krokodil. Hab scharfe Zähne, und davon ganz schön viel.

»Mach bitte leiser, mein Schatz.«

Es klapperte. Dann dröhnte es ohrenbetäubend laut: *Ich schnapp mir, was ich schnappen kann. Schnapp zu, weil ich das so gut kann.*

Elisa stellte den Teller, den sie gerade hatte wegräumen wollen, auf die Anrichte und lief ins Kinderzimmer, um dem Geplärr ein Ende zu machen.

»Laut«, jammerte das Mädchen und presste sich die Hände auf die Ohren. »Laut, Mama!«

Sag bloß …

»Ja, Schatz, es ist viel zu laut.« Sie bückte sich, drückte die Stopp-Taste und atmete erleichtert auf. »So ist es besser, oder?«

Die Kleine nahm die Arme herunter, machte aber sofort einen Schmollmund. »Aus!«

»Na gut, du darfst weiter hören, aber leise, okay?«

Ein energisches Nicken.

Elisa drehte am Lautstärke-Regler, bevor sie die CD erneut startete.

Ich bin Schnappi, das kleine Krokodil. Komm aus Ägypten; das liegt direkt am Nil.

»Aber nicht mehr anfassen, ja?« Sie stellte das Gerät sicherheitshalber auf die Kommode.

Zuerst lag ich in einem Ei. Dann schni-schna-schnappte ich mich frei.

Hastig verließ Elisa den Raum und lehnte die Tür hinter sich an. So entging sie zumindest der gefühlt dreihundertsten Wiederholung des Refrains.

Sie wollte sich gerade wieder dem Geschirr zuwenden, als sie hörte, wie ein Schlüssel im Schloss gedreht wurde. Rainer war von der Arbeit zurück.

Endlich!

»Na, wie war eure kleine Feier?«, fragte er, als er kurz darauf zu ihr in die Küche kam.

»Anstrengend.«

Er schien überrascht. »Hat unser kleiner Schatz etwa Ärger gemacht?«

»Quatsch, wo denkst du hin? Sie ist so ein liebes Kind!«

Er lächelte.

Elisa ließ sich auf einen der Stühle am Esstisch sinken. »Aber die Wagner war kurz da und hat uns beinahe verraten. Um ein Haar hätte Nadine gemerkt, dass hier was nicht stimmt. Die löchert mich eh schon die ganze Zeit damit, wann wir endlich ein Geschwisterchen nachschieben.«

Rainer öffnete den Mund – und Elisa wusste genau, was er sagen wollte: *An mir liegt's nicht.* Gerade noch rechtzeitig schien er sich eines Besseren zu besinnen und schwieg.

Trotzdem stieg Wut in ihr auf. »Mit dem Thema werde ich schon alleine fertig. Aber alle in der Nachbarschaft wissen, dass wir bis vor sechs Monaten keine Tochter hatten! Wir können diese verdammte Scharade nicht ewig aufrechterhalten!«

»Ich weiß ...« Er kratzte sich das Kinn. »Was würdest du davon halten, wenn wir endlich Nägel mit Köpfen machen und wegziehen? Das Haus, das meine Eltern letztes Jahr gekauft haben, wird frei. Das Landleben ist offenbar doch nichts für sie.«

»Womöglich, weil die Leute auf dem Dorf tratschen?!«

»Mag sein. Aber die beiden haben sich, soweit ich weiß, nie daran beteiligt und irgendwas über die Familie preisgegeben. Wir wären dort einfach nur Zugezogene, nicht mehr und nicht weniger.«

Sie sah ihren Ehemann skeptisch an. »Und dann?! Spätestens bei der Anmeldung für den Kindergarten –«

»Schatz«, unterbrach er sie, »es gibt für alles eine Lösung! Ich habe mir schon Gedanken gemacht.«

»Pfff. Da bin ich aber gespannt!«

Er warf einen Blick auf die Uhr. »Spielzeit. Danach bringe ich die Kleine ins Bett, und wir können in Ruhe über alles reden.«

26

ANDREAS

»Uffjewacht, Killer!« Jemand rüttelte an seiner Schulter. »Der Doc will dir sehen.« Ohne Vorwarnung wurde die Decke zurückgeschlagen.

Andreas riss die Augen auf. Er sah einen muskulösen Glatzkopf in Pfleger-Kluft, der ihn von oben herab anstierte. »Ich ... ich weiß nicht ...«

»Hier wird jetze nich' rumjestammelt«, berlinerte der Riese, packte seinen Arm und riss seinen Oberkörper hoch. »Hier wird uffjestanden!«

Vorsichtig setzte Andreas die Füße aufs Linoleum. Er war nicht sicher, ob seine Beine ihn tragen würden.

»Hier haste Pantoffeln.« Ein hastiger Fingerzeig nach unten. »Dann jeht et besser.«

Andreas schlüpfte gehorsam in die weißen Einheitsschlappen. Dann wagte er einen Versuch, sich vom Bett zu erheben.

»Nu, mach hinne, ick hab nich' den janzen Tach Zeit!«

Es ging. Geradeso.

»Komm!«

Er hatte gerade eine einigermaßen stabile Position gefunden, da wurde er schon am Arm gepackt und mitgeschleift. Zur Tür hinaus, durch Zahnpasta-farbene Flure, weiter und weiter durch ein Labyrinth, gesäumt von massiven Stahltüren und vergitterten Fenstern.

»Wo bin ich hier? Was ist passiert? Wie lange muss ich hierbleiben?« Wie oft er auch fragte, er bekam keine Antwort.

Stumm führte ihn der Hüne weiter. Sie verließen das Gebäude und erreichten einen schmalen Korridor. Rechts und links befanden sich hohe Backsteinmauern, auf denen Spiralen aus Stacheldraht thronten.

Andreas wurde mulmig. Er hatte mit siebzehn ein Jahr in einer ganz ähnlichen Einrichtung verbracht – und sich geschworen, nie wieder zurückzukehren.

»Nich' stehenbleiben. Ick hab noch wat anderes vor!« Der Pfleger riss ihn mit sich.

Sie betraten einen Beton-Bau, gingen hinein und zwei Treppen hinauf. Hier waren die Türen nicht aus Metall und verfügten auch nicht über Klappen. Sie waren aus Holz und weiß gestrichen. Vor einer davon kam der Riese zum Stehen und klopfte an.

»Herein.«

Andreas wurde ins Zimmer geschubst und sah einen zweiten glatzköpfigen Mann, der jedoch deutlich schmaler gebaut war und einen weißen Arztkittel trug.

»Danke, Thorsten.« Er thronte hinter einem massiven Schreibtisch und lächelte freundlich.

Die Tür fiel hinter Andreas ins Schloss.

»Es freut mich sehr, dass die neue Medikation angeschlagen hat, Herr Mehlich. Mein Name ist Doktor Frank Engels. Ich bin Ihr behandelnder Psychiater und der Leiter der Station F.«

Andreas stierte den Mann perplex an. Er entsprach so perfekt dem Klischee eines Halbgottes in Weiß, dass es fast unheimlich wirkte. Die dicke Rolex funkelte im Licht. Der grau melierte Schnauzer war akkurat gestutzt, die Augen kalt, analytisch und starr.

»Setzen Sie sich doch.« Engels zeigte auf einen Stuhl und öffnete eine Akte. »Wir haben viel zu besprechen.«

»Wo bin ich hier? Was ist passiert? Wie lange muss ich hierbleiben?«, ratterte Andreas seine Fragen herunter, während er Platz nahm.

»Eins nach dem anderen.« Der Psychiater machte eine Geste mit dem Arm, die wohl beruhigend wirken sollte, Andreas aber nur noch mehr auf die Palme brachte.

»Sagen Sie mir endlich, was hier gespielt wird!«

Engels sah ihn eindringlich an. »Herr Mehlich, Sie befinden sich in einer Forensischen Klinik. Ihnen wird eine schwere Gewalttat zur Last gelegt.«

»Was soll das heißen?«

»Sie wurden des Totschlags an Ihrem ehemaligen Chef für schuldig befunden.« Doktor Engels zupfte ungerührt an den Blättern einer Sukkulente, die in einem Topf auf dem Schreibtisch stand.

Andreas begann zu schwitzen. Langsam kehrte ein Teil der Erinnerung zurück.

»Aufgrund des psychiatrischen Gutachtens hat das Gericht entschieden, dass Sie zum Zeitpunkt der Tat schuldunfähig waren. Deshalb –«

»Ich wurde ohne mein Beisein verurteilt?!«

»– hat man Sie nicht in ein Gefängnis, sondern hierhergebracht. Wir nennen das Maßregelvollzug.«

Andreas' Mund wurde staubtrocken. »Wie lange ...« Er musste sich räuspern, bevor er weitersprechen konnte. »... muss ich hierbleiben?«

Engels rieb sich über den rasierten Schädel. »Sehen Sie, Herr Mehlich, der Paragraph 63 sieht kein festgesetztes Strafmaß vor. Die Dauer Ihres Aufenthalts in dieser Klinik richtet sich danach, ob Sie wieder ein Teil der Gesellschaft werden können, ohne sich selbst und andere zu gefährden.«

»Was zum Teufel soll das heißen?«, fuhr Andreas auf, musste sich aber sofort zügeln, weil ihm schummrig wurde. Er sackte zurück auf den Stuhl und klammerte sich an der Armlehne fest. Gleichzeitig schossen plötzlich Bilder durch seinen Verstand. Eine Tür. Zersprungenes Glas. Ein Schreibtisch. Etwas Glitzerndes.

»Das bedeutet, dass Sie erst dann entlassen werden, wenn Ihre Erkrankung es zulässt.«

Ein dicker Kloß drückte auf Andreas' Luftröhre. »Wie lautet die Diagnose?«

Der Psychiater schielte in die Akte, »als Sie vor sechs Monaten hier eingeliefert wurden, litten Sie an Katatonie.«

Das war echt gruselig, wie du hier rumgelatscht bist. Wie ein Zombie, sag ich dir! Andreas dachte an Pokeys Worte zurück und schauderte. »Ich kann mich an nichts davon erinnern.«

»Das ist nicht ungewöhnlich. Der Schock über das Geschehene und die darauffolgende Verhaftung hat Sie in einen potentiell lebensgefährlichen Zustand versetzt.« Engels lächelte selbstgefällig. »Unserem neuen Therapieansatz ist es zu verdanken, dass Sie wieder selbständige Handlungen ausführen, ja, sogar frei mit mir sprechen können.«

»Ich bin also geheilt?«

»Das habe ich nicht gesagt.«

»Was dann?«

»Nun, Sie sind seit heute in der Lage, aktiv an einer Therapie teilzunehmen. Diese wird sich aber sicherlich über Jahre hinziehen und erfordert dringend auch Ihre Bereitschaft, überhaupt behandelt zu werden.«

Jahre?!

»Ich ... ich kann mich nicht daran erinnern, jemanden ... getötet zu haben«, stammelte Andreas. »Ich weiß ja nicht einmal, wie ich hierhergekommen bin!«

»Genau dabei wird Ihnen die Therapie helfen, Herr Mehlich. Sie müssen Einsicht in Ihre Tat und deren Folgen erlangen.« Er konnte sehen, dass der Psychiater die Worte mit Bedacht wählte. »Ich will Ihnen helfen. Aber dazu müssen Sie ganz offen sein. Verstehen Sie das? Sie müssen versuchen, die Wahrheit zu akzeptieren.«

»Und die wäre?«

Statt eine Antwort zu geben, stellte Engels eine Gegenfrage: »Bei Ihnen wurde, wie ich hier lese, bereits im Teenageralter auffälliges Verhalten festgestellt?«

Andreas nickte langsam.

»Vermutlich handelte es sich dabei um erste, frühe Anzeichen einer beginnenden Schizophrenie. Haben die Symptome nach Ihrem damaligen Klinikaufenthalt gänzlich aufgehört?«

»Nein, ich ... man hat mir Tabletten gegeben. Aber die hab ich nicht vertragen.«

»Ihr imaginärer Freund ist also zurückgekehrt?«

Er zögerte, dachte an Zyankalis Warnung, sah aber keinen rationalen Grund, den Psychiater zu belügen. »Ich hab ihn nie wieder gesehen, aber ...«

Engels notierte etwas in seiner Akte, während er geduldig darauf wartete, dass Andreas weitersprach.

»... ich kann ihn hören.«

Der Psychiater sah auf. »Jetzt gerade?«

»Nein, ich —« Eine weitere Erinnerung unterbrach den Satz. Eine Stimme. *Seine* Stimme.

»Lass uns holen, was uns zusteht!«

»Tommy«, stöhnte Andreas. »Wo ist er?«

Das Gesicht des Psychiaters verfinsterte sich. »Spricht er gerade mit Ihnen?«

»Nein, ich ... ich hab mich nur erinnert. Er ... er war so real. Ich hab mir das nicht eingebildet!«

Oder doch?

Engels setzte ein beruhigendes Lächeln auf. »Doch, Herr Mehlich. Ich fürchte, das haben Sie. Genau wie Ihr imaginärer Kindheitsfreund, ist Tommy ein Produkt Ihrer Schizophrenie. Ein Symptom, wenn Sie so wollen.«

Andreas begann zu zittern. »Nein, es darf nicht wieder passiert sein. Ich bin nicht verrückt!«

»Sie hatten eine Psychose mit optischen und akustischen, vielleicht sogar haptischen Halluzinationen, in deren Verlauf Sie einen Menschen getötet haben.«

Blut. Überall Blut und Gedärm. Plötzlich schoss die Erinnerung in sein Bewusstsein. Der rasselnde Atem des Sterbenden. Gedärm, das aus der Bauchhöhle quillt. Ein Schürhaken auf dem Boden, die feucht glänzende Spitze. Die tiefrote Lache, die sich immer weiter ausbreitet.

Ich habe van Hauten umgebracht.

Eine bleierne Schwere legte sich auf Andreas' Glieder, als er endlich begriff und die Wahrheit zu akzeptieren begann. Er wurde müde. Unsagbar müde.

»Die Medikamente, die wir Ihnen verabreichen, sollten die Halluzinationen unterdrücken, die mit Ihrer Erkrankung einhergehen. Wenn Sie wider Erwarten doch welche wahrnehmen, ganz gleich welcher Art, dann sagen Sie mir bitte umgehend Bescheid, in Ordnung?«

Er nickte resigniert. »Kann ich jetzt bitte in meine Zelle gehen?«

Engels schenkte ihm ein aufmunterndes Lächeln. »In Ihr Zimmer, Herr Mehlich. Wir sagen hier nicht Zelle. Und ja, selbstverständlich. Wir können morgen weitersprechen.«

»Und den Tag darauf und den Tag darauf«, sagte Andreas tonlos. Er stand auf und wandte sich zur Tür –

als sich ihm plötzlich eine weitere Erinnerung aufdrängte. Er sah schwarzvermummte Männer, die in sein Zuhause einfielen und ihn zu Boden rangen.

»Genau, Herr Mehlich, wir haben Zeit.«

Die ihm Handschellen anlegten und ihn abführten.

»Ich hätte es fast geschafft zu fliehen, wissen Sie?«, murmelte er geistesabwesend. »Ich hatte die Tasche schon gepackt, wollte nur noch —«

— *meinen Schatz holen!*

Andreas fuhr herum. »Amelie!« Sein Herz machte einen schmerzhaften Satz. »Wo ist meine Tochter?«

Der Psychiater hob eine Augenbraue und sah ihn fragend an. »Hat man es Ihnen bei der Vernehmung nicht gesagt?«

27

VOLKER

Er beobachtete, wie der Leichnam des Mädchens aus dem Sand gehoben und auf eine Bahre gelegt wurde. Die blonden Locken klebten am Kopf, die Kleidung am Körper. Wassertropfen auf der Haut reflektierten das Sonnenlicht und schienen das Kindergesicht zum Glitzern zu bringen. Vor Mund und Nase hatte sich ein weißlicher

Schaum gebildet. Ein eindeutiges Zeichen dafür, dass die Vierjährige ertrunken war.

Ein trauriger Fall von Verletzung der Aufsichtspflicht.

Volker wandte sich ab, ging die wenigen Meter bis zum Ufer und starrte schwermütig auf die kleinen Wellen, die der Wind über den Tegeler See trieb. Am Strand hinter ihm herrschte noch immer reges Treiben. Trotz der dadurch bedingten Geräuschkulisse, war deutlich das Surren eines Reißverschlusses zu hören. Der Leichensack wurde geschlossen. Jetzt würde man das Mädchen in die Gerichtsmedizin bringen.

Kinder ertrinken leise.

Volker schauderte. Gleichzeitig holte ihn die Erinnerung ein. Wieder und wieder durchlebte er dieselben Szenen.

Er sah sich neben Otto im Auto, auf dem Weg zur Adresse des Tatverdächtigen. Hörte, wie das Funkgerät knackte und die Zentrale die angeforderten Daten durchgab. Spürte nagende Unruhe in sich aufsteigen, während er realisierte, welch großem Irrtum sie erlegen waren. Nicht die Enkelin der van Hautens war in Gefahr, sondern Amelie Mehlich. Die Tochter des Mörders.

Volker fand sich im Garten hinter dem Bungalow wieder. Sah, wie der Späher des SEK das Zeichen gab, dass Mehlich allein im Raum war, hörte den Einsatzleiter »Zugriff« brüllen.

Wieder ein Schnitt in der Bildfolge.

Er hastete an Bäumen und Sträuchern vorbei, erreichte den Zaun, wandte sich nach rechts und entdeckte mit wild klopfendem Herzen den Teddybären im Schilf. Ohne zu zögern, stolperte er darauf zu und in den Teich. Das Wasser war erst knietief, dann, in der Mitte, stand es ihm hüfthoch. Er streckte beide Arme hinein, griff blind suchend um sich – und bekam endlich etwas zu fassen.

Schnitt.

Das gerade einmal achtzehn Monate alte Mädchen lag mit geschlossenen Augen im Gras. Die Lippen hatten sich bläulich verfärbt. Die Haut war fast weiß. Aber Amelie atmete.

»Musst du dabei auch an Mehlich denken?«

Volker räusperte sich, drängte die Erinnerung zurück und stellte fest, dass Otto jetzt direkt neben ihm stand. »Es gibt gewisse Parallelen.«

»Kurz vor knapp war das. Du bist ein Held!«

»Na, ich weiß nicht ... Jeder hätte getan, was ich getan habe.«

»Aber du warst es. Du hast sie gefunden und rausgezogen, bevor es zu spät war.«

Obwohl die ganze Sache glimpflich ausgegangen war, plagten Volker noch immer Gewissensbisse. »Schon als wir ankamen, hab ich mich gefragt, warum die Hintertür offenstand. Wenn ich gleich was gesagt hätte, dann —«

»Du konntest unmöglich wissen, dass das etwas zu bedeuten hatte. Wer konnte denn ahnen, dass der Kerl noch vor unserem Eintreffen versucht, die eigene Tochter zu ertränken?!«

Blödsinn!

»Dafür gibt es keinen Beweis!«

Amelie hatte Glück im Unglück gehabt, weiter nichts. Sie musste aufgewacht sein, als Mehlich nach Hause kam, um seine Sachen zu packen. Von ihm unbemerkt, war sie mit ihrem Teddy im Arm in den Garten getapst – und in den Teich gefallen, vielleicht nur Sekunden, bevor die Einsatzkräfte den Bungalow erreichten.

Zumindest war das die Version, an die Volker unbedingt glauben wollte. »Es war ein Fall von Verletzung der Aufsichtspflicht, genau wie der hier.«

Kinder ertrinken leise.

»Vielleicht. Vielleicht auch nicht.« Otto machte eine abfällige Geste. »So oder so hab ich mit dem Kerl da hinten deutlich mehr Mitleid, als mit einem verurteilten Mörder – und das nicht, weil sein Kind noch lebt.«

Volker dachte ans Innere des winzigen Bungalows zurück. An die spartanische Möblierung des Wohnbereichs und das altmodische Klappsofa, auf dem Mehlich geschlafen hatte. An die wenigen Kleidungsstücke, die er besaß. Und an das über und über mit Spielsachen bestückte Kinderzimmer. »Ich glaube, Mehlich hat seine Tochter geliebt. Und sich trotz allem bemüht, ein guter Vater zu sein.«

»Vergeblich.«

Die beiden Kommissare verbrachten einen Moment nachdenklichen Schweigens. Dann drehte Volker sich um. »Wir sollten los.«

Am Strand war es inzwischen ruhiger geworden. Viele Einsatzkräfte waren gegangen. Die Leiche der Vierjährigen war auf dem Weg in die Gerichtsmedizin. Der

Kollege Baumann vom LKA-123 hatte sich wieder dem trauernden Vater zugewandt, der noch immer auf der Decke kauerte und wie mechanisch den Oberkörper vor und zurück wiegte.

»Nein, hören Sie, Sie müssen mir helfen!« Der Wind trug die vom Schock gezeichnete Stimme zu ihnen herüber. »Meine Tochter ist verschwunden! Sie ist weg!«

Der arme Mann muss von Schuldgefühlen zerfressen sein.

Dicht gefolgt von Otto, stapfte Volker durch den Sand auf den schmalen Weg zu, der die beiden zurück zum Wagen bringen würde.

Ob er den Verlust je verkraften wird?

»Ihre Tochter ist tot, Herr Strewe«, hörte er Baumann geduldig erklären. Sicherlich nicht zum ersten Mal. »Sie ist im See ertrunken.«

28

SANDRA

»Das ist doch nicht euer Ernst?!« Sandra fühlte sich wie betäubt. Alles, was sie je über ihre Familie zu wissen geglaubt hatte, war gelogen. Ihre ganze Welt brach in sich zusammen. »Ihr beide habt mir das die ganze Zeit verschwiegen?!«

»Wir haben es für dich getan.« Der Mann, den sie all die Jahre »Papa« genannt hatte, sah sie flehentlich an. »Es war nur zu deinem Besten! Wenn die Leute erfahren, dass —«

»Ihr habt sie doch nicht alle!«

»Du weißt nicht, wie das ist, wenn alle mit dem Finger auf einen zeigen! Wir haben dir das erspart!«

»Ihr habt mich verarscht! Die ganzen letzten Monate habe ich von meinem leiblichen Vater geträumt, und ihr habt getan, als wüsstet ihr von nichts! Die ganzen Jahre hattet ihr nicht den Arsch in der Hose, mir die Wahrheit zu sagen?!«

»Sandra, bitte«, mischte sich jetzt auch ihre angebliche Mutter ein. »Du warst doch noch viel zu jung, um das alles zu begreifen. Wir haben dir eine schöne Kindheit geboten. Du konntest sorgenfrei aufwachsen. Du —«

»Übel genommen hast du es mir! Weil ihr mich bei euch aufnehmen musstet, und du keine Wahl hattest, als deinen Job aufzugeben!«

»Das ist nicht wahr! Wir haben uns immer ein Kind gewünscht! Ich hätte alles dafür getan, aber du —«

»Lass mich in Ruhe, *Elisa!*« Sandra spie der Frau ihren Vornamen geradezu entgegen. »Du warst mir nie eine richtige Mutter! Du tyrannisierst Papa ... äh, ich meine ... ach egal, du tyrannisierst uns beide seit Jahren! Nur, weil *du* mit deinem Leben unzufrieden bist!« Ihr wurde schwindlig. Ihr Puls raste. Der Schädel pochte.

»Schatz«, sagte Rainer, »es ist nicht so, wie du denkst. Du bist unsere Tochter – und das wirst du auch immer bleiben! Bitte setz dich, dann reden wir in Ruhe über alles, was damals geschehen ist.«

»Den Teufel werd' ich tun!«

»Bitte glaub mir, es wird alles gut.«

»Wie, verdammt, soll alles gut werden?! Meine Mutter ist tot! Mein Vater ist ein wahnsinniger Mörder! Und ihr beide seid zwei verlogene Verräter!«

Ihr Gegenüber sah aus, als habe sie ihn geschlagen. »Bitte, Sandra, ich weiß, das ist im Moment alles sehr viel für dich, aber —«

Ein dicker Kloß drückte ihre Kehle zu. »Das ist noch nicht einmal mein richtiger Name«, presste sie hervor. »Ich weiß gar nicht mehr, wer ich bin!«

»Schhhh.« Rainer stand von der Eckbank auf, kam hinter dem Tisch hervor und wollte sie in den Arm nehmen, aber sie zuckte zurück.

»Lass das! Lasst mich in Ruhe, alle beide!« Sie drehte sich um, rannte aus der Küche hinaus und zur Treppe.

»Bitte, Schatz, ich —«

»Lass sie, Rainer!«

»Wir lieben dich doch!«

Sandra polterte die Stufen hinauf und knallte, oben angekommen, die Zimmertür hinter sich zu. Sie wusste nicht, was sie tun sollte. Die Realität war aus den Fugen geraten. Nichts war mehr so, wie es sein sollte.

Sie haben mich eiskalt belogen!

Rastlos lief sie in ihrem Zimmer auf und ab, unterdrückte krampfhaft die aufsteigenden Tränen. Sie durfte sich nicht wie ein Baby verhalten. Immerhin war sie jetzt erwachsen. Aber sie fühlte sich nicht so. Sie fühlte sich klein, dumm und gänzlich alleingelassen.

Fynn!

Sandra blieb ruckartig stehen, als ihr plötzlich einfiel, dass es trotz allem immer noch einen Menschen gab, dem sie vertraute. Dem sie sich offenbaren konnte. Der sie verstand.

»Familie kann man sich nicht aussuchen.«

Sie hob die rechte Hand, in der sie noch immer das Smartphone hielt – und erstarrte. Das Display zeigte ein Foto von Anna, die ihr einen Kuss auf die Wange drückte. Der horizontal darübergelegte Timer zählte bereits mehr als eine Stunde.

Sie hat alles mitangehört! Sandra hob wie in Zeitlupe das Telefon zum Ohr. »Anna?«

Ihre beste Freundin legte auf.

»Du weißt nicht, wie das ist, wenn alle mit dem Finger auf einen zeigen.«

Ein stechender Schmerz bohrte sich in Sandras Eingeweide. Rainer hatte recht. All ihre Klassenkameraden und Freunde, ja sogar Fynn, würden sich von ihr abwenden, wenn sie die Wahrheit erfuhren. Sie musste alles dafür tun, dass Anna die Klappe hielt.

Sie dachte darüber nach, sie anzurufen, aber der Kloß in ihrer Kehle war so dick, dass sie kaum Luft bekam. Tränen strömten ihre Wangen hinab. Jetzt benahm sie sich doch wie ein Baby, aber es war ihr egal.

Durch den Schleier vor ihren Augen konnte sie das Display des Smartphones nur verschwommen sehen.

Trotzdem tippte sie eine Nachricht: **Melde mich morgen. Bitte erzähl es niemandem. Sie würden es nicht verstehen.**

Als sie es endlich geschafft hatte, legte sie das Handy weg und ließ sich kraftlos aufs Bett sinken. Sie schaltete den Fernseher an und startete ihre Lieblingsserie, um sich abzulenken und zu beruhigen, aber es gelang ihr nicht, die Wahrheit auch nur für eine Sekunde auszublenden.

Meine Eltern sind nicht meine Eltern.

Mein Vater ist geisteskrank und lebt in einer Anstalt.

Er hat einen Mann umgebracht.

Wieder und wieder ratterten die grausamen Fakten durch ihr Hirn. Ihre Augen schmerzten vom vielen Weinen. Die Lider fühlten sich geschwollen an. Die Lippen waren trocken und rissig. Sandra konnte nicht mehr, war am Ende ihrer Kräfte, und doch hörte das Gedankenkarussell einfach nicht auf.

Meine Eltern sind nicht meine Eltern.

Mein Vater ist geisteskrank und lebt in einer Anstalt.

Er hat —

Ohne Vorwarnung ging die Tür auf, und Elisa trat ins Zimmer herein. »Er hat dir Briefe geschrieben. Ich finde, das solltest du wissen.« Sie streckte ihr ein dünnes Bündel Umschläge entgegen.

»Verschwinde!« Sandra dachte nicht im Traum daran, aufzustehen und die Dinger entgegenzunehmen.

Elisa zuckte die Achseln, legte die Briefe auf den Schreibtisch und verschwand, ohne die Tür wieder zu schließen.

»Oooaaah«, stöhnte Sandra genervt, hievte sich hoch und sorgte selbst für Privatsphäre. Diesmal schloss sie ab. Sie wollte niemanden mehr sehen.

Jetzt fiel ihr Blick aber doch auf das geheimnisvolle Bündel. Sie war zu neugierig, um einfach daran vorbeizugehen.

Und wenn ich schon mal hier bin ...

Kurz entschlossen schnappte sie sich den obersten Umschlag. Er war bereits offen.

Na, danke auch!

Wut stieg in ihr hoch. Elisa und Rainer behandelten sie echt wie ein Kleinkind.

Sie fasste in das Kuvert und beförderte eine Grußkarte zutage, deren Vorderseite ein feenähnliches Wesen im rosaroten Kleidchen zierte.

Hübsch ...

Sandra verzog die Lippen zu einem schiefen Grinsen. Sie klappte die Karte auf – und schnappte nach Luft.

Alles Liebe zu deinem 18. Geburtstag, Prinzessin!
Wir sehen uns bald wieder – versprochen!

Das Stück Karton entglitt ihren Fingern und flatterte zu Boden. Sandras Herz hämmerte gegen den Brustkorb. Sie konnte nicht genau festmachen, woran es lag ... aber irgendetwas an dieser Nachricht machte ihr eine Heidenangst. Sie rannte zum Bett und setzte sich mit dem Rücken zur Wand auf die Matratze, betrachtete die Karte aus der Distanz wie ein giftiges Insekt.

Wieder drehte das Gedankenkarussell seine Kreise. Doch diesmal fand sich eine neue Zeile am Schluss.

Meine Eltern sind nicht meine Eltern.

Mein Vater ist geisteskrank und lebt in einer Anstalt.

Er hat einen Mann umgebracht.

Und er will mich wiedersehen.

Sie ließ sich zur Seite kippen, zog die Beine bis zur Brust und umarmte sie fest. Das alles war einfach zu viel. Sandra weinte, während der unendliche Zyklus durch ihren Kopf ratterte wie Maschinengewehrfeuer. Und irgendwann, nach Stunden, vielleicht auch nur Minuten, driftete sie in einen unruhigen Schlaf.

***

Sie saß zwischen Gänseblümchen und Pusteblumen auf einer Wiese und spielte. Ein seichter Wind wehte. Eine Libelle surrte an ihrem Ohr vorbei. Sandra drehte den Kopf, um ihr nachzusehen – da hörte sie plötzlich ein Rascheln im Gebüsch.

»Papa?«

Zwischen Zweigen und Blättern entdeckte sie einen Mann. Für einen kurzen Moment war er wie erstarrt. Dann hoben sich seine Mundwinkel. »Hallo, Prinzessin.« Es raschelte ein weiteres Mal, als er aus dem Schatten der Sträucher trat. »Du hast mich erwischt.« Er lächelte, aber seine Augen wirkten eiskalt.

Ihr kleines Herz machte einen Satz.

Der Mann kam näher und streckte beide Arme aus.

Sie hob Teddy vom Boden hoch und presste ihn fest an sich. Das Fell kitzelte sie am Hals, aber es war sanft und tröstlich.

»Prinzessin«, sagte der Mann und zeigte ein beinahe diabolisches Grinsen, das viel besser zum Rest seines Gesichts passte. »Meinst du, dein kleiner Freund kann schwimmen?«

29

ELISA

Rainer hatte mit Amelie einen gigantischen Turm aus Duplo-Steinen gebaut und die Kleine anschließend ins Bett gebracht, während Elisa die Spülmaschine ausgeräumt, die Böden gewischt und geduscht hatte. Jetzt saßen die beiden wieder am Küchentisch.

»Du willst also umziehen?« Elisa schenkte sich selbst und ihrem Ehemann eine Tasse Kaffee ein. Sie hatte das Gefühl, dass sie beide das Koffein für dieses Gespräch brauchen würden. »Was soll das bringen?«

Rainer kramte einen Stapel Papiere aus seiner Aktentasche hervor. »Ich habe heute früher Feierabend gemacht und mich mit einem Anwalt für Familienrecht getroffen. Er sagt, Amelie kann für immer bei uns bleiben.«

Elisas Herz machte einen Sprung, aber sie wagte noch nicht zu hoffen.

»Wir können sie adoptieren.«

»Ohne Andreas' Einwilligung?«

Rainer nickte vehement. »Ja, Moment. Hier steht es.« Er hob eine Seite hoch und begann vorzulesen: »Paragraph 1748 im Bürgerlichen Gesetzbuch, Abschnitt drei: Die Einwilligung eines Elternteils kann ferner ersetzt werden, wenn er wegen einer besonders schweren psychischen Krankheit oder einer besonders schweren geistigen oder seelischen Behinderung zur Pflege und Erziehung des Kindes dauernd unfähig ist und wenn das Kind bei Unterbleiben der Annahme nicht in einer Familie aufwachsen könnte und dadurch in seiner Entwicklung schwer gefährdet wäre.«

Elisa stierte ihren Ehemann ungläubig an.

Der hieb triumphierend eine Faust in die Luft. »Das ist doch genau das, was wir brauchen! Die arme Kleine hat schon so viel durchgemacht. Wir können ihr endlich ein richtiges Zuhause schenken – für immer!«

Jetzt ließ sich die Hoffnung nicht länger im Zaum halten. Sie strömte durch Elisas gesamten Körper wie eine warme Welle. »Du meinst ... Amelie wird wirklich unsere Tochter? Ganz offiziell?«

Rainer grinste. »Das wird sie. Wir müssen nur noch den Antrag ausfüllen. Und wir können ihr sogar den Vornamen geben, den du für unser Kind ausgesucht hast.«

»Sandra.« Elisa stockte der Atem, so glücklich war sie auf einmal.

»Das wird zwar einiges an Papierkram geben, aber der Anwalt sieht in diesem Fall gute Chancen. Wir können argumentieren, dass die Kleine mit ihrem jetzigen Namen schreckliche Erinnerungen verbindet.«

Ihr wurde mulmig. »Das tut sie ja auch – obwohl die Alpträume schon weniger werden. Meinst du, sie ist jung genug, dass das alles irgendwann in Vergessenheit gerät?«

»Wir können es nur hoffen. Sie nennt uns immerhin bereits Mama und Papa. Das ist ein Anfang.«

Plötzlich formten sich Bilder vor ihrem geistigen Auge. Eine kleine Familie, die aufs Land zog. An einen Ort, an dem keiner ihr Geheimnis je lüften würde. Ein glückliches Mädchen, das wie alle anderen aufwuchs. Mit liebenden Eltern, die sie umsorgten und beschützten.

Elisa lächelte. »Wir machen einen Neuanfang.«

»Meinst du, deine Eltern werden dann Ruhe geben?«

Ein Wermutstropfen schlich sich in ihre Woge des Glücks. Sie schüttelte den Kopf. »Nein. Sie werden sie nie akzeptieren, weil sie nicht ihr leibliches Enkelkind ist.« Das war nur die halbe Wahrheit, auch wenn sie sich das kaum selbst eingestehen konnte. Elisas Mutter hatte beinahe Angst vor dem Kind. »Aber dann können die zwei uns jetzt eben gestohlen bleiben!«

Rainer schloss sie fest in die Arme. »Vielleicht wird's ja doch noch. Gib ihnen Zeit. Und wenn nicht, dann hat unsere Tochter immer noch andere Großeltern.«

Sie nickte entschlossen und machte sich von ihrem Ehemann los. »Keine Sorge, mir geht's gut. Ich hab das ständige Gezeter sowieso satt!«

»Du bist also einverstanden, dass wir das Haus meiner Eltern kaufen?«

»Natürlich! Das ist eine großartige Idee.«

Er sah plötzlich besorgt aus. »Brachwitz ist ganz schön weit zum Pendeln. Du könntest nach der Elternzeit also nicht so mir nichts, dir nichts in deinen alten Job zurück.«

Elisa zuckte die Achseln. »Was soll's?! Alles, was ich je wollte, ist Mutter zu sein.«

»Na gut.« Rainer grinste wieder. »Dann gebe ich ihnen nachher Bescheid. Sie machen uns sicher einen vernünftigen Preis.« Er zwinkerte ihr zu. »Ist noch Sekt da? Ich finde, wir haben etwas zu feiern!«

»Aber hallo!« Sie sprang auf und holte die Flasche aus dem Kühlschrank. Als sie jedoch zu den Gläsern griff, kam ihr plötzlich ein beunruhigender Gedanke. »Was, wenn sich Andreas' Zustand ändert?« Sie drehte sich zu Rainer um und sah ihn fragend an.

»Schatz.« Er schnalzte mit der Zunge und machte eine wegwerfende Geste. »Mein Bruder befindet sich in einer Forensischen Klinik, weil ihm sein imaginärer Freund gesagt hat, er solle seinen Chef töten – was er auch getan hat! Noch dazu hat er seine eigene Tochter in Lebensgefahr gebracht! Glaubst du wirklich, die lassen ihn da je wieder raus?!«

30

ANDREAS

Amelie ist in Sicherheit.

Die Worte des Psychiaters hallten in Andreas' Kopf nach, während er sich von dem Hünen die Treppen hinab und aus dem Gebäude hinausführen ließ.

Ihr Bruder wird gut für sie sorgen, bis es Ihnen besser geht.

Die beiden erreichten den von Mauern und Stacheldraht gesäumten Korridor, der auf den Zellentrakt zuführte.

Ihr Zimmer, Herr Mehlich. Wir sagen hier nicht Zelle.

Die kalte Betonfassade und die vergitterten Fenster sendeten eine andere Botschaft.

Der Paragraph 63 sieht kein festgesetztes Strafmaß vor.

Andreas wurde mulmig. Er betrachtete die eiserne Tür, der er mit jedem Schritt näherkam und hinter der sein persönlicher Albtraum lauerte.

Die Dauer Ihres Aufenthalts in dieser Klinik richtet sich danach, ob Sie wieder ein Teil der Gesellschaft werden können, ohne sich selbst und andere zu gefährden.

Der Pfleger, den Doktor Engels Thorsten genannt hatte, benutzte eine am Gürtel befestigte Chip-Karte, um sich Zutritt zu verschaffen. »Nich' stehenbleiben, Killer!« Er schubste Andreas in den mintgrünen Flur. In eine trostlose Zukunft hinein.

Sie wurden des Totschlags an Ihrem ehemaligen Chef für schuldig befunden.

Weiter ging es und weiter. Andreas taumelte voran, ließ sich willenlos abführen. Das Zahnpasta-Labyrinth raubte ihm jeglichen Orientierungssinn. Mal rechts, mal links. Jeder neue Flur sah aus wie der vorherige.

Die Therapie wird sich über Jahre hinziehen.

Andreas wünschte sich in die sichere Höhle zurück. Er versuchte, die Realität auszublenden, ins beruhigende Nichts zu flüchten, aber es gelang ihm nicht. Plötzlich hörte er ein Stimmengewirr, das mit jedem zurückgelegten Meter lauter und lauter wurde.

»Jetz hast's jeschafft«, murrte Thorsten und führte ihn um eine weitere Ecke herum. »Station F.«

Andreas sah eine Trennwand aus mit Metallstäben durchzogenem Sicherheitsglas, die er vorhin nicht einmal bemerkt hatte, und in die eine Tür mit elektronischem Schloss eingebaut war. Dahinter tummelten sich Dumbo, Zyankali, Story und Pokey zwischen einer Schar weiterer Insassen.

Einer der Männer stach Andreas besonders ins Auge. Er war riesig und trug ein grimmiges Lächeln zur Schau, während er sich emsig die über und über tätowierten Arme kratzte. Tiefrote Striemen zeichneten sich auf den schwarzen Motiven und den hellen Hautstellen ab.

Es surrte, als Thorsten den Chip an einen grauen, in die Wand eingelassenen Kasten hielt und anschließend die Tür öffnete. Das Wirrwarr aus Stimmen wurde so laut, dass sich Andreas die Hände auf die Ohren pressen musste, während er einen weiteren Meter nach vorn trat und die Tür hinter ihm zufiel. Sein Herz wummerte.

»Wat is'n hier los?«, hörte er den Pfleger brüllen. »Ham wa jetzt alle komplett 'n Verstand verloren?!«

Andreas entdeckte Benny, der sich durch das Getümmel drückte, um zu ihnen zu gelangen. Mit seinem noch beinahe kindlichen Gesicht und der schmächtigen Statur wirkte er völlig fehl am Platz zwischen all den potentiell gewaltbereiten Gefangenen. »... Störung ... aber ... im Griff!«

Tatsächlich kam plötzlich Bewegung in das Chaos. Die Insassen liefen, wild schnatternd und in Grüppchen, in die entgegengesetzte Richtung.

»Auf, auf«, hetzte Thorsten unnötigerweise.

Andreas nahm die Hände von den Ohren.

»Mein Transponder funktioniert nicht«, schimpfte Benny, der jetzt direkt vor ihnen stand. »Vorhin ging's doch noch.«

»Det wird. Is' normal die erst'n Tage. Sonst musste inner IT nachfragen. Wat is mitm Funkgerät? Musst doch Verstärkung rufn, wenn so wat is!«

»Hab noch keins.« Benny verdrehte die Augen und wandte sich Andreas zu. »Möchten Sie auch etwas essen, Herr Mehlich?« Er zeigte mit dem Daumen über die Schulter.

»Ich ... äh.« Andreas schielte skeptisch auf die Tür am anderen Ende des Flurs, hinter der er den Speiseraum vermutete, und die jetzt weit offenstand, dachte an das ohrenbetäubende Schnattern der Mitinsassen.

»Jetze oder gar nich'!« Thorsten schubste ihn ein Stück nach vorn.

Die Angst überwog. Außerdem brauchte Andreas Zeit, all das Gehörte zu verarbeiten, bevor er sich weiteren Herausforderungen stellte. Er schüttelte den Kopf. »Ich ... möchte lieber meine Ruhe.«

»Auch jut.« Der Hüne zuckte die Achseln und marschierte davon.

Andreas starrte ratlos auf die vielen, identischen Stahltüren, die den Flur rechterhand säumten. Alle geöffnet. Alle gaben Einblicke in nahezu identische Zellen.

»Die dritte ist Ihre.« Benny lächelte verständnisvoll. »Anfangs ist das alles noch sehr verwirrend, aber ich bin sicher, dass Sie sich in Kürze gut zurechtfinden werden.«

Andreas nickte ergeben.

»Einschluss ist um sieben. Falls Sie es sich doch noch anders überlegen, können Sie gern zu uns in den Speisesaal kommen«, sagte Benny, während er sich bereits abwandte, um Thorsten und den Insassen zu folgen.

»Danke.« Andreas blieb allein zurück.

Er ging auf seine Zelle zu, trat ein und sah sich um. Betrachtete die beiden Betten, eins ordentlich gemacht, das andere zerwühlt. Bei dem Gedanken, dass er die folgenden Jahre auf diesen wenigen Quadratmetern verbringen sollte, wurde ihm schwer ums Herz. Der Bungalow in Späthsfelde war zwar kaum größer, dafür aber mit Liebe und Lachen erfüllt gewesen. Mit Amelies freudigem Glucksen, wenn ihr Papa sie fest in die Arme schloss.

Ihr Bruder wird gut für sie sorgen, bis es Ihnen besser geht.

Doktor Engels hatte ihm einfach nicht glauben wollen, dass er seine Tochter über alles liebte. Dass er ihr nie auch nur ein Haar hätte krümmen können.

Ein stechender Schmerz bohrte sich durch Andreas' Brust. Gewohnheitsmäßig griff er zum rechten Handgelenk, tastete nach dem Kettchen, das er früher als Glücksbringer getragen hatte. Jetzt war da nur noch Haut.

Die Therapie wird sich über Jahre hinziehen.

Amelie würde ohne ihren Vater aufwachsen müssen. Sie war erst zwei Jahre alt – und es war bereits sechs Monate her, dass sie ihn zuletzt gesehen hatte. Andreas stockte der Atem, als er begriff, dass das Mädchen ihn bald vergessen würde.

Nein, das darf nicht passieren! Er fasste einen Entschluss. Er würde alles tun, um Amelie so schnell wie möglich wieder in seinen Armen zu halten.

Koste es, was es wolle ... Seine Tochter gehörte zu ihm. Und er gehörte nicht hierher.

Er legte die Stirn in Falten, stierte auf den blauen Linoleumboden und lief wie ein gefangenes Tier in seinem Käfig auf und ab. Engels und Konsorten würden ihm keine Hilfe sein. Das hatte ihn die Erfahrung aus Teeniejahren gelehrt. Wenn er das Spiel der Ärzte mitspielte, würde er nie hier rauskommen. Stattdessen musste er –

»Aaaandiii.« Ein Flüstern ließ ihn innehalten. So nah, als stünde der Verursacher direkt neben ihm.

Andreas riss den Kopf hoch, blickte sich hektisch im Raum um, aber da war niemand. Trotzdem war er sich absolut sicher, etwas gehört zu haben. Eine Stimme, die ihm vertraut vorkam.

Bitte. Bitte nicht schon wieder.

»Hast du mich vermisst?«

Andreas stürzte zur Tür, sah sich nach allen Seiten um, aber auch der Flur war gänzlich verlassen.

»Ich bin es ...«

Er begann, unkontrolliert zu zittern. Sein Puls raste.

»Tommy!«

»Du bist nur in meinem Kopf!«

Alles drehte sich. Andreas versank im mintgrünen Strudel. Seine Knie wurden weich. Er schrie. Brüllte seine Verzweiflung hinaus. Und prallte hart auf den Linoleumboden.

Die Welt hatte Schieflage. Ein dumpfer Schmerz dröhnte durch seinen Schädel. Wie durch Watte hindurch bekam er mit, wie Zyankali im zwanzig Meter entfernten Türrahmen zum Speisesaal auftauchte und ruckartig stehenblieb.

Obwohl die Gesichtszüge des Paranoikers durch den Schleier vor Andreas' Augen kaum zu deuten waren, meinte er, Angst zu erkennen. Der Mitinsasse hob die rechte Hand und legte langsam den Zeigefinger auf die Lippen. Anschließend deutete er nach oben. Auf einen kleinen, schwarzen Kasten an der Decke.

Zu spät erkannte Andreas seinen Fehler.

Eine Kamera! Sie haben auf Band, wie ich durchdrehe!

Sekunden später schossen Thorsten und Benny an Zyankali vorbei und rannten auf ihn zu.

»Wir brauchn Engels«, rief der Hüne dem jüngeren Pfleger zu. »So jeht det nüscht. Wir müssn de Dosis erhöhen.«

»Nein, bitte«, flehte Andreas. »Ich bin nicht verrückt! Ich bin ... nur gestolpert.«

Aber sie durchschauten die Lüge.

TEIL DREI

*Der menschliche Verstand
ist in der Praxis nicht verlässlich,
am wenigsten in größter Not.*

CARL JASPERS

31

ANDREAS

»Guten Morgen, Schlafmütze!«

Andreas riss die Augen auf, sah eine kalte Neonröhre und drehte verwirrt den Kopf nach rechts.

Pokey stand bereits angezogen vor seinem wie immer perfekt gemachten Bett und grinste breit. »Heute ist dein großer Tag!«

Das Jahresgespräch.

Langsam dämmerte es ihm. Es war wieder einmal so weit. Heute würde Engels ihn ein letztes Mal unter die Lupe nehmen, bevor er seine Einschätzung für das Gericht verfasste.

Hopp oder top.

Andreas sprang auf und begann sich umzuziehen.

»So nah dran warst du noch nie, oder?«

Er runzelte die Stirn, während er mit einem Hosenbein des Schlafanzugs kämpfte, dessen Bund an seinem rechten Fuß festhing. »Zuletzt vor zwei oder drei Jahren.« Längst hatte er jedes Zeitgefühl verloren. Die immer gleichen Abläufe in der Klinik erschwerten es, den Überblick zu behalten.

»Stimmt. Ich erinnere mich.« Pokey drehte sich zum Fenster und sah wehmütig durch das Glas und die Gitterstäbe hinaus. »Manchmal kommt es mir vor, als wären wir erst seit gestern hier – und dann wieder, als wären Jahrzehnte vergangen. Kannst du dich überhaupt noch an das Leben da draußen erinnern?«

»Klar!« Andreas hatte den Kampf mit der Hose gewonnen und schlüpfte in Jeans.

Er hatte gewiss nicht geplant, so lange in dieser verdammten Klinik zu bleiben. Aber jedes Mal, wenn die Prognose gut aussah –

»Ehrlich, ich beneide dich!« Pokey drehte sich zu ihm um. »Vielleicht schaffst du es diesmal wirklich.«

»Ach, jetzt aber. Du kommst auch bald hier raus!« Andreas zog sich ein frisches Shirt über.

Sein Zimmergenosse schüttelte den Kopf. »Ich habe die Hoffnung längst aufgegeben. Und es gibt ohnehin niemanden, der da draußen auf mich wartet.«

Ein Stich wie von einem Skalpell durchbohrte sein Herz.

Ob sich Amelie überhaupt noch an mich erinnert?

Sie hatte keinen einzigen seiner Briefe beantwortet. Und doch wünschte er sich nichts sehnlicher, als seine Tochter endlich wieder in die Arme zu schließen. Und er war sicher, dass es ihr genauso erging. Er war doch ihr Papa! Und immerhin wusste er jetzt, was er falschgemacht hatte. Wie er –

»Kommst du jetzt endlich? Ich hab Hunger!«

Andreas' Magen knurrte laut.

»Und du offenbar auch!« Pokey lachte und wandte sich zur Zellentür, die bereits offenstand.

Gemeinsam gingen die beiden Richtung Speisesaal.

Im Flur begegnete ihnen eine blasse Gestalt im Bademantel. Einzelne graue Büschel standen wirr vom Kopf ab, der Rest des Schädels war kahl.

»Guten Morgen, Hairy«, rief Andreas von Weitem.

»Ich will sterben«, grüßte der Mittfünfziger zurück und riss sich eine weitere Strähne aus. Den Spitznamen hatte er nicht nur wegen dieser lästigen Angewohnheit bekommen. Er stand gleichzeitig auch für deren Ursache: Jede Menge Heroin hatte den Verstand des Kerls quasi zu Brei geschmolzen.

Andreas zuckte die Achseln, grinste wissend zu Pokey hinüber und ging weiter. »Wie immer also.«

Der Aufenthaltsraum bot ein breites Spektrum an Gemützständen. Von verzweifelten Schreien über bitteres Schluchzen bis hin zu lautem Lachen war alles dabei. Zwei Pfleger kümmerten sich um die Katatoniker. Mit der Fütterung der nahezu reglosen Patienten hatten sie alle Hände voll zu tun. Andreas schauderte noch heute, wenn er daran zurückdachte, dass auch er einmal in diesem Zustand gewesen war.

Das war echt gruselig, wie du hier rumgelatscht bist. Wie ein Zombie, sag ich dir!

Er riss sich von dem Anblick los, folgte Pokey, nahm sich eines der fertig vorbereiteten Tabletts und steuerte damit auf ihren angestammten Tisch zu.

Zyankali erwartete sie bereits. Das Essen vor sich würdigte er keines Blickes. »Guten Morgen«, sagte er, als die beiden sich setzten, und klang dabei fast wie ein ganz normaler Kerl. Als Andreas jedoch die bereitgestellte

Kaffeekanne anhob, fuhr er sofort dazwischen. »Das würde ich nicht tun! Er will uns vergiften, das weißt du doch!«

»Wer?«, fragte Andreas, obwohl er die Antwort bereits kannte.

Der Paranoiker hob die rechte Hand und legte den Zeigefinger auf die Lippen, bevor er flüsterte: »Doktor Engels!«

»Der ist heute nicht im Haus.« Eine glatte Lüge, aber sie erfüllte ihren Zweck.

Zyankali wurde unsicher. »Ist das wahr?«

»Habe ich dich je belogen?«

Der magere Blondschopf zog ratlos die Augenbrauen hoch. »Aber er hat Helfer und Helfershelfer!« Er machte eine fahrige Geste in Richtung der Pfleger.

»Die beiden sind okay.« Andreas schenkte Kaffee in die beiden Plastiktassen und nahm demonstrativ einen großen Schluck, bevor er verschwörerisch hinzufügte: »Wir können ihnen vertrauen.«

Die Gesichtszüge des Paranoiden entspannten sich sichtlich. »Dein Wort in Gottes Ohr, Puzzles. Dein Wort in Gottes Ohr.« Er führte die Tasse zum Mund und nippte vorsichtig. »Wo bleiben denn die anderen zwei?« Schlagartig klang er wieder normal. Wie der brillante Systemanalytiker, der er, laut eigener Erzählung, einst gewesen war. »Wir kommen noch zu spät zum Musik-kurs, wenn die so herumtrödeln.«

Andreas lächelte milde. Eine Verspätung kam nicht in Frage, wurden sie doch vom Wachpersonal zur Therapie geführt. Das einzige, das Story und Dumbo drohte, war ein knurrender Magen. »Keine Ahnung«, antwortete er trotzdem, wahrheitsgemäß. »Ich bin heute aber auch gar nicht dabei. Hab mein Gespräch mit –« Er biss sich auf die Lippe. Gerade hatte er dem Paranoiker noch weißgemacht, dass der Psychiater gar nicht im Haus war.

Zyankali schien zum Glück nichts bemerkt zu haben. Er piekte mit dem Zeigefinger gegen das labbrige Toastbrot auf seinem Teller. »Und du bist dir sicher, dass Doktor Engels –?«

»Ja, Herrgott, iss!«

Aus dem Augenwinkel sah er, wie Pokey entnervt den Mund verzog, bevor er sich ans Essen machte.

Beherzt griff Andreas zu seinem eigenen Sandwich. Der billige Industriekäse schmeckte nach überhaupt nichts, aber er füllte den Bauch. Mit dem Hunger schwand auch ein wenig Anspannung. Wenn er das Stimmengewirr und die triste Einrichtung ausblendete, konnte er sich an einen anderen Ort träumen. Er hörte das Rascheln von Zweigen im Wind, sah kleine Wellen über das Wasser ziehen. Irgendwo surrte eine Libelle durch die Luft und –

»Leuuuute«, ertönte es plötzlich von rechts.

Andreas zuckte zusammen und kehrte mit einem Schlag in die Realität zurück.

»Ich hab verschlafen, den Wecker nicht gehört, ich weiß nicht«, erklärte Story und ließ sich auf den Stuhl neben ihm fallen. »Jetzt gibt's was zu essen, also esse ich. Gibt's auch Kaffee? Ich hätte wirklich gerne einen. Es heißt, man soll nicht zu viel davon trinken, weil das krank macht. Aber wir sind ja alle schon krank, oder nicht? Doktor Engels sagt, ich bin auf dem Weg der Besserung, aber ich weiß nicht. Manchmal fühle ich mich so furchtbar müde und dann –«

»Story!« Für endlose Geschichten fehlte Andreas heute die Geduld. »Halt endlich den Rand und iss!«

»Verdammt, ich rede wieder zu viel, ne?!«, schnatterte Story unbeirrt weiter. »Wenn ich irgendwann völlig überschnappe, dann sperren sie mich wieder in diesen Raum. Ihr wisst schon, dahin, wo alles pink ist. Und dann vergeht die Zeit oder vielleicht auch nicht. Wer weiß das schon? Dumbo weiß es! Der ist jetzt da. Ich esse also mein Frühstück und trinke einen Kaffee.«

»Moment, nochmal zurück.« Andreas wurde nervös. »Dumbo ist in Isolation?« Beim besten Willen fiel ihm kein Grund ein, warum jemand den kindlichen Riesen zur Beruhigung wegsperren sollte. Er hatte den Verstand eines Babys und war, zumindest seit Andreas ihn kannte, nie handgreiflich geworden.

»Jupp, seit gestern. Sie haben ihn nachts aus der Zelle geholt. Das Getöse hat mich geweckt, wahrscheinlich hab ich deshalb verschlafen. Schon eigenartig, wie der Körper funktioniert, nicht wahr? Du brauchst Schlaf, Bewegung, Sonnenlicht, ...«

Iso ...

Andreas schauderte. Von mindestens zwei dieser drei Dinge bekam Dumbo jetzt erst einmal viel zu wenig. Die bloße Vorstellung, in einem Raum gefangen zu sein, der komplett in Pink gehalten war, jagte ihm eine Heidenangst ein.

»Wie ist es da drin?«, fragte er, obwohl Story längst weitergesprochen und sich einem gänzlich anderen Thema zugewandt hatte.

»Wo? In Iso?« Die Unterbrechung schien dem Mitinsassen nichts auszumachen. »Beruhigend irgendwie. Man ist ganz mit sich allein. Ein schönes Gefühl. Du hast Zeit, über alles nachzudenken, dich um dich selbst zu kümmern.«

»Und du bist absolut sicher«, behauptete Zyankali. »Die Farbe wirkt wie ein natürliches Antitoxin! Da drin kann dir nicht einmal Engels' Gift etwas anhaben.«

Pokey rümpfte die Nase. »Ich weiß nicht ...«

Andreas schüttelte entschieden den Kopf, nahm sein Tablett und stand auf. »Ich denke, wir sollten uns jetzt fertigmachen.«

Panikspinnen krochen seinen Nacken empor. In all den Jahren hatte man *ihn* nie in die Isolationszelle gesteckt. Dafür hatte er gesorgt. Denn er bezweifelte stark, dass sie auf ihn dieselbe Wirkung haben würde, wie auf seine Mitinsassen. So sehr ihn diese Irren auch manchmal in den Wahnsinn trieben, nichts fürchtete er mehr als diesen Raum.

Unter konstanter Beobachtung. Allein mit Tommy.

32

VOLKER

»Und das hier«, Volker ließ sich auf seinen Bürostuhl sinken und beendete damit die Führung für die neue Kollegin, »wäre dann also ab dem ersten Februar Ihr Schreibtisch.«

Die Frau mit den mandelförmigen Augen und dem makellosen, olivfarbenen Teint nickte. »Und Sie werden in ein anderes Dezernat versetzt?«

Otto lugte hinter seinem Bildschirm hervor und grinste. »Ja, in sein Keller-Abteil.«

»Du bist jetzt mal ganz still.« Volker funkelte ihn böse an. »Immerhin gehörst du auch längst zum alten Eisen!« Er wandte sich der jungen Kommissarin zu, die jetzt völlig verwirrt dreinblickte. »Ich gehe in den Ruhestand.«

»Oh, wie schön!«

Geht so.

Volker setzte ein künstliches Lächeln auf. »Haben Sie noch Fragen?« Dass er hier jetzt schon den Tourguide spielen musste, stank ihm gewaltig.

Zum Glück schüttelte das junge Ding den Kopf.

»Gut. Dann gehen Sie jetzt am besten zu Angie rüber.« Er schaltete demonstrativ den Computer an.

»Tschüss ... und danke«, sagte die Kommissarin leise. Dann drehte sie sich um und ging davon.

»Findest du nicht, du warst etwas hart zu ihr?« Wieder lugte Otto hinter seinem Bildschirm hervor. Diesmal war sein Gesicht ernst.

»Ach, verdammte Scheiße, das ist mir egal. Haben wir denn nichts Besseres zu tun?!«

»Ruhig, Brauner. Ich hol uns mal einen Kaffee.«

Während Volker wartete, ließ er den Blick durch das Büro wandern. Über die Aktenschränke, die beiden Schreibtische, die Deutschlandkarte und das Memoboard an der Wand. Alles in Kackbraun und Grau gehalten. Alles trostlos und hässlich. Und dennoch ... Gott, wie sehr er das alles vermissen würde!

Tag X rückte unaufhaltsam näher. Der Tag, an dem er für immer ausgemustert würde. An dem aus dem geachteten Hauptkommissar ein stinknormaler Rentner werden würde. Schon jetzt schienen ihn die Kollegen aufs Abstellgleis zu schieben. Langsam. Schleichend. Aber gewiss.

Volker spürte einen schmerzhaften Stich in der Brust. In den vergangenen Wochen war ihm zum ersten Mal wirklich klargeworden, wie sich seine Ehefrau gefühlt hatte, als die Kinder ausgezogen waren. Damals, vor sechzehn Jahren, war sie in ein tiefes Loch gefallen, weil sie sich nicht mehr gebraucht fühlte. In einen Abgrund, der einen von innen heraus auffraß, bis nur noch die Hülle übrigblieb. Ein Monster bar jeder Emotion.

Er schauderte, versuchte krampfhaft, sich auf die positiven Aspekte zu konzentrieren. Renate ging es längst besser. Die Medikamente hielten sie bei Laune. In den vergangenen Wochen war sie sogar richtiggehend aufgeblüht.

Volker würde seinen vorgezogenen Ruhestand damit verbringen, mit ihr gemeinsam Spaziergänge zu machen, fernzusehen und all die Dinge im Haus zu reparieren, die über die Jahre liegengeblieben waren. Nicht die schlechteste Vorstellung.

Obwohl ...

»Soooo, hier, bitte.« Otto kam zurück und stellte eine Tasse vor ihm ab. »Aber nicht zu viel davon trinken. Das ist nicht gut für die Pumpe. In deinem Alter sollte man da schon vorsichtig sein ...«

»Herrgott, jetzt lass doch den Unsinn!«

»Schon gut, schon gut.« Sein Kollege hob die linke Hand und machte eine beschwichtigende Geste. In der anderen balancierte er eine zweite Tasse Kaffee. »Ich hab's nicht so gemeint.«

»Also.« Volker drängte die Wut zurück. Er musste sich auf seinen Job konzentrieren. Solange er ihn noch hatte. »Was steht heute an?«

»Für mich? Ein Berg Akten.« Otto stöhnte, nahm wieder an seinem Schreibtisch Platz und versteckte das Gesicht hinter dem Bildschirm. »Du fährst nach Hause. Der Chef weiß schon Bescheid.«

»Was zum –?!«

»Du brauchst gar nicht erst losschimpfen. Das war nicht meine Idee. Renate hat vorhin hier angerufen und darauf bestanden, dass du zum Mittagessen da bist.«

Das kann unmöglich ihr Ernst sein!

Volker legte die Stirn in Falten. »Wie kommt Renate darauf, dass –?!«

»Das musst du sie selbst fragen. Aber irgendwas ist ja immer ...«

Ein Kribbeln schoss durch seine Adern. Gleichzeitig wurde er wütend.

Was zum Teufel kann so wichtig sein, dass sie mich dafür aus dem Büro holt?

Volker nahm einen Schluck Kaffee und dachte darüber nach, was seine Ehefrau geritten haben mochte, ihn zurückzupfeifen wie einen Schuljungen.

»Und ihr braucht mich hier sicher nicht?«

»Ach Quatsch, wir kommen schon klar. Geh nur.«

Der Chef weiß schon Bescheid.

Herrgott, war seine Anwesenheit in diesem Büro denn schon jetzt völlig unbedeutend? Womöglich gar nicht mehr erwünscht?

»Aber –« Er biss sich auf die Lippe, kämpfte gegen den Kloß, der sich in seiner Kehle bildete. »Gut. Dann fahr ich wohl mal los.«

»Lass dir Zeit.« Otto sah nicht einmal mehr auf. »Es reicht, wenn du zur Besprechung heute Abend zurück bist.«

Zu der bin ich also noch eingeladen. Immerhin.

»Um halb sechs, ja?«

Volker stand auf, nahm seinen Mantel von der Garderobe, schlüpfte hinein und ging wortlos zur Tür hinaus.

33

SANDRA

Ein Klopfen riss sie aus dem Schlaf.

»Schatz, mach bitte die Tür auf!«

Sandra war schweißgebadet. Als sie die Augen aufschlug, bemerkte sie, dass sie noch immer den Pullover und die Jeans von gestern trug. Der Stoff klebte klamm an der Haut. Ihr Nacken schmerzte.

»Bitte.« Die Klinke wurde heruntergedrückt, aber die Tür schwang nicht auf. »Lass uns in Ruhe über alles reden. Ich hab dir Frühstück gemacht.«

Papa!

Plötzlich war es ihr völlig egal, dass Rainer nicht ihr leiblicher Vater war. Er war derjenige, der immer für sie dagewesen war. Der all ihre Höhen und Tiefen miterlebt und immer ein offenes Ohr und eine tröstende Schulter für sie hatte. Der sie von ganzem Herzen liebte. Er war ihr Papa.

Sandra sprang auf, öffnete die Tür und fiel ihm um den Hals.

»Hoppla, was –?« Er schloss sie fest in die Arme.

»Ich hab schon wieder von ihm geträumt«, schoss es aus ihr hervor. »Von dem Teich und –«

»Schhhhhh. Alles wird gut, mein Schatz. Er kann dir nichts mehr tun.«

Sie genoss die Wärme, die sie umgab, atmete tief den Geruch seines Aftershaves ein. Trotzdem fühlte sie sich noch nicht sicher. »Doch, er ... er hat geschrieben, dass er zu mir kommt. Er will mich sehen!«

»Was meinst du damit?«

»Hier!« Sie machte sich los, klaubte die Geburtstagskarte mit spitzen Fingern vom Boden auf und hielt sie ihm entgegen.

»Wo hast du die her?« Er starrte ungläubig auf die Prinzessin, die von rosa Schnörkeln eingerahmt war.

»Mama ... äh, ich meine ...« Die Gewohnheit ließ sich nicht so leicht bannen. Doch während Sandra Rainer bereits wieder als ihren Papa betrachtete, hegte sie für die Frau, die behauptet hatte, ihre Mutter zu sein, gemischte Gefühle. »Elisa hat sie mir gegeben.«

»Sie hat ...« Er nahm ihr das Ding ab, klappte es auf und betrachtete die beiden handgeschriebenen Zeilen. »Ich bin ehrlich sprachlos.« Seine Gesichtszüge verhärteten sich. »*Möchtest* du ihn denn wiedersehen?«

»Spinnst du?!« Beim bloßen Gedanken daran wurde ihr übel.

Er nickte, zerknüllte die Karte und stopfte sie in die Tasche seiner Jeans. »Dann musst du das auch nicht. Ganz einfach. Kommst du mit runter zum Frühstück?«

Ganz einfach. Vielleicht hatte Papa recht, und sie hatte sich völlig umsonst Sorgen gemacht. Immerhin war der Mann, der ihr die Zeilen geschickt hatte, eingesperrt.

Es ist nur ein Traum. Die Erinnerung an etwas, das ewig her ist. Er kann mir nichts mehr tun.

»Was gibt's denn?«

»Ich hab Blaubeer-Pfannkuchen gemacht. Wie früher, weißt du noch?«

»Und ob!« Die Erinnerung an die unbeschwerten Samstage ihrer Kindheit spülte die letzten Bedenken davon. Plötzlich fühlte sie sich zehn Kilo leichter. Ihr Magen knurrte in freudiger Erwartung.

»Elisa ist einkaufen gefahren. Wenn du möchtest, können wir uns also beim Essen auch wieder Cartoons ansehen.« Er grinste. »Oder bist du dafür zu alt?«

Sandra lachte. »Ein bisschen vielleicht.«

»Sehr schade.« Er zwinkerte ihr zu, bevor er sich zur Treppe umdrehte. »Dann setzen wir uns eben an den Küchentisch wie zwei Erwachsene.«

Sie folgte ihm nach unten, wo sie ein herrlicher Duft erwartete, stellte sich an die Anrichte und schenkte zwei Tassen Kaffee ein, während er die Teller volllud.

»Wo ist Mister Hyde?« Sandra sah sich suchend um. »Der ist doch sonst parat, wenn es ums Essen geht.«

»Draußen.« Papa zuckte die Achseln. »Deine Mutter sagte doch, er darf in Zukunft erst dann rein, wenn wir gefrühstückt haben.«

»Nenn sie nicht so!« Sie biss sich auf die Lippe. Plötzlich wurde ihr wieder schwer ums Herz.

»Schatz, Elisa hat immer versucht —«

»Was ist mit meiner richtigen Mutter? Ihr habt mir gestern kaum etwas von ihr erzählt.«

Er machte ein betretenes Gesicht und ließ sich auf die Eckbank fallen. »Nathalie. Sie war eine tolle Frau.«

Er zeigte auf den Platz neben sich, vor dem bereits ein Berg Pfannkuchen wartete, aber Sandra schüttelte den Kopf. Sie wollte erst den Kater hereinlassen.

Elisa kann mich mal!

»Andreas war neunzehn, als er sie kennenlernte. Kurz nach seinem ersten Klinikaufenthalt war das. Ich war da schon zu Jürgen in die WG gezogen.«

Sandra grinste, während sie die Terrassentür öffnete. Papa hatte ihr die wildesten Geschichten über diese Zeit erzählt. So wild, dass seine spätere Ehefrau Elisa ihm den Kontakt zu seinem Studienfreund beinahe gänzlich untersagt hatte. Nur einmal die Woche durfte er ihn in Potsdam zum Dartspielen treffen.

»Ich glaube, es war Nathalie, die Andreas damals gerettet hat«, hörte Sandra ihren Vater sagen.

Ein eiskalter Wind schlug ihr entgegen. Sie hielt weiter Ausschau nach Mister Hyde, ließ den Blick über den von Reif bedeckten Rasen und den überdachten Freisitz am anderen Ende des Gartens gleiten und entdeckte schließlich ein graues Fellknäuel auf einem der Liegestühle.

»Ohne sie hätte Andreas wahrscheinlich niemals eine Ausbildung gemacht oder wäre überhaupt arbeiten gegangen. Sie war sein Fels in der Brandung.«

Sandra nahm ein Päckchen Leckerlies aus dem Küchenschrank und schüttelte es, sodass die Bröckchen darin laut klapperten. Der Kater hob den Kopf, rollte sich dann aber sofort wieder zusammen.

Dann eben nicht.

»Nach ihrem Tod ist er in ein tiefes Loch gefallen. Und offenbar hat ihn das Ganze dann auch wieder in die Psychose getrieben. Er hat sich diesen Tommy eingebildet und ... naja, den Rest kennst du ja schon.«

Sie schauderte, schloss die Terrassentür und wandte sich wieder ihrem Vater zu. »Das meine ich nicht.«

Er sah sie fragend an.

»Ich meine ... Was für ein Mensch war meine Mutter? Sehe ich ihr ähnlich? Was hat sie gerne gemacht?«

»Ach so, natürlich. Entschuldige. Nun, ihr Name war Nathalie Leclaire, und sie kam aus dem Elsass nach Deutschland, um —«

»Moment mal! Ich bin zur Hälfte Französin?!«

Papa nickte. »Das bist du. Vielleicht erklärt das auch dein Sprachtalent. Deine Mutter hat jedenfalls in Berlin Germanistik studiert, als ich sie kennenlernte. Da waren sie und Andreas aber schon mehrere Monate ein Paar.« Er überlegte kurz. »Zu Mamas Fünfzigstem muss das gewesen sein. Also, äh ... zum Geburtstag deiner Oma. Auf dem Dachboden gibt es vielleicht noch Fotos von der Feier. Die suche ich dir heute Abend mal raus.«

»Gern!« Sandra setzte sich auf die Eckbank und begann, die mittlerweile fast kalten Pfannkuchen zu essen, während sie gebannt lauschte.

»Nathalie war, wenn ich mich recht erinnere, drei Jahre älter als Andreas und bildschön. Hat in einem Orchester Geige gespielt und an der Uni nur Einsen geschrieben. Trotzdem war sie nicht abgehoben, sondern immer freundlich zu allen. Was sie an Andreas gefunden hat, ist mir bis heute ein Rätsel. Jürgen hat immer gewitzelt, wenn er sich nur etwas mehr Mühe gäbe, könnte er sie ihm jederzeit ausspannen.«

»Hatte er Chancen?«, fragte Sandra zwischen zwei Bissen.

»Himmel, nein!« Papa lachte. »Ich weiß, du hast ihn erst ein Mal gesehen, und da warst du noch ganz klein, aber ... naja, sagen wir einfach, er ist nicht gerade der Typ Mann, dem die Frauen zu Füßen liegen. Und Nathalie war ohnehin völlig vernarrt in Andreas. Sie hat ihn angestrahlt, als wäre er der einzige Mensch im Raum.« Er wurde wieder ernst. »Ganz genauso, wie *du* deinen Fynn anschaust. In diesen Momenten siehst du tatsächlich aus wie sie.«

Sandra lächelte.

»Du wirst es auf den Fotos ja sehen. Ich hoffe, ich finde sie.« Er warf einen Blick auf die Uhr und stand abrupt auf. »Ich muss los.«

»Aber du hast die Pfannkuchen gar nicht angerührt!«

»Wenn ich nicht sofort losfahre, verspäte ich mich und lasse Jürgen warten. Wo bleibt denn deine Mutter mit dem Auto?«

Sie ist nicht meine Mutter, wollte Sandra protestieren, als sie plötzlich realisierte, dass es bereits nach elf war. »Mist, ich wollte Anna vor sieben Minuten abholen und hab noch nicht geduscht!« Sie legte das Besteck beiseite und sprang ebenfalls auf, blieb dann aber unschlüssig stehen.

Wir sehen uns bald wieder – versprochen!

Bei dem Gedanken, das Haus zu verlassen, wurde ihr doch wieder mulmig zumute. *Was, wenn ...?*

»Papa, warte!«

Er wollte gerade hinausgehen, hielt aber in der Bewegung inne und drehte sich noch einmal zu ihr um. »Ja?«

»Bist du dir ganz sicher, dass Andreas eingesperrt ist?«

»Natürlich, mein Schatz. Dir kann nichts passieren.«

Ein Schlüssel drehte sich im Schloss hinter ihm, die Haustür ging auf, und Elisa trat in den Flur.

»Hast du das mit deinen eigenen Augen gesehen? Wann hast du ihn zuletzt besucht?«

Er zeigte ein gequältes Lächeln. »Noch nie.«

»Ja, aber dann —«

»Weißt du was? Wir rufen heute Abend gemeinsam in der Klinik an und sprechen mit seinem Psychiater oder einem der Pfleger. Jetzt muss ich aber wirklich los.«

34

ELISA

»Ehrlich, Hans, das ist furchtbar lieb, aber ... ein Meerschweinchen?!« Elisa runzelte die Stirn. »Hältst du das wirklich für ein passendes Geschenk? Immerhin ist sie erst vier. Die ganze Arbeit wird an mir hängenbleiben!«

Ihr Schwiegervater hieb mit einem großen Hammer den letzten Pfahl für das Freigehege in den Erdboden. »Papperlapapp. Kinder müssen lernen, Verantwortung zu tragen. Rainer hat ein Kaninchen bekommen, als er im selben Alter war.«

»Das stimmt.« Elisas Ehemann nickte. »Und ich habe mich immer um Krümel gekümmert. Anfangs natürlich mit Unterstützung. Wenn du das nicht machen möchtest, kann ich das übernehmen.«

Sie verdrehte die Augen, gab aber nach. »Na gut.« Die beiden ließen ja sowieso nicht mit sich reden. Und vielleicht würde ein Tier tatsächlich helfen, das Mädchen aufblühen zu lassen. »Aber nur, wenn du dich wirklich um alles kümmerst.«

»Versprochen.«

Hans spannte ein engmaschiges Gitter aus Draht um die vier Pfähle, sodass ein etwa zwei mal zwei Meter großer Freilauf entstand. Als er sich anschließend aufrichtete, war sein Gesicht schmerzverzerrt. Trotzdem humpelte er zu dem halbhohen Lattenzaun hinüber, der den Garten umgab, und griff entschlossen zu der Holzplatte, die daran lehnte.

»Warte, Papa«, sprang Rainer sofort zu Hilfe. »Das kann ich doch machen!« Er nahm seinem Vater das Brett ab und legte es über eine Seite des dreißig Zentimeter hohen Geheges. »So hast du dir das gedacht, oder?«

Hans nickte und rieb sich die Hüfte. »Ja, genau. Damit das Tier einen Unterschlupf hat, wenn es regnet. Und so wird auch das Futter nicht nass.« Er zeigte auf die große Tragetasche, die er vorhin ins Gras gestellt hatte. »Schau mal da rein, Elisa. Da ist Heu drin, zwei Näpfe, ein bisschen Gemüse und alles, was ihr sonst noch so braucht.«

»Ich mach das schon«, rief Rainer, bevor sie sich in Bewegung setzen konnte. »Magst du vielleicht in der Zwischenzeit das Geburtstagskind holen? Wir sind hier ja gleich fertig.«

Elisa zögerte und blickte ihren Schwiegervater besorgt an. »Geht es, Hans?«

»Aber ja.« Er spielte den Tapferen, aber sie konnte sehen, dass ihm die Hüfte schwer zu schaffen machte.

»Willst du dich nicht lieber schon mal auf die Terrasse setzen?«

Er schüttelte den Kopf und zeigte auf das Gebüsch, das von hier aus die Sicht aufs Haus versperrte. »Es ist mein Geschenk. Ich will doch mitbekommen, wie sich meine Enkeltochter darüber freut!«

»Okay.« Elisa zuckte die Achseln und machte sich allein auf den Weg. Zwischen einer fast drei Meter hohen Thuja und einigen, gleichfalls riesigen Lorbeerbüschen hindurch, die den hinteren Teil des großen Gartens vom vorderen trennten, weiter über das Gras bis zur Terrasse. Sie ging durch die geöffnete Glastür in die Küche hinein, durchquerte den Flur und erreichte die Treppe, die ins Obergeschoss führte.

Im Haus war kein Laut zu hören. Elisa schlich die Stufen hinauf und lugte, oben angekommen, vorsichtig ins Kinderzimmer hinein.

Die Kleine saß auf dem Boden und hielt eine ihrer Puppen in Händen. Als sie Elisa bemerkte, hob die Vierjährige den Kopf. »Mama!« Sie legte die Puppe weg, um ihr beide Arme entgegenstrecken zu können.

»Hast du was Schönes gespielt?«

Ein stummes Nicken.

»Prima, dann gehen wir jetzt in den Garten. Opa ist da – und er hat eine Überraschung für dich!«

Ein freudiges Quieken.

Immerhin.

Elisa ging zu der Kleinen hinüber, um sie hochzuheben – und erstarrte. »Was ... was hast du ... mit deiner Puppe gemacht?!«

Das Gesicht der Spielzeug-Prinzessin war nach innen eingedrückt. Quer über das dünne Plastik zog sich ein Riss, der die einst weichen Züge deformierte. Jetzt bildeten Augen, Nase und Mund eine groteske Fratze.

35

ANDREAS

Nachdem er das Tablett mit dem benutzten Geschirr in den dafür vorgesehenen Rollwagen gestellt hatte, reihte sich Andreas artig in die Schlange der Medikamentenausgabe ein. Direkt vor ihm stand der Käpt'n, ein Hüne mit langen Haaren, Vollbart und unzähligen Tattoos, der ihm bereits an seinem ersten wachen Tag in der Klinik aufgefallen war, und versperrte ihm die Sicht.

Andreas brauchte aber auch gar nicht hinzusehen, um zu wissen, wer, etwa zwei Meter von ihm entfernt, gerade die tägliche Dosis ausgehändigt bekam.

»Ich bin ein Pfleger«, sagte das menschliche Chamäleon im Brustton der Überzeugung. »Ich kümmere mich um Patienten.« Ein kurzes Zögern. Dann, deutlich leiser: »Aber wenn ich ganz ehrlich bin, machen diese Männer mir Angst.«

Nun wurde Andreas doch neugierig. Er machte einen Schritt zur Seite, um am Käpt'n vorbeischauen zu können, und entdeckte Benny am Ende der Reihe. Der Drei-Tage-Bart, den sich der Pfleger neuerdings stehenließ, täuschte kaum über das nach all den Jahren immer noch recht kindliche Gesicht hinweg. Was ihm jedoch an souveräner Optik fehlte, machte er mittlerweile mit Professionalität wett.

Nach all den Jahren weiß er, wie der Hase läuft ... genau wie ich.

»Vorwärts, Cammy! Du hältst hier ja alles auf.«

Andreas beobachtete, wie der Gefühlsspiegel mit der Igelfrisur davontapste, nickte zufrieden und ging zurück auf seinen Platz in der Reihe – als der Käpt'n plötzlich zu ihm herumfuhr. »Was machst 'n du da?« Er kratzte sich am Unterarm, über den ein tätowierter Anker mit Kette verlief.

»Ich ... stand schon vorhin da«, stammelte Andreas. Der Hüne war ihm unheimlich. Seine regelmäßigen und völlig willkürlichen Ausraster brachten hier alle zum Zittern. Spätestens, seit das Gerücht umging, er habe mit bloßen Händen einen Mann enthauptet. Vielleicht war das Unsinn. Vielleicht auch nicht. Andreas wollte jedenfalls nicht herausfinden, wozu der Kerl fähig war.

»Wann vorhin?« Auf der Haut des Käpt'ns bildeten sich rote Striemen, aber er kratzte weiter.

»Vor ... vor einer Minute vielleicht.«

»Pff.«

»Ich ... ich wollte ... nur kurz sehen, wer heute die Pillen ausgibt.«

Der Hüne ließ von seinem malträtierten Unterarm ab und legte den Kopf schief. »Ich behalt dich im Auge, Puzzles. Da kannste sicher sein.« Dann drehte er sich um und stapfte Richtung Medikamentenausgabe. Vorn angekommen, packte er den kleinen Becher, den Benny ihm entgegenhielt, kippte den Inhalt hinunter wie einen Schnaps und warf das Plastikding anschließend einfach aufs Linoleum.

Vollidiot!

Andreas wartete, bis sich der Käpt'n entfernt hatte, bevor er sich bückte, den Becher vom Boden aufhob und ihn dem Pfleger reichte.

»Danke dir!« Benny lächelte ihn freundlich an. »Der hat wohl keinen guten Tag. Wie sieht es mit dir aus?«

»Ich kann nicht klagen.«

»Ach, du hast heute dein Jahresgespräch, stimmt's?«

»Ganz genau.« Andreas strahlte, nahm die Pille aus dem Plastikbehältnis mit dem Namen »Mehlich« entgegen und ließ sie sich in den Mund fallen. Mithilfe der Zunge schob er das Ding möglichst unauffällig in die Wangentasche, nickte dem Pfleger noch einmal zu und machte sich dann auf den Weg in seine Zelle.

Schnell, aber nicht zu schnell. Möglichst unauffällig.

Er hatte sich das Vertrauen des Personals hart erkämpft. Ob er die Medikamente tatsächlich schluckte, wurde längst nicht mehr so genau überprüft. Niemand hegte auch nur den leisesten Verdacht. Trotzdem durfte er sich jetzt keinen Fehler erlauben.

Während er durch den Speisesaal und den mintgrünen Flur ging, bemühte er sich um einen neutralen Gesichtsausdruck und eine aufrechte, gleichzeitig nicht angespannte Körperhaltung. Erst als er den Kameraüberwachten Bereich hinter sich gelassen hatte, begann er zu rennen. Er stürzte an Pokey vorbei ins Bad, klappte den Toilettendeckel hoch und spuckte die Pille, die bereits anfing sich aufzulösen, ins Becken.

Und tschüss ...

In den ersten Monaten seines Aufenthalts hatte er nach den Regeln der Klinik gespielt und gehofft, das Zeug würde Tommy zum Schweigen bringen. Aber das tat es nicht. Stattdessen machte es ihn schummrig und gleichgültig. Das konnte er nun wirklich nicht gebrauchen.

Andreas drückte die Spülung.

»Ein weiterer Sieg gegen Team Engels!« Sein Zimmergenosse stand im Türrahmen und grinste.

»Ein kleiner.«

»Den großen erringst du auch!«

Wenn man erst einmal die Abläufe und Gerätschaften kannte, die das Klinikpersonal nutzte, um die Insassen zu überwachen, war es eigentlich gar nicht so schwer, das System zu überlisten. Die Kameras in den Fluren und Gemeinschaftsräumen filmten durchgehend, nahmen aber keinen Ton auf. In Zellen und Toiletten-Kabinen durften keine hängen. Auch Schwerverbrecher hatten schließlich ein Recht auf Intimsphäre.

Immerhin ... ansonsten hat man uns ja alles genommen.

Andreas nahm die Zahnbürste zur Hand und entfernte damit die letzten Reste der widerlichen Pampe in seinem Mund. Anschließend kämmte er sich durchs langsam lichter werdende Haar und sprühte sich Deodorant auf die Achseln. Gerade heute musste er sich von seiner besten Seite zeigen.

»Mehlich, wo steckste? Los jeht's!«

Er ging am noch immer grinsenden Pokey vorbei, zurück in die Zelle, wo Thorsten bereits auf ihn wartete. »Kann losgehen!«

Das Zahnpasta-Labyrinth machte Andreas keine Angst mehr. Er kannte den Weg zu Engels' Büro längst aus dem Effeff, und hatte nie absichtlich Ärger gemacht. Trotzdem hielt ihn der hünenhafte Pfleger die ganze Zeit über am Arm gepackt.

Er hasst uns, stellte Andreas wieder einmal fest. Doch heute hatte er keine Muße, darüber zu sinnieren, weshalb der Mann diesen Beruf dann überhaupt ergriffen hatte. In Gedanken war er längst bei dem Gespräch mit Engels.

»Ich bin positiv überrascht«, sagte der Psychiater kurz darauf, kaum dass Thorsten Andreas in sein Büro geschubst und die Tür hinter ihm zugezogen hatte. »Sie halten sich in den letzten Monaten wirklich ausgezeichnet, Herr Mehlich.«

»Die Medikamente zeigen endlich Wirkung. Ich fühle mich wie ein ganz neuer Mensch.«

»Sehr erfreulich, sehr erfreulich«, murmelte Engels und schlug eine Akte auf. »Die Stimmen sind also verschwunden?«

Obwohl er das Ganze wieder und wieder mit Pokey geprobt hatte, wurde Andreas nervös. »Ja. Sonst hätte ich Ihnen natürlich sofort Bescheid gesagt.« Er nahm auf dem Stuhl vor dem gigantischen Schreibtisch Platz und bemühte sich krampfhaft um eine sorglose Miene.

»Keine der beiden?«

»Zum Glück«, log Andreas, obwohl er die Stimme seines imaginären Jugendfreunds, die tatsächlich für immer verschwunden schien, oft schmerzlich vermisste.

»Ich lese hier, dass die anderen Patienten Sie nach wie vor ›Puzzles‹ nennen.«

»Weil ich die Erinnerungen wie ein Puzzle zusammensetzen musste.«

Der Psychiater sah ihn eindringlich an. »Mittlerweile sind doch aber alle Teile an ihrem Platz ...?«

»Natürlich.« Andreas unterdrückte den Drang, nervös auf dem Stuhl herumzurutschen, und klammerte sich stattdessen mit beiden Händen an den Armlehnen fest. »Ich denke, der Name ist einfach klebengeblieben.«

Er erntete ein müdes Nicken. »Sagen Sie mir, in Ihren eigenen Worten, weshalb Sie hier sind.«

»Aus demselben Grund wie die anderen. Zyankali hat seine Frau erstochen, Story einen Mann erschlagen, genau wie Dumbo, und Po—«

»Es geht nicht um Ihre Mitpatienten, Herr Mehlich«, unterbrach der Psychiater scharf. »Es geht um Sie. Weshalb sind *Sie* hier?«

Andreas senkte den Kopf. »Weil ich meinen Chef umgebracht habe.«

Engels nickte zufrieden und machte eine Notiz in der Akte. »Gehen wir noch einmal zurück zu jener Nacht. Erzählen Sie mir davon.«

»Am Abend war ich zuhause, habe mich betrunken und auf die Welt geschimpft.« Obwohl die Tatnacht weit in der Vergangenheit lag, waren die Bilder vor Andreas' geistigem Auge lebendig wie nie.

Er sah sich mit Tommy am Tisch sitzen und ein Glas nach dem anderen in sich hineinkippen. Sah, wie Tommy aufsprang, und hörte ihn sagen: »Lass uns holen, was uns zusteht!«

Heute wusste er, dass der Mann nur ein Produkt seiner Fantasie war. Doch damals hatte alles so echt gewirkt ...

»Amelie hat in ihrem Zimmer geschlafen. Sie war ein sehr ruhiges und zufriedenes Kind, deshalb habe ich mir keine Sorgen gemacht, und wir ... äh, ich meine ... ich bin mit dem Auto nach Dahlem gefahren.« Er sah Tommy auf dem Beifahrersitz, das nächtliche Berlin, das am Fenster vorbeirauschte, und –

Der Film in seinem Kopf setzte für einen Moment aus. Dann gab es da eine Tür und zersprungenes Glas. »Ich habe die Haustür aufgebrochen und bin durch den Flur ins Wohnzimmer gegangen, um –« Wieder eine kurze Unterbrechung der Bilder, die er jedoch gekonnt überbrückte. »– um nach wertvollen Gegenständen zu suchen.«

Ein Schreibtisch. Etwas Glitzerndes. »Irgendwann bin ich ins Arbeitszimmer gegangen. Dort habe ich die Ohrringe entdeckt und eingesteckt. Plötzlich habe ich Geräusche gehört, van Hauten. ›Ich rufe die Polizei‹, hat er gebrüllt. Und dann –«

Die größte Lücke war am schwierigsten, aber nach all der Zeit wusste Andreas genau, was er sagen musste. »– bin ich ins Wohnzimmer gelaufen, habe das Erstbeste geschnappt, das mir in die Finger kam, und habe damit auf ihn eingeschlagen, bis er zusammengebrochen ist.«

Erst jetzt setzte der Film in seinem Kopf wieder ein. Der rasselnde Atem des Sterbenden. Gedärm, das aus der Bauchhöhle quillt. Ein Schürhaken auf dem Boden, die feucht glänzende Spitze. Die tiefrote Lache, die sich immer weiter ausbreitet. »Dann bin ich geflohen.«

»Bereuen Sie die Tat?«

»Von ganzem Herzen«, sagte Andreas, und das war ausnahmsweise keine Lüge.

Engels nickte zufrieden und notierte wieder etwas in der Akte. »Danke, Herr Mehlich. Wie Sie wissen, werde ich nach diesem Gespräch einen Bericht verfassen. Meine Empfehlung wird darüber entscheiden, ob Sie diese Einrichtung zeitnah verlassen können. Ich möchte Ihnen daher dringend raten, sich auch in den kommenden Tagen weiterhin so vorbildlich zu halten.«

Andreas' Herz machte einen Satz. Er hatte es tatsächlich geschafft.

Ich komme, Amelie! Papa ist bald wieder bei dir ...

36

VOLKER

»Renate, warum willst du das denn nicht verstehen?!« Volker lud sich eine weitere Portion Bratkartoffeln auf den Teller. »Du kannst mich doch nicht einfach hierher zitieren, wenn gar nichts ist.«

»Ich wollte dir einen Gefallen tun!« Seine Frau legte die Gabel beiseite und schmollte. »Das ist schließlich dein Leibgericht ...«

»Und ich bin auch ehrlich begeistert, dass du nach all der Zeit mal wieder gekocht hast, aber ... ach, Mensch, wie sieht denn das aus?! Die Kollegen nehmen mich doch so schon nicht mehr für voll!« Er biss sich auf die Lippe.

Zu spät.

»Es sieht aus, als würde der werte Herr Kommissar seine Frau lieben und endlich etwas mehr Zeit mit ihr verbringen!«

Volker gab sich alle Mühe, einen ruhigen Tonfall anzuschlagen. »Das mache ich doch.«

Nicht, dass ich eine Wahl hätte ...

Er verdrängte die Wut, die in ihm hochkochte, so gut es ging. Doch Renates Depression und die Doppelbelastung, die damit einherging, forderte ihren Tribut. Früher hatte er Nerven wie Drahtseile gehabt. Jetzt glichen sie hauchdünnen Fäden aus Glas.

»Das ist auch für mich nicht einfach«, schoss es, weitaus härter als beabsichtigt, aus ihm hervor. »Immerhin schmeiße ich meine Karriere hin! Ach, nein, wem mach ich was vor? Das hab ich schon längst!«

»Ich weiß.« Sie senkte den Blick.

Sofort bereute er, dass er sie so angefahren hatte. »Es tut mir leid, Schatz. Ich weiß, du kannst nichts dafür.«

Sie lächelte schwach. »Die Kinder fehlen mir so. Und Mia, die kleine Maus. Sie wird so schnell groß ...«

»Vielleicht können wir sie ja mal besuchen fahren?«

Sie schien sich nicht an der Idee erfreuen zu können. Ihre Mundwinkel hingen so tief wie zuvor. »Schmeckt es denn?«

»Sehr gut!«

Dabei hatte sie sich so gut gemacht, dachte er, während er sich demonstrativ Kartoffelscheiben in den Mund schaufelte. *Seit ich ihr gesagt habe, dass ich in den Ruhestand gehe. Ich dachte wirklich, das wäre der Schlüssel ...*

180

»Ich bin müde.« Renate schob den Stuhl nach hinten und stand auf.

»Kein Problem«, sagte er resigniert. »Ich kümmere mich um den Abwasch, bevor ich zurück aufs Revier fahre.

»Ich werde mich bemühen, dir in Zukunft weniger Arbeit zu machen.« Sie drehte sich ruckartig um und verließ den Raum. Wenig später hörte Volker die hölzernen Stufen der Treppe knarzen.

Nachdem er den Tisch abgeräumt und die Spülmaschine eingeschaltet hatte, ging er in den Vorgarten und zündete sich eine Zigarette an. Eigentlich hatte er vor Jahren aufgehört, aber hin und wieder gab es Tage, an denen er einfach eine brauchte.

Ich tue doch, was ich kann, um ihr zu helfen ... Das Gedankenkarussel drehte sich unablässig. *Warum ist es nie genug?*

Vereinzelte Schneeflocken rieselten auf ihn herab. Es war bitterkalt. Volker fröstelte, aber er bewegte sich nicht von der Stelle, selbst als die Fluppe längst aufgeraucht war. Das sonore Rauschen der Hauptstadt, gepaart mit dem Gedanken an eine trostlose Zukunft, lullte ihn ein.

Im Haus hinter ihm war es totenstill.

37

SANDRA

Es war bereits nach zwölf, als Sandra den Polo vor dem kleinen Café parkte, in dem sie zur Lerngruppe verabredet war.

Mist, Mist, Mist!

Sie schnappte sich ihre Tasche, sprang aus dem Wagen und hastete durch die Eiseskälte auf die Eingangstür zu. Durch die gläserne Front entdeckte sie Anna, die gerade am Selbstbedienungs-Tresen stand und eine Bestellung aufgab.

Bevor Sandra unter die Dusche gesprungen war, hatte sie versucht, ihre beste Freundin anzurufen. Danach war sie bei ihr vorbeigefahren – nur um festzustellen, dass niemand zuhause war. Wahrscheinlich hatte Anna ihre Eltern gebeten, sie herzufahren. Sie hasste es, zu spät zu kommen.

Ich muss mit ihr reden. Sofort.

Ein leises Klingeln ertönte, als Sandra die Tür aufriss und das Café betrat. Sie beachtete es nicht, steuerte stattdessen zielstrebig auf die Freundin zu. »Hey, tut mir echt leid. Ich hab mich mit Papa verquatscht.« Sie zögerte, erwartete eine Reaktion, aber es kam keine. Also fügte sie hinzu: »Wegen gestern Abend. Du weißt schon ...«

Anna sah sie nur unverwandt an.

»Hier, Liebes.« Die ältere Dame hinter dem Tresen stellte einen Cappuccino vor ihr ab. »Das macht dann zwei Euro achtzig.«

»Ich mach das schon«, sagte Sandra schnell und kramte in ihrer Tasche nach dem Portemonnaie. »Hör mal, wegen dem, was du da gestern gehört hast ...«

Anna zuckte die Achseln, griff nach der Tasse und stolzierte kommentarlos davon.

Endlich bekam Sandra den Geldbeutel zu fassen. Sie nahm drei Euro heraus und knallte sie auf den Tresen. »Stimmt so.« Dann folgte sie ihrer besten Freundin in den hinteren Teil des Cafés, aus dem fröhliches Schnattern und Klappern zu ihr herüberdrang. »Können wir nicht wenigstens kurz reden?«

Bis auf einen waren alle fünf Tische belegt. Zwei Frauen in den Dreißigern machten sich genüsslich über die Reste eines Sektfrühstücks her. Rechts neben ihnen hämmerte ein Kleinkind mit einer hölzernen Rassel auf den Hochstuhl ein, in dem es gefangen war, und brachte damit seine Eltern zur Weißglut. »Bitte, Charlotte, lass das doch.« Der Rentner auf der anderen Seite des Raums sah von seiner Zeitung auf und machte einen entnervten Zisch-Laut.

Ganz hinten, an einem Tisch, auf dem Bücher und Hefte zwischen Kaffeetassen ausgebreitet lagen, saß Anna neben Julia und Katrin, zwei anderen Mädchen aus dem Mathekurs. Alle drei hatten die Arme verschränkt. Alle drei stierten Sandra an.

Die wissen Bescheid!

Sie schluckte. Ihr schwante nichts Gutes. Trotzdem ging sie tapfer auf das Trio zu. »Hey, die Verspätung tut mir leid, Leute.«

»Du bist hier nicht erwünscht, Psycho«, zischte Julia, eine blonde Schönheit, die in den USA sicher Königin des Abschlussballs geworden wäre, noch ehe Sandra sich einen Stuhl heranziehen konnte.

Ich wusste es!

Sie verharrte in der Bewegung. Ihr Herz pochte plötzlich so schnell, als stünde sie vor einem Erschießungskommando. Der Mund war staubtrocken.

»Die Tochter von Charles Manson würden wir auch nicht einladen, mit uns Mathe zu pauken«, giftete Julia.

»Nachher tut sie uns noch was«, pflichtete ihr treuer Schatten, die sonst stille Katrin, in spöttischem Ton bei.

Du weißt nicht, wie das ist, wenn alle mit dem Finger auf einen zeigen!

Sandras Lippen bebten. Ein dicker Kloß bildete sich in ihrer Kehle. Die Augen wurden feucht. Dass sich diese Mädchen über sie lustig machten, sie gar verabscheuten, war eine Sache. Doch nichts schmerzte mehr als der Verrat. »Du hast es ihnen erzählt?!«

Anna sagte nichts. Stattdessen senkte sie den Kopf und sah zu Boden.

»Du kannst mich mal!« Sandra begann zu weinen, wirbelte herum und stürmte davon. Sie lief an dem alten Mann, den beiden Mittdreißigern und der Familie vorbei, parallel zum Tresen – »Alles in Ordnung, Liebes?« – zur Tür und auf den Gehweg hinaus.

Erst, als sie das Auto erreicht hatte, machte sie Halt. Sie kramte in der Tasche nach den Schlüsseln, konnte die ganze Zeit über vor lauter Tränen kaum etwas sehen. Ein beißender Wind rüttelte an Schal und Jacke.

Nichts wie weg hier!

Endlich gelang es ihr, den Wagen zu entriegeln und einzusteigen. Mit zitternden Fingern legte sie den Gang ein und startete den Motor. Der Polo ruckelte, ließ sich dann aber doch anstandslos auf die Straße bewegen. Zum Glück war in der Kleinstadt wenig Verkehr.

Sandra wischte sich mit dem Handrücken quer über die Augen, aber die Sicht wurde kaum klarer. Die Tränen wollten nicht aufhören zu fließen.

»Papa anrufen«, brüllte sie den Sprachassistenten des Smartphones an, sobald sich das blöde Ding über Bluetooth verbunden hatte. Das darauffolgende Tuten dröhnte ohrenbetäubend laut aus den Boxen.

Geh ran! Bitte geh ran!

Ein Hupen. Sandra stemmte den Fuß auf die Bremse. Der Polo schlitterte ein Stück, kam aber schließlich zum Stehen.

»Tuuuut. Tuuuut.«

Scheiße!

Der Mann hinter der Windschutzscheibe des grauen Fords, den sie beinahe gerammt hatte, zeigte ihr den Vogel. Dann brauste er davon.

»Tuuuut. Tuuuut.«

Ihr Herz raste. Sie zitterte am ganzen Körper. Durch den Schleier vor ihren Augen entdeckte sie einen freien

Parkplatz am Straßenrand, nur wenige Meter entfernt. Vorsichtig bewegte sie den Wagen darauf zu.

»Guten Tag.«

Sie zuckte zusammen und drückte hastig auf einen der Knöpfe am Lenkrad.

»Hier ist die Mailbox von —« Die metallische Stimme verstummte.

Endlich erreichte Sandra die Parklücke. Es dauerte eine gefühlte Ewigkeit, den Polo hinein zu bugsieren, aber sie schaffte es. Sie schaltete den Motor aus, ließ aber die Zündung an. »Fynn anrufen!«

»Tuuuut. Tuuuut«, dröhnte es wieder. Und noch einmal: »Tuuuut. Tuuuut.«

Dann, endlich, knackte es in der Leitung, und sie hörte die warme, sonore Stimme ihres Freundes. »Hey, mein Schatz! Seid ihr schon fertig mit Pauken?«

»Schwing die Hufe«, sagte ein Mann im Hintergrund.

»Sekunde.«

Sandra hörte ein Rascheln. Dann, gedämpft: »Ich telefoniere.« Der Mann brummelte etwas, aber die Worte waren nicht zu verstehen. »Ja, ist ja gut«, maulte Fynn zurück. Es raschelte noch einmal.

»So, da bin ich wieder. Sorry. Alles okay bei dir?«

»Ich will nicht stören.« Sie versuchte krampfhaft, weitere Tränen zu unterdrücken. »Bist du in der Klause?«

»Du störst nie! Was ist denn los? Du klingst so ... eigenartig.«

»Sie hassen mich«, platzte es unvermittelt aus ihr heraus. »Anna hat es allen erzählt. Oder zumindest Julia und Katrin. Aber die werden es weitersagen! Ich kann mich nie mehr in der Schule blicken lassen!«

»Langsam, Schatz«, bat Fynn. »Ganz ruhig. Was ist passiert?«

Sandra hörte ihm gar nicht richtig zu. Verzweiflung und Wut mischten sich in ihren Eingeweiden zu einem giftigen Cocktail. »Sie haben mich aus der Lerngruppe ausgeschlossen«, schniefte sie. »Sie sagen, ich wäre die Tochter von Charles Manson!«

»Das ist doch Blödsinn!«

»Vielleicht haben sie recht. Er ist vollkommen irre! Er hat einen Menschen umgebracht! Und ich träume von ihm, weißt du? Jede Nacht!«

Für eine Sekunde herrschte Stille. Dann fragte Fynn leise: »Du träumst von einem Serienkiller?!«

»Nein, verdammt, hör mir doch zu!«

»Das versuche ich, mein Schatz. Ganz ehrlich. Aber was du bisher gesagt hast, ergibt leider wenig Sinn. Kannst du bitte noch mal ganz von vorne anfangen? Wo bist du gerade?«

Sandra atmete einmal tief durch, versuchte sich zu sammeln und schaffte es sogar, die Tränen für den Moment zum Versiegen zu bringen. »In Treuenbrietzen. Auf einem Parkplatz nicht weit vom Café. Ich wollte ...« Sie brach ab, als ihr klarwurde, dass sie gar nicht wusste, wohin sie wollte. Zuhause wartete nur Elisa. Mit der wollte sie auf keinen Fall reden. Und Fynn hatte ganz offenbar noch zu tun. »Ich will ins *B20*«, entschied sie schließlich.

»Bitte wohin?«

»Ich will zu Papa nach Potsdam fahren.«

»Ach ja, richtig. Es ist Samstag.«

Im Hintergrund hörte Sandra ein Poltern.

»Das mach ich jetzt auch. Ich will dich nicht länger stören.«

»Schatz, ich sagte doch schon: Du störst nie!«

Sie schluckte, wünschte sich nichts sehnlicher, als sich alles von der Seele zu reden. Doch jetzt, da sie sich etwas beruhigt hatte, bekam sie plötzlich Angst vor Fynns Reaktion. Was, wenn er sie genauso verurteilte wie die Mädchen aus ihrer Klasse?

»Schatz, du klingst verstört. Ich finde, du solltest in diesem Zustand nicht Auto fahren. Willst du mir nicht erst einmal erzählen, was passiert ist?«

Familie kann man sich nicht aussuchen, schoss es ihr plötzlich durch den Kopf.

Sie traf eine Entscheidung. Wenn es einen Menschen gab, der sie verstehen würde, dann war das Fynn. Sie musste es zumindest versuchen.

38

ELISA

»Geht es wieder mit deiner Hüfte?« Sie sah Hans besorgt an. Nach wie vor wirkte er angestrengt. Vielleicht war das alles doch ein bisschen zu viel für ihn gewesen.

»Es wird schon besser.«

Nachdem Sandra das Meerschweinchen entdeckt hatte, hatte sich die Vierjährige strikt geweigert, das Gehege zu verlassen. Also war Rainer bei ihr geblieben – »Es ist doch immerhin ihr Geburtstag!« – während Elisa ihren Schwiegervater auf die Terrasse begleitet hatte, wo er sich von den Strapazen erholen konnte.

»Siehst du, ich wusste, ein Tier würde ihr guttun.« Hans blickte wehmütig zu dem dichten Gebüsch, das ihm nun die Sicht auf Rainer und Sandra versperrte. Nicht einmal hören konnte man die beiden von hier aus. Nur ab und zu drang ein freudiges Glucksen zu ihnen herüber. »Wenn Josefine doch nur sehen könnte, was aus unserem Enkelkind geworden ist, und wie toll ihr euch in unserem alten Haus eingelebt habt!« Er wandte sich Elisa zu, lächelte und legte ihr eine Hand auf den Unterarm. »Sie wäre sehr stolz auf euch.«

»Bestimmt schaut sie uns von oben zu.« Sie war froh, einen Moment mit ihrem Schwiegervater allein zu sein. Tausend Fragen brannten ihr auf der Seele. Doch jetzt, da der Moment gekommen war, sie zu stellen, wusste sie einfach nicht, wie sie das Thema ansprechen sollte.

»Möchtest du noch Kaffee?«

»Danke, aber wenn ich noch einen trinke, kann ich heute Nacht nicht schlafen.«

Elisa hibbelte nervös mit dem Fuß auf und ab.

Jetzt! Jetzt oder nie!

Sie schwieg. Brachte es einfach nicht über sich, ihre Bedenken laut auszusprechen. Stattdessen sprang sie auf, griff nach der Thermoskanne und schenkte sich selbst nach.

»Herrgott, was ist denn mit dir los?« Hans sah sie irritiert an. »Du zitterst ja wie Espenlaub!«

Elisa stellte die Kanne zurück auf den Tisch, schnappte sich eine Serviette und wischte die Tasse ab, die außen und am Henkel mit Kaffee besudelt war.

Jetzt!

Sie seufzte und ließ sich zurück aufs Kissen sinken. »Kann ich dich etwas fragen?«

»Natürlich! Du bist wie eine Tochter für mich. Du weißt doch, dass du mit Problemen jederzeit zu mir kommen kannst.«

»Es ... ist nicht direkt ein Problem. Es ist ...«

Hans wartete geduldig, bis sie sich gesammelt hatte.

»Wie war Andreas, als er noch klein war?«, platzte es schließlich aus ihr heraus.

Er runzelte die Stirn. »Wie meinst du das?«

»Ist euch vielleicht ... was komisch vorgekommen?«

»Worauf willst du hinaus?«

Elisa dachte an das zerquetschte Puppengesicht – nicht das erste in einer ganzen Reihe zerstörter Spielzeuge. Und an die vielen Momente, in denen Sandra so abwesend wirkte. Als sei das Mädchen in seiner ganz eigenen Welt. »War er eher aufgeweckt oder ruhig? Und hat er vielleicht mal ... irgendetwas kaputt gemacht?«

Hans sog scharf die Luft ein. »Willst du damit sagen, wir hätten es früher merken müssen? Denkst du, wir hätten verhindern können, was geschehen ist?!«

»Nein, nein! Das meine ich nicht!« Sie musste mit der Sprache herausrücken, bevor er die Sache komplett in den falschen Hals bekam. Trotzdem tat sie sich unendlich schwer, die richtigen Worte zu finden. »Ich ... ich mache mir Sorgen um Sandra.«

Er riss die Augen weit auf, sagte aber nichts.

»Ich habe Andreas' Diagnose gegoogelt ... Wusstest du, dass Schizophrenie erblich ist?«

Plötzlich wurden seine Züge eiskalt. »Papperlapapp! In unserer Familie ist sonst keiner verrückt!«

»Ja, aber ...« Sie schluckte schwer. Ihr Herz raste. Trotzdem tat es gut, der Angst endlich eine Stimme zu verleihen. »Kinder von schizophrenen Müttern oder Vätern haben ein zwanzigfach höheres Risiko als der Durchschnitt.«

»Ach, das hat gar nichts zu heißen!«

»Diese Statistik ist doch –« Sie verstummte, als sie bemerkte, dass Rainer auf die Terrasse zukam. Er hatte den rechten Arm erhoben, sodass die Hand das Ohr zu berühren schien.

Er telefoniert, schlussfolgerte Elisa und verdrehte entnervt die Augen.

»Ja, die Unterlagen habe ich hier«, hörte sie ihn kurz darauf sagen. »Ich maile sie dir sofort zu.«

Er legte auf, drückte ihr im Vorbeigehen einen Kuss auf die Stirn – »Gleich wieder da!« – und verschwand im Haus.

»Unser Rainer ist ein wichtiger Mann im Büro.« Hans lächelte stolz. Das ursprüngliche Thema schien er vergessen zu haben. Oder besser: vergessen zu wollen. »Wenn ihn die Kollegen sogar an seinem freien Tag anrufen.«

Elisa ließ ihm das so nicht durchgehen. »Ich finde, wir sollten Sandra untersuchen lassen.« Sie brauchte die Unterstützung ihres Schwiegervaters. Denn ihr Ehemann verweigerte die Zustimmung.

»Jetzt fang nicht wieder damit an! Sandra ist ein völlig normales Kind. Gut, sie ist recht still. Aber bedenk doch mal, was das arme Mädchen alles durchgemacht hat!«

»Ja, aber ... es kann doch nicht schaden —«

»Papperlapapp! Ich will nichts mehr davon hören!«

Elisa verließ der Mut. Sie hatte alles versucht.

»Jetzt trinke ich doch noch einen Kaffee.« Hans beugte sich vor, nahm die Kanne vom Tisch und goss sich ein. Dabei verzog er die Lippen. Seine Hüfte musste schrecklich schmerzen, aber er sagte nichts dazu. Stattdessen nahm er demonstrativ einen großen Schluck.

Der Kaffee ist brühend heiß! Was für ein Sturkopf!

»Kommt Jürgen auch zur Party nachher?«

Sie zwang sich zu einem Lächeln. »Vielleicht.«

»Ein guter Junge, genau wie mein Rainer.«

Prompt hörte Elisa Schritte, die durchs Haus polterten. »Amüsiert ihr euch gut, ihr zwei?« Ihr Ehemann kam auf die Terrasse heraus.

Sie öffnete den Mund, noch bevor sie so recht wusste, was sie sagen sollte – als plötzlich ein Schrei durch den Garten hallte.

39

ANDREAS

»Sei vorsichtig«, warnte Zyankali, während er Andreas' Leinwand in Augenschein nahm. »Die werden hier immer ganz kirre, wenn einer einen Vogel malt.«

Andreas warf einen prüfenden Blick nach vorn.

Samuel, der Pfleger, der heute die Aufsicht übernahm und immer ein bisschen zugedröhnt wirkte, steckte die Nase zum Glück in die Bild-Zeitung und schien die Welt um sich herum kaum wahrzunehmen. Von ihm ging vorerst keine Gefahr aus. »Vielleicht hast du recht.«

Er betrachtete sein Werk und überlegte. *Ich habe mich zu sehr von meiner Stimmung leiten lassen und dabei nicht aufgepasst.* Er schüttelte den Kopf. Der Vogel war falsch, eine unglückliche Wahl. Für ihn stand er für Freiheit.

Die Freiheit, die endlich in greifbare Nähe gerückt war. Doch die Therapeuten würden womöglich etwas ganz anderes darin sehen. *Das Kerlchen muss fröhlicher aussehen. Aber wie stelle ich das an?*

Zyankali schien seine Gedanken zu lesen. »Vielleicht mit etwas Farbe? Bunte Bilder kamen bisher immer gut an.« Er hielt ihm einen Topf mit leuchtend roter Flüssigkeit entgegen.

Andreas griff dankbar zu. Er tauchte den Pinsel hinein und ließ ihn anschließend schwungvoll über Kopf und Flügel des Tiers gleiten.

»Halt!« Zyankali war verwirrt. »Was machst du denn? Rotkehlchen sind doch an der Brust rot, nicht oben.«

»Hm«, machte Andreas, während er krampfhaft nach einer Lösung suchte.

Er hat recht. Das Rot macht es nicht besser. Der Vogel sieht ... böse aus. Wie ein Raubtier.

Auch der zweite Kontrollblick zeigte den Pfleger in das Boulevard-Blatt vertieft. Nur deshalb traute Andreas sich, eine Frage im Flüsterton zu stellen: »Was, wenn ich behaupte, es wäre ein Papagei?«

»Gute Idee!« Zyankali klatschte entzückt in die Hände. »Ich geh dir noch andere Farben holen!«

Samuel warf den beiden einen fragenden Blick zu.

»Alles gut. Wir —«, setzte Andreas zu einer Lüge an, doch der Pfleger winkte entnervt ab und wandte sich wieder der Zeitung zu.

Von seinem Platz in der hintersten Reihe aus inspizierte Andreas die Werke der anderen Teilnehmer. Nicht jedes Bild würde später ausführlich besprochen werden. Vielleicht hatte er Glück, und ein anderes stach noch mehr aus der Reihe.

Zu seiner großen Enttäuschung sah er nichts als knallige Farben und fröhliche Motive. Story, direkt vor ihm, malte den ewig gleichen Sonnenuntergang – *wie langweilig*. Der Kerl laberte den ganzen Tag, erzählte die abstrusesten Geschichten, aber in der Kunsttherapie mangelte es ihm einfach an Fantasie.

Zyankali sammelte gerade die Tuben zusammen, die rings um seine Staffelei verstreut lagen, um sie ihm nach hinten zu bringen. Er hatte einen leuchtenden Regenbogen gezaubert, darunter ein Kätzchen, das sich im Gras räkelte.

Pokey, der die Leinwand links neben Andreas bemalte, hatte sich für ein Stillleben aus Früchten und schmackhaftem Gebäck entschieden. Gerade arbeitete er an der Glasur eines Cupcakes, die tatsächlich täuschend echt wirkte. Er bemerkte Andreas' Blick. »Gut, ne?«

»Wahnsinn!«

»Ich hatte verdammt viel Zeit zum Üben ... Da lernt man echt –« Er unterbrach sich abrupt und zeigte mit besorgter Miene nach vorn.

Andreas fuhr herum und erkannte in Sekundenschnelle, was seinem Zimmergenossen solche Sorgen bereitete. Der Käpt'n hatte seine Leinwand mit einem Gewirr aus schwarzen Fäden bedeckt. Sie schlängelten sich durch das Weiß wie –

Scheiße!

Zwei Schritte zur Seite brachten Andreas Gewissheit. Jetzt konnte er die Arme des Riesen sehen. Die linke Faust war so verkrampft, dass die Knöchel weiß hervortraten. Auf dem gesamten Unterarm zogen sich dunkelrote Striemen über das Abbild eines Ankers. Weitere kamen hinzu, als der Käpt'n sich wieder und wieder mit den Fingern der rechten Hand über die tätowierte Haut kratzte.

»Samuel, ich glaube, du solltest —«, begann Andreas, aber es war bereits zu spät. Der animalische Schrei des Hünen machte den Rest des Satzes unhörbar, selbst für seine eigenen Ohren.

»Fuck!« Samuel ließ die Zeitung fallen, sprang von seinem Stuhl auf und eilte auf den Käpt'n zu.

Das Chamäleon war schneller. Furchtlos stellte sich das Kerlchen mit der Igelfrisur direkt vor den Wahnsinnigen, sah ihm tief in die Augen und brüllte aus Leibeskräften: »Würmer! Da sind Würmer unter meiner Haut!«

Scheiße!

»Macht keinen Mist, Leute«, unternahm Samuel einen Versuch, die Lage zu entspannen, während er nach Cammys Arm griff und ihn ein Stück nach hinten zerrte.

Für den Käpt'n kam jede Hilfe zu spät. Er war tief in seiner Psychose gefangen. Stiernacken und Gesicht verfärbten sich puterrot. Schweiß rann dem Mann über die Haut. »Ihr müsst sie aufhalten! Würmer, sie fressen —«

»— mich auf«, vervollständigte Cammy den Satz und machte sich von Samuel los, um sich erneut direkt vor den Hünen zu stellen. »Sie winden sich, ich kann es fühlen!« Jetzt kratzte auch er sich den Unterarm.

Der Pfleger riss sich das Funkgerät vom Gürtel. »Ich brauche hier Verstärkung. Kunstraum.«

Wie in Zeitlupe beobachtete Andreas, wie sich ein Tropfen Blut vom Unterarm des Käpt'ns löste und zu Boden fiel. Ein zweiter folgte. Dann ein dritter.

»Rauuuuuus«, schrie das Chamäleon wie vom Teufel besessen. »Es muss alles raus, damit die Würmer keine Nahrung mehr finden!«

Samuel packte seine Schultern und zog ihn nach hinten. Zu langsam.

Rostrote Sprenkel klatschten auf die über und über mit schwarzen Strichen bedeckte Leinwand, als der Hüne den Arm nach oben riss und die Faust mit aller Macht nach vorn donnerte.

Cammy heulte auf und hielt sich das verletzte Kinn. Samuel schubste ihn unsanft zur Seite und trat dem Käpt'n entgegen, der mit funkelnden Augen unartikuliert vor sich hin brabbelte und weitere Blutspritzer auf dem Boden verteilte.

Andreas' Herz raste. Bildfetzen stoben durch seinen Verstand.

Die Tür flog auf. Benny und Thorsten stürzten herein. Letzterer hielt eine Spritze vor sich wie eine Waffe. Der Anblick brachte die Insassen zur Unruhe. Einige stolperten nach vorn. In der Mitte des Raums entstand ein Tumult.

Nein, das darf nicht sein!

Plötzlich schmeckte Andreas bittere Galle. Er setzte sich in Bewegung, machte einen großen Bogen um das

Knäuel aus Pflegern und Irren und eilte durch den Flur zur Toilette.

40

VOLKER

Erst als seine Finger krebsrot und nahezu taub waren, ging Volker zurück ins Haus. Jeder Schritt kostete Kraft. Die Gelenke schmerzten.

Vielleicht, musste er sich widerwillig eingestehen, *werde ich doch langsam alt.*

Während er die Haustür aufschloss, drängte sich ihm das klischeehafte Bild eines Rentners auf, der im Feinripp-Unterhemd am Fenster steht und sich die Kennzeichen von Falschparkern notiert.

Herrgott, soweit darf es nicht kommen!

»Renate?«

Keine Antwort.

Volker stakste durch den Flur in die Küche. Seine Ehefrau war noch nicht wieder da. Sie musste sich oben im Nähzimmer verkrochen haben, wie sie es immer tat, wenn ihr etwas gegen den Strich ging. Früher hatte dort Marianne gewohnt. Christians ehemaliges Reich, gleich gegenüber, war inzwischen ein Gästezimmer.

»Renate?«

Auch sein zweiter Ruf blieb unbeantwortet.

Er verdrehte die Augen und machte sich auf Richtung Treppe. Füße und Hände begannen durch die Wärme im Haus zu kribbeln. Trotzdem kämpfte er sich tapfer Stufe um Stufe voran.

Oben angekommen, klopfte er an die erste Tür auf der linken Seite. Die geschundenen Knöchel dankten es ihm mit einer Schmerzwelle, die bis in die Schulter schoss. »Aaargh.«

Noch immer war kein Laut zu hören. Also drückte er die Klinke hinunter und trat ein. Der mit Intarsien verzierte Stuhl vor der alten Victoria-Nähmaschine war leer. In den antiken Regalen stapelten sich Stoffe und Garne in den unterschiedlichsten Farben. Renate war nirgends zu sehen.

Volker runzelte die Stirn, verließ den Raum und ging stattdessen auf die Tür am Ende des Ganges zu. Sie stand etwa eine Handbreit offen und gab dadurch den Blick auf ein Stück des Ehebetts frei. Auf der geblümten Tagesdecke lag etwas. Eine kleine Schachtel, aus der mehrere, weiße Streifen herausstanden.

Sie wird doch nicht ...

Obwohl er den Gegenstand noch nicht eindeutig erkennen konnte, nahm eine düstere Vorahnung von ihm Besitz. Sein Puls beschleunigte sich. Der Schmerz in den Gelenken war vergessen.

Mit wenigen, schnellen Schritten erreichte Volker die Tür, stürzte ins Schlafzimmer – und erstarrte.

Die grauenvolle Gewissheit raubte ihm einige wert-
volle Sekunden lang die Fähigkeit, sich zu bewegen oder
auch nur klar zu denken. *Nein! Nein! Nein!*

Renates Kopf war tief ins Kissen gesunken. Die Augen
waren geschlossen, die Lippen zeigten ein sanftes Lächeln. Das Gesicht wirkte friedlich, doch die Haut war
schneeweiß. Neben der ausgestreckten, rechten Hand
lag eine Packung Schlaftabletten. Die Blister, die daraus
hervorragten, waren leer.

41

SANDRA

Es dauerte fast eine halbe Stunde, Fynn ausführlich von
den Ereignissen zu erzählen, die ihr Leben gänzlich aus
der Bahn geworfen hatten. Dabei waren, seit Sandra in
den Streit ihrer Adoptiveltern hineingeplatzt war, nicht
einmal vierundzwanzig Stunden vergangen.

»Und das alles hat Anna brühwarm herumgetratscht«,
beendete sie schließlich ihren Bericht. »Jetzt werden mich
alle für eine Irre halten!«

»Dann sind sie selber bekloppt«, sagte ihr Freund
bestimmt. »Du bist eine tolle Frau. Ist doch völlig egal,
wer dein Vater ist.«

»Danke!«

Er ist perfekt. Mein Traummann.

Sie lächelte. Die Tränen waren längst versiegt. Das Zittern hatte aufgehört.

»Und mach dir wegen diesem Andreas keine Sorgen«, dröhnte es aus dem Lautsprecher. »Bestimmt hat Rainer recht, und er ist immer noch eingesperrt. Vielleicht wollte er dir mit der Karte nur einen Schrecken einjagen.«

»Meinst du? Wieso sollte er?«

»Puh, was weiß ich. Keine Ahnung, was im Hirn eines Wahnsinnigen vor sich geht.«

Sandra blieb skeptisch. Sie sah auf die Uhr am Armaturenbrett. »Wann kommst du denn zu uns?«

»Sobald ich kann. Ich muss hier noch ein paar Dinge erledigen und duschen. Danach flitze ich sofort los.«

Eine Stunde Fahrt. Er ist also frühestens in anderthalb, eher zwei Stunden da.

Sie überlegte. Von Treuenbrietzen aus brauchte man mit dem Auto nur zehn Minuten nach Brachwitz. Doch dort wartete Elisa, und auf die hatte sie gerade wirklich keinen Bock. Sie konnte natürlich versuchen, ihr aus dem Weg zu gehen, indem sie sich in ihrem Zimmer einschloss. Aber allein sein wollte sie auch nicht. Nicht heute. »Ich glaube, dann fahre ich jetzt trotzdem noch zu Papa nach Potsdam.«

»Echt? Da brauchst du doch sicher 'ne halbe Stunde pro Weg. Das lohnt sich doch gar nicht.«

»Egal. Die Ablenkung tut mir gut. Und dann lerne ich auch den sagenumwobenen Jürgen mal kennen.«

Fynns Lachen klang wie ein Keuchen. Er nuschelte etwas, aber die Worte waren nicht zu verstehen.

Blödes Handynetz!

»Schatz, der Empfang bricht grade ab«, sagte Sandra so deutlich wie möglich. »Gib mir Bescheid, wenn du losfährst, okay?«

Es rauschte. »Ist gut ... liebe ...«

»Ich liebe dich auch!«

Die Verbindung war weg.

So ein Mist! Ich brauch doch die Wegbeschreibung.

Sandra kramte das Smartphone aus ihrer Tasche auf dem Beifahrersitz hervor. Zu ihrer Überraschung zeigte das Display drei von vier Balken Empfang. Daneben stand »3G« – großartig für die Verhältnisse in der Kleinstadt. *War wohl nur eine kurze Funkunterbrechung.*

Sie dachte darüber nach, Fynn noch einmal anzurufen, aber eigentlich war ja alles gesagt. Und je schneller er mit seinem Kram vorankam, desto eher konnte er bei ihr sein. Also öffnete sie stattdessen Google Maps, tippte »B20 Potsdam« in die Suchzeile und ließ sich die Route berechnen.

39,8 Kilometer. 39 Minuten.

Sie klemmte das Handy in die Halterung am Armaturenbrett, schnallte sich an und drehte den Zündschlüssel. Der Motor gab ein Geräusch von sich, das beinahe wie ein gequältes Wimmern klang – *Scheiße, die Batterie!* – sprang dann aber zum Glück doch noch an.

Sandra atmete erleichtert auf, bugsierte den Polo aus der Parklücke hinaus und fuhr Richtung Bundesstraße.

Erst als sie knapp zehn Kilometer zurückgelegt hatte, traute sie sich, das Radio einzuschalten. Die restliche Fahrt über sang sie aus vollem Hals mit.

***

Das *B20* entpuppte sich zu ihrer Verwunderung nicht als moderne Sportsbar, sondern als kleines Bistro. *Billard. Dart. Sky*, versprach der Schriftzug neben dem Logo.

Immerhin.

Sandra blieb unschlüssig vor den Betonstufen stehen, die zum Eingang führten, betrachtete die verwitterte, rote Markise des einstöckigen Kastens und legte die Stirn in Falten.

Da hätten sich die zwei aber echt was Netteres aussuchen können. Männer, echt!

Sie setzte sich in Bewegung.

Im Innern der Kaschemme erwartete sie ein hölzerner Tresen, auf dem zwei leere Biergläser standen. Die Wände waren über und über mit Wimpeln von Sportmannschaften und allerlei Werbetafeln bedeckt. Auf den rustikalen Tischen standen kleine Blumentöpfe, die dem Ganzen aber leider auch nicht mehr Flair verliehen.

»Hallo?«

Irgendwo dudelte ein Radio. Sandra sah sich um, konnte aber keine Menschenseele entdecken.

»Halloooo?«

Ein Scheppern. Dann kam ein Mann mittleren Alters aus einem Nebenraum, der wohl die Küche sein musste. »Was kann ich für dich tun?«

»Ich ... äh ... ich suche meinen Vater. Er kommt jeden Samstag um zwölf mit einem Freund zum Dartspielen hierher.«

»Ah.« Der Mann nickte wissend. »Rainer und Jürgen. Tut mir leid, die waren heute nicht da. Möchtest du trotzdem was trinken?«

Sandra schüttelte den Kopf. »Nein, danke. Schönen Tag noch!«

»Dir auch!«

Sie drehte sich um und stürmte zur Tür hinaus. Vereinzelte Schneeflocken rieselten auf sie herab. In ihrem Kopf überschlugen sich die Gedanken. Wo steckte Papa bloß? Er hatte doch gesagt, er wollte hierherfahren. Wie immer. Und warum hatte er sich nicht bei ihr gemeldet? Inzwischen hätte er doch längst sehen müssen, dass sie angerufen hatte.

Sandra ging die Stufen hinab – und blieb abrupt stehen. Starrte zur anderen Straßenseite hinüber. Blinzelte. Da war niemand.

Aber gerade eben ...

Es gab kein Vertun. Sie hatte ihn gesehen. Den Mann, von dem sie jede Nacht träumte.

Andreas! Er ist draußen!

42

»Sandra!« Elisa und ihr Schwiegervater sprangen gleichzeitig von den Terrassenstühlen auf.

Dem Schrei auf der anderen Seite des Gartens folgte ein Platschen.

»Scheiße!«, fluchte Hans und griff sich mit schmerzverzerrter Miene an die Hüfte. Er strauchelte ungelenk.

Elisa packte ihn am Arm, um ihn zu stützen, und konnte so einen Sturz gerade noch verhindern. Aus dem Augenwinkel nahm sie wahr, wie Rainer in Richtung der Büsche sprintete, hinter denen ihre vierjährige Adoptivtochter jetzt zu weinen begann.

»Geht's?« Sie half Hans, sich wieder aufs Polster zu manövrieren.

»Ja, ja«, herrschte der sie an. »Ich bin nicht aus Zucker! Geh nach meinem Enkelkind sehen!«

Elisa gehorchte. Sie lief die drei gefliesten Stufen hinab und durchs Gras aufs mannshohe Gestrüpp zu. Bereits auf halber Strecke kam ihr Rainer entgegen. Er trug die laut wimmernde Sandra auf dem Arm. »Auaaa!«

»Was ist passiert?«

»Alles wird gut«, sagte ihr Ehemann, während er auf sie zueilte. Doch in seinem Gesicht meinte sie, Angst zu erkennen. »Nicht so schlimm.«

»Herrgott, Rainer, rede mit mir!« Jetzt, da er direkt vor ihr stand, entdeckte Elisa Blutstropfen am Kragen seines Hemdes – und an Sandras winzigem Zeigefinger.

O Gott!

»Nimm sie! Und versorg die Wunde«, kommandierte Rainer und drückte ihr das weinende Mädchen auf den Arm, bevor er sich wieder umdrehte und davonlief.

»Auaaaaaaaaa! Papaaaa«, heulte Sandra.

»Schhhh.« Elisa wiegte sie, versuchte krampfhaft, sie zu beruhigen. »Alles wird gut, kleiner Spatz!« Sie hatte keine Ahnung, was passiert war, aber das war nun auch zweitrangig. »Es ist bestimmt gar nicht so schlimm. Tut gleich nicht mehr weh, versprochen.«

»Kannst du den Verbandskasten aus dem Bad holen?«, rief sie ihrem Schwiegervater zu, während sie die noch immer brüllende Sandra zur Terrasse trug.

»Papaaaa!«

Hans nickte tapfer, stemmte sich langsam vom Sitz hoch und humpelte ins Haus.

»Auaaaaaaa!«

»Schhhh. Alles halb so wild.« Endlich erreichte Elisa die Stufen, ging hinauf und konnte sich mit dem Mädchen auf einen der Stühle setzen. »Zeig mir mal deinen Finger.«

Sandra heulte weiter, hielt ihr aber immerhin brav die Hand zur Begutachtung hin.

»Wir machen ein Pflaster drauf, okay?« Elisa tupfte das Blut mit einer Serviette ab und betrachtete die beiden Einkerbungen in der Haut. Eine war länglich und maß etwa vier Millimeter. Die andere war deutlich kleiner und fast schon nicht mehr zu sehen. »Siehst du, ist doch gar nicht so schlimm.«

Die Kleine schniefte und legte den Kopf an Elisas Schulter. Sie schien sich tatsächlich etwas zu beruhigen.

»Oh weh!« Hans schlurfte auf die Terrasse und stellte den Verbandskasten auf den Tisch. »Das ... das wollte ich wirklich nicht.«

Elisa sah ihn irritiert an.

Er machte ein schuldbewusstes Gesicht, während er sich auf den Stuhl neben ihr sinken ließ. »Das ist ein Biss.«

»Auaaaaaaa«, heulte die Kleine prompt wieder los.

»Schhhhhh. Aaaaalles halb so wild.« Sie warf ihrem Schwiegervater einen vorwurfsvollen Blick zu. Dann öffnete sie den Verbandskasten und zog eine Packung Kinderpflaster daraus hervor. »Schau mal, Spatz. Enten oder Schmetterlinge?«

Sandra schluckte laut, schniefte und deutete schließlich auf die zweite Option.

»Schmetterlinge, na klar.« Elisa lächelte, nahm einen Streifen aus der Verpackung und ließ ihn zwischen ihren Fingern durch die Luft flattern. »Schau, wie schön der fliiiiiegt.«

Die Kleine gluckste, wenn auch noch etwas verhalten.

»Und jetzt halt still, damit er landen kann.« Während Elisa die Schutzstreifen entfernte und das Pflaster aufklebte, kehrte auch Rainer zur Terrasse zurück.

»Wooooow!«, sagte er in gespielter Begeisterung und zeigte auf Sandras Finger. »Was hast du denn da? Das ist ja schön!«

»Schmetterling!« Das Mädchen grinste stolz.

»Der ist so toll, den müssen wir gleich deinen Party-gästen zeigen!«

Prompt klingelte es an der Haustür.

Sandra quiekte vor Begeisterung und klatschte in die Hände. Schmerz und Tränen schienen vergessen.

43

ANDREAS

Während im Kunstraum das Chaos tobte, hockte Andreas auf dem geschlossenen Toilettendeckel, die Ellbogen auf die Knie gestemmt, das Gesicht in den Händen verborgen. Sein Atem ging schnell, er schwitzte stark. Gleichzeitig war ihm eiskalt.

Blut. In Spritzern verteilt.

Das hatte etwas in ihm ausgelöst. Eine Urangst, die er nicht so recht zu ergründen wusste. Aber da war noch etwas Anderes. Tieferes. Eine Erinnerung?

Was ist damals in dieser verdammten Villa passiert?!

Er kramte verzweifelt in seinem Gedächtnis, versuchte, den Gedanken festzuhalten, den der Anblick des Bluts entfacht hatte. Aber da war nichts. Nichts als der Moment, der sein gesamtes Leben verändert hatte.

Der rasselnde Atem des Sterbenden. Gedärm, das aus der Bauchhöhle quillt. Ein Schürhaken auf dem Boden, die feucht glänzende Spitze. Rostrot. Wie die Spritzer direkt daneben. *»Tommy, was hast du getan?!«*

Ein Schluchzen brach sich durch seine Kehle. Heiße Tränen rannen ihm die Wangen hinab. Er wollte schreien, um sich treten und wüten, aber er hielt sich im Zaum. Hier in der Kabine gab es zwar keine Kameras, doch sobald er heraustrat, hatten sie ihn im Blick. Dann musste er normal wirken. Nicht verheult und verstört. Er durfte sich die Möglichkeit, dieser Hölle zu entkommen, jetzt nicht vermasseln.

Er zwang sich, ruhiger zu atmen. Lunge und Kehle brannten wie Feuer, lechzten nach Sauerstoff. Kurz hatte er Angst zu ersticken, aber er hielt eisern an seinem Plan fest. Es klappte. Die überreizten Nerven beruhigten sich, das Zittern hörte auf.

Alles wird gut, redete er sich ein. *Ich hab alles im Griff!*

Der Lärm der Insassen, der dumpf zu ihm herüberdrang, wurde zwei Sekunden lang lauter und klarer, dann wieder leiser. Die Tür des Vorraums musste auf- und zu geschwungen sein. Andreas hörte schnelle Schritte, dann ein Quietschen und Scheppern. Im Spalt unter der Trennwand rechts von ihm tauchten zwei Hausschuhe auf und vollführten eine Drehung. Sekunden später verschwanden sie, einer nach dem anderen, nach oben.

Ich bin wohl nicht der einzige, der sich hier verstecken will.

Andreas rätselte, wem die Pantoffeln wohl gehören mochten, während er es dem Mitinsassen gleichtat, die

Knie hochzog und die Füße auf den Toilettensitz stellte. Nun war von außen nicht mehr zu erkennen, dass er sich in der Kabine verbarg.

Ein zweites Mal flog die Tür des Vorraums auf.

Jemand trat ein. Das Geräusch, das die Schuhe auf den Fliesen machten, ließ auf feste Sohlen schließen.

Ein Pfleger.

Tatsächlich traten nun schwarze Stiefel direkt vor den Spalt unter Andreas' Kabinentür – und verharrten auf der Stelle. Er hielt den Atem an.

Er sucht nach dem Kerl da drüben.

Im Tumult musste einer der Rädelsführer des Streits im Kunstraum entkommen sein. Den erwartete jetzt wohl die Isolationszelle.

Der Käpt'n vielleicht? Das Chamäleon? Oder ein Anderer, der später einfach nur zwischen die Fronten geraten ist?

Andreas' Puls dröhnte laut in seinen eigenen Ohren. Auch wenn er selbst mit dem ganzen Chaos überhaupt nichts zu tun gehabt hatte, durfte er sich jetzt, verheult und verschwitzt wie er war, auf gar keinen Fall erwischen lassen.

Geh! Bitte geh einfach!

Nach einer gefühlten Ewigkeit setzten sich die Stiefel endlich wieder in Bewegung und verschwanden aus dem Sichtfeld. Ein Wasserhahn wurde aufgedreht. Es rauschte.

Herrgott nochmal, verschwinde!

Das Plätschern erstarb. Schritte entfernten sich. Die Tür des Vorraums wurde geschlossen. Dann herrschte Stille.

Andreas atmete erleichtert auf, lockerte die schmerzenden Beine und stellte die Füße wieder auf den Boden. Er erhob sich, schnappte sich ein paar Blätter Klopapier und wischte sich damit die feuchten Wangen trocken, bevor er das Knäuel in der Toilette entsorgte.

Das musste reichen. Wenn er den Kopf gesenkt hielt, würde die Kamera sein Gesicht nicht erfassen, während er durch den Vorraum ging. Am Waschbecken konnte er dann die letzten Spuren der Panikattacke beseitigen.

Er atmete einmal tief durch, griff nach dem Riegel der Kabinentür und –

»Aaaaandiii.«

Er erstarrte.

»Hast du wirklich geglaubt«, flüsterte Tommy, »dass du mich so einfach loswirst?«

Andreas schluckte. *Du bist nicht hier! Du bist nur in meinem Kopf!* Wieder begann er zu hyperventilieren. *Verschwinde!*

Es funktionierte nicht. Das tat es nie.

»Ich gehe nicht weg. Nie wieder.«

Die Ausweglosigkeit der Situation übermannte ihn wie eine Welle, brachte seinen Körper zum Beben. Was auch immer er anstellte, Tommy ließ ihn einfach nicht in Ruhe. Andreas konnte ihm nicht entkommen. Er würde sein Leben lang vergitterte Fenster, eiserne Türen und Zahnpasta-Flure sehen, Vögel zwar malen, aber nie wieder leibhaftig betrachten.

»Und weißt du auch, wieso? Weil du nichts anderes verdient hast!«

Andreas verlor die Kontrolle.

Er schrie, riss die Kabinentür auf und stürmte zu den Waschbecken. Der Raum war leer. Bis auf den Geist, der ihm aus dem Spiegel entgegenblickte.

»Du bist ein Mörder!«

Er drehte den Hahn auf, beugte sich vor und hielt kurzerhand den Kopf unter den Strahl.

Das Flüstern erstarb.

Ich muss mir was einfallen lassen!

Minutenlang blieb er einfach so stehen. Das Wasser rauschte über seine Ohren, floss an Wangen und Nase hinab und ins Becken. Während Andreas durch die Löcher in der Abdeckung hindurch in den schwarzen Schlund des Abflussrohrs stierte, begann er langsam, sich zu beruhigen.

Vielleicht sieht es auf den Monitoren gar nicht so schlimm aus, wie es mir vorkam. Oder der Zuständige war abgelenkt und hat gar nicht richtig hingesehen. Sicherheitshalber könnte ich mir irgendeine Geschichte überlegen und –

Plötzlich spürte Andreas eine Hand im Nacken. Er riss den Kopf nach oben und prallte mit voller Wucht gegen den Wasserhahn. Der Schmerz raubte ihm für einen Moment die Sicht. Er torkelte, schlug wild um sich, wehrte sich instinktiv gegen die Finger, die nach ihm griffen. Gerade noch rechtzeitig konnte er einen Sturz verhindern, indem er sich an den Rand des Waschbeckens klammerte.

»Scheiße«, hörte er jemanden fluchen, ehe der Raum endlich wieder Gestalt annahm. »Tut mir leid, Mann, ich wollte dich nicht erschrecken.« Benny sah ihn besorgt an. »Alles okay? Hast du dir wehgetan?«

»Mein Kopf«, stöhnte Andreas und betastete vorsichtig die Stelle, die schmerzhaft pochte.

»Fuck, du blutest ja! Oh Mann, das tut mir echt leid! Kannst du kurz stehenbleiben? Geht das? Dann hole ich Verbandszeug.«

Andreas nickte langsam. Die Bewegung brachte ihn wieder ins Straucheln. Erneut musste er sich am Waschbecken festklammern, um nicht umzukippen. Die rechte Hand glitt ab und hinterließ rote Striemen auf dem Porzellan, das mit einer Mischung aus Wasser und Blut gefüllt war.

»Halt durch! Ich bin gleich wieder da!« Der Pfleger drehte den Hahn ab und stürmte hinaus.

Benommen blieb Andreas stehen und starrte auf die langsam versickernde, hellrote Pfütze, kämpfte mit dem Gleichgewichtssinn und der aufkommenden Übelkeit. Er hörte ein leises Zischen und drehte langsam den Kopf Richtung Tür.

O Mann ...

Das Chamäleon mit der Igelfrisur schlich draußen vorbei, schenkte ihm aber zum Glück keinerlei Aufmerksamkeit. Er brauchte keinen menschlichen Spiegel, um zu wissen, wie er sich fühlte. Sein Schädel dröhnte, und er war unsagbar müde.

»Engels bringt mich um, wenn er das sieht!« Benny stürzte mit einem kleinen, blauen Koffer in der Hand zur Tür herein. »Das hat mir grade noch gefehlt!«

»Wat zum Donner is'n hier los?!« Prompt tauchte auch Thorsten im Türrahmen auf.

»Ein kleiner Unfall. Nichts passiert.« Benny legte hastig eine Kompresse auf die Wunde und begann, einen Kopfverband anzulegen.

Der hünenhafte Pfleger zog eine Augenbraue hoch, zuckte dann aber die Achseln und winkte ab. »Egal jetze. Is' da sons' noch jemand drinne?«

»Hier? Nein, wieso?«

Thorsten trampelte kommentarlos davon.

Während Benny das Ende der Mullbinde in eine der Schlingen steckte, um zu verhindern, dass sie sich wieder abrollte, schielte Andreas zu den Toiletten auf der anderen Seite des Raums hinüber.

Wer auch immer sich in der Kabine ganz links verbarg, er blieb unsichtbar.

44

VOLKER

Er stand mit verschränkten Armen vor dem Fenster, das auf den Parkplatz des Krankenhauses gerichtet war, und beobachtete, wie sich das gerade noch fast romantische Schneegestöber innerhalb weniger Minuten in einen Sturm verwandelte. Eisregen prasselte an die Scheibe und auf die Autos herab. Vom Wind gnadenlos voran gepeitscht, trieben dunkle Wolken am Himmel. Nur vereinzelt erhellten Blitze das düstere Grau.

Herrgott, diese verdammte Warterei treibt mich noch in den Wahnsinn!

Er drehte sich um und ließ den Blick durch den mit Stühlen und Zeitschriftenständern bestückten Raum schweifen, in den man Angehörige pferchte, solange noch Untersuchungen gemacht wurden. In der linken Ecke hing ein Fernseher von der Decke herab. Der Ton war ausgestellt. Spruchbänder am unteren Rand informierten Volker darüber, dass der Sturm, der draußen tobte, Hauptstadt und Umland noch bis weit nach Mitternacht beherrschen würde.

Jetzt war er froh, seine Tochter gebeten zu haben, in München zu bleiben, statt herzukommen. Sie brächte sich auf der Straße in Gefahr – und könnte hier doch nichts ausrichten. *Genauso wenig wie ich ...*

Endlich flog die Tür des Wartezimmers auf und ein Mann im weißen Kittel trat ein. »Herr Jansen?«

»Ja?« Volkers Puls raste.

»Wir konnten Ihre Ehefrau soweit stabilisieren.« Der Arzt lächelte ihn aufmunternd an. »Aber ihr Körper ist durch das Toxin sehr geschwächt. Wir mussten ein künstliches Koma einleiten.«

Volker spürte einen schmerzhaften Stich in der Brust, glaubte für einen kurzen Moment, er erleide einen Herzinfarkt und schnappte gierig nach Sauerstoff.

»Wie lange ...?«, presste er hervor.

»Nun, das kommt ganz auf den Heilungsprozess der Organe an. Ein paar Tage. Vielleicht länger. Ich kann Ihnen da nur schwerlich eine Einschätzung geben.«

Volker schluckte. Der Druck auf der Lunge ließ einfach nicht nach. »Aber sie war so gut drauf in den letzten Wochen ... wie konnte sie da ...?«

Der Arzt sah ihn bedauernd an. »Ich fürchte, das ist nicht unüblich. Depressive Patienten sehen im Suizid einen Ausweg. Eine Art ... Lösung des Problems.«

Wie konnte ich nur glauben, dass ich ihr helfen kann?!

»Sie können kurz zu ihr, wenn Sie möchten.«

Schläuche und Infusionen. Der widerwärtige Duft-Mix aus Desinfektionsmittel und Urin. Ein lebloser Körper. Volker wusste genau, was ihn im Krankenzimmer seiner Ehefrau erwartete. Und er wusste, er würde den Anblick nicht ertragen. Konnte nicht einfach dastehen und hilflos zusehen, wie Renate dahinvegetierte. Er brachte es nicht über sich. »Ich ... ich werde auf dem Revier gebraucht.«

Den Mediziner schien seine Reaktion nicht zu verwundern. Vielleicht war er selbst ein Mann der Tat. Einer, der ohne zu Zögern zupackte, sich jeder Aufgabe stellte, aber das Nichtstun nicht ertrug. »Wir werden Ihnen Bescheid geben, sobald wir neue Erkenntnisse haben.«

Volker nickte dankbar. Endlich bekam er wieder Luft. Er schnappte sich seinen Mantel vom Garderobenhaken an der Wand, schlüpfte hastig hinein und stürmte hinaus.

45

SANDRA

Schneeregen prasselte auf die Windschutzscheibe herab. Der Wischer schwang hin und her. Die Straße war kaum noch als solche zu erkennen. Nur die Laternen, die trübe Lichtkegel in das Gestöber warfen, dienten als grobe Orientierungspunkte.

Sandra jagte den Polo die Straße entlang und auf ihr Elternhaus zu. Sie riss das Steuer herum, trat hart auf die Bremse. Der Wagen schlitterte in die Einfahrt, rutschte weiter und weiter. Die Reifen fanden kaum Halt auf der spiegelglatten Fläche. Die Stoßstange von Papas Audi kam näher und näher.

Scheiße! Sie riss die Arme hoch und wartete auf den Aufprall – doch er kam nicht. Vorsichtig lugte Sandra über ihre Hände hinweg. Sie hatte es geschafft. Der Polo war zum Stehen gekommen.

Das war knapp.

Sandra ließ die Arme sinken. Ihr Herz pochte wie wild. Ob es am Schreck, der Verzweiflung und Angst oder der Wut lag, konnte sie nicht mit Sicherheit sagen. Sie schnappte sich die Tasche vom Beifahrersitz und sprang aus dem Auto.

Papa kam ihr bereits entgegen. Vor dem Schein der Lampe über der Eingangstür war kaum mehr als seine

Silhouette zu erkennen. »Herrgott, Schatz! Ist alles okay? Geht es dir gut? Hast du dir weh getan?«

»Wo zum Teufel warst du?«, brüllte Sandra ihn an und stieß ihn mit beiden Händen fest gegen die Brust.

Er strauchelte, konnte sich aber noch fangen. »Beruhige dich! Das ist nur der Schreck.«

»Ich hab ihn gesehen! Vor dem *B20!*«

»Wen?«

»Andreas!«

Durch das Schneegestöber waren Papas Gesichtszüge kaum zu erkennen, obwohl er direkt vor ihr stand. Es sah aus, als würde er die Stirn runzeln, aber sie mochte sich irren. »Das ist unmöglich, Sandra.« Seine Stimme klang betont ruhig. So als fürchte er, sie würde ihn noch einmal schubsen – oder gar echte Gewalt anwenden. »Bitte, Schatz. Lass uns reingehen.« Das war keine Frage. Er drehte sich einfach um und schritt davon.

»Er war da! Ich hab ihn gesehen!« Sie folgte ihm. Hier draußen konnte sie nicht alleine bleiben. Nicht, wenn ein Irrer auf freiem Fuß war und sie verfolgte.

Wir sehen uns bald wieder – versprochen!

»Verdammtes Mistwetter«, schimpfte Papa, kaum dass sie das Haus betreten hatten. »Kam aus dem Nichts. Mich hat es auch eiskalt erwischt.«

Sandra konnte es nicht fassen. Wollte er jetzt wirklich über das Wetter plaudern? *Hört er mir denn gar nicht zu?!*

»Wo warst du? Im B20 jedenfalls nicht!«

Papa stöhnte, setzte sich auf eine der Treppenstufen und begann in aller Seelenruhe, die Schnürsenkel seiner

Stiefel zu öffnen. Aus der Küche dröhnte das Surren der Dunstabzugshaube herüber.

»Rede mit mir!«

»Nach unserem Gespräch heute Morgen hatte ich ein schlechtes Gewissen, dass ich dich abgewimmelt habe«, erklärte er und benutzte dabei wieder diesen auffallend gelassenen Tonfall, der Sandra nur noch mehr beunruhigte. »Du hattest Angst, und das nicht ganz zu Unrecht. Andreas ist ein gefährlicher Mann.«

»Das sage ich doch die ganze Zeit! Er war —«

»Deshalb«, unterbrach er sie sofort, »habe ich von unterwegs in der Klinik angerufen, um mich zu vergewissern, dass mein Bruder auch wirklich nach wie vor eingesperrt ist.«

Sandra riss die Augen auf.

»Leider durfte man mir am Telefon keine Auskunft geben.« Ihre Reaktion darauf offenbar vorausahnend, machte er eine beschwichtigende Geste mit der rechten Hand, während er aus den Schuhen schlüpfte. »Ich habe Jürgen also abgesagt und bin nach Berlin gefahren.«

... und Andreas war nicht da! Er ist abgehauen oder so.

Kalte Panik schnürte ihr die Kehle zu. Die Knie zitterten unkontrolliert.

»Ich musste einige Zeit warten, konnte dann aber mit dem behandelnden Psychiater sprechen, einem Mann namens Engels. Er hat mir versichert, dass Andreas nach wie vor dort ist und erst freigelassen wird, wenn er keine Gefahr mehr darstellt.«

Wie bitte?!

Sandra blinzelte mehrmals. Fühlte sich, als habe ihr jemand mit voller Wucht ins Gesicht geschlagen. »Ja, aber —«

»Er kann die Einrichtung nicht verlassen. Du bist in Sicherheit.«

Sie rief sich die Szene ins Gedächtnis zurück. Die Tür des Bistros. Die Treppe, die sie hinuntergeeilt war. Den Gehweg auf der anderen Straßenseite. Den Mann, der für den Bruchteil einer Sekunde dort gestanden hatte — und auf den zweiten Blick verschwunden war. »Ich ... ich war mir so sicher ...«

»Ich weiß, Schatz. Ich weiß.« Papa stand auf, kam auf Socken zu ihr und schloss sie fest in die Arme. Sie roch eine Mischung aus Aftershave und Schweiß. Spürte seinen Atem an ihrem Ohr, als er flüsterte: »Weißt du noch, wie du mir damals, mit sieben, erzählt hast, nachts stünde ein Mann draußen im Garten? Oder wie du vor fünf Jahren geglaubt hast, dein Englischlehrer habe es auf dich abgesehen?«

Das ist doch was vollkommen anderes, wollte sie protestieren. Aber plötzlich war sie sich gar nicht mehr sicher.

»Es geht vorbei, Schatz. Alles ist gut.« Er streichelte sanft über ihr Haar. »Du bist in Sicherheit.«

Sandra wurde schwindelig. Ihr Kopf dröhnte. Eine einzelne Träne kullerte ihre Wange hinab.

Draußen hörte sie einen Wagen vorfahren. Dann einen Knall, als die Tür zugeschlagen wurde.

»Das ist Fynn.« Hastig machte sie sich von Papa los. Sie zitterte. »Er soll mich nicht so sehen.«

»Geh ins Bad. Ich mach auf und nehme ihn mit in die Küche. Das Essen ist bestimmt gleich fertig.«

Sandra nickte dankbar, drehte sich um und verschwand im Gäste-Klo, wenige Sekunden bevor die Klingel ertönte. Sie trat ans Waschbecken, drehte den Hahn auf, beugte sich vor und schaufelte sich mit beiden Händen eine Ladung Wasser ins Gesicht. Anschließend tastete sie blind nach dem Handtuch, bekam eine Ecke zu fassen und trocknete sich ab.

Alles wird gut.

Im Flur wurden Stimmen und Schritte laut. Sandra versuchte, die Geräusche auszublenden. Konzentrierte sich ganz darauf, langsam und tief zu atmen. Die Übelkeit besserte sich ein wenig. Das Zittern hörte auf. Aber das Chaos in ihrer Seele tobte weiter.

Ein Teil von ihr wollte einfach nicht glauben, dass sie sich den Mann auf der anderen Straßenseite nur eingebildet hatte. Aber es gab keine andere Erklärung. Andreas saß hinter Gittern.

Jetzt hörte sie Geschirr klappern. *Ich muss da raus.*

Sandra betrachtete sich selbst im Spiegel. Zupfte die Haare zurecht. Probierte ein Lächeln. Es gelang, wenn auch nur halbwegs überzeugend. *Muss reichen.*

Sie verließ das Bad.

»Danke. Das sieht verdammt lecker aus«, sagte Fynn gerade, als sie die Küche betrat.

Elisa stellte einen Teller voll dampfender Spaghetti mit Tomatensoße vor ihm ab und wandte sich wieder dem Herd zu, um die nächste Portion zu schöpfen.

»Entschuldigt. Ich musste mir noch kurz die Hände waschen.« Sandra zog die Mundwinkel noch ein Stück höher und ging zu ihrem Freund, um ihm rasch einen Begrüßungskuss zu geben. »Hi Schatz.« Dann ließ sie sich neben Papa auf die Eckbank sinken.

»Ich bin froh, dass du gut zuhause angekommen bist.« Fynn verdrehte die Augen. »Was für ein Wetter, echt!«

»Irre!«

»Ach, Sandra«, unterbrach Papa, während er Elisa den Teller abnahm, der für ihn bestimmt war. »Bevor ich es vergesse: Ich hab nachher noch etwas für dich.«

Sie sah ihn fragend an.

»Vom Dachboden ... du weißt schon.«

Jetzt begriff sie, was er meinte. »Ach, die Fotos. Da brauchst du nicht so geheimnisvoll tun. Fynn weiß, dass ich adoptiert bin – und auch, wer Andreas ist.«

Elisa keuchte.

Papa zog die Stirn in Falten. Auch ihm schien das alles andere als recht zu sein. »Äh, okay. Wenn das so ist.«

»Ach, kommt schon. Fynn gehört doch praktisch zur Familie und —« Im Bruchteil einer Sekunde entschied Sandra, den beiden noch nicht zu erzählen, dass auch ihre Mitschüler Bescheid wussten. Noch mehr Ärger konnte sie heute nun wirklich nicht gebrauchen.

Papa verzog den Mund, als ahne er, dass sie etwas verheimlichte, sagte aber nichts. Stattdessen stand er auf, ging zur Küchenzeile hinüber und zog ein zehn mal fünfzehn Zentimeter großes Stück festes Papier aus der Krims-Krams-Schublade. Er kam zurück und legte es auf den Tisch. »Das ist Nathalie. Ich habe leider nur ein Bild gefunden, auf dem sie gut zu sehen ist.«

Elisa wandte sich wieder dem Herd zu, schaltete die Dunstabzugshaube aus und füllte einen weiteren Teller.

Sandra und Fynn steckten die Köpfe zusammen und betrachteten die zierliche Frau auf dem Foto. Sie hatte sanfte Züge und strahlend blaue Augen, die durch ihre dunklen Locken nur noch mehr hervorstachen.

»Sie ist wunderschön«, fand Fynn. »Genau wie du.«

Sandra lächelte. Ehrlich diesmal.

Sie konnte den Blick gar nicht mehr von dem Bild lösen. Rechts und links ihrer leiblichen Mutter standen zwei Männer und strahlten mit ihr um die Wette. Im ersten erkannte Sandra einen jungen Rainer wieder. Die pechschwarzen Haare waren noch voller, es gab keine Tränensäcke oder Falten. Aber er war es auf jeden Fall.

»Du siehst verdammt glücklich aus.«

»Das war ich.«

»Und das«, sie zeigte auf den Mann auf der linken Seite, der eine gewisse Ähnlichkeit mit dem anderen aufwies, »wer ist das?«

Plötzlich herrschte vollkommene Stille im Raum. Kein Klappern, kein Rascheln. Beinahe schien es sogar, als hielten alle die Luft an.

Sandra hob den Blick und sah, dass Papa sie irritiert anstarrte. Plötzlich wurde ihr wieder flau im Magen.

»Das ...« Er räusperte sich. »Das ist Andreas. Kannst du dich doch nicht an ihn erinnern?!«

46

ELISA

Die letzten Gäste, die das Haus verließen, waren ein junges Ehepaar und die kleine Anna – das einzige Kind im Dorf, das in Sandras Alter war. Nachdem sich Elisa wortreich von den dreien verabschiedet hatte, machte sie mit einem erleichterten Seufzen die Tür zu.

Endlich Ruhe!

Sie ging ins Wohnzimmer und warf einen kontrollierenden Blick auf ihre Adoptivtochter, die vor wenigen Minuten vor Erschöpfung auf der Couch eingenickt war. Das Mädchen schlummerte nach wie vor. Elisa lächelte zufrieden, setzte sich wieder in Bewegung und trat wenig später, durch die Küche hindurch, zu Rainer auf die Terrasse hinaus.

Er hatte bereits damit begonnen, die schmutzigen Teller und Gläser auf ein Tablett zu stapeln. »Na, was sagst du? Gelungene Party?«

»Darüber werden die Leute in Brachwitz noch jahrelang reden!«

Der sarkastische Unterton war ihrem Ehemann offenbar nicht entgangen. Er grinste verschmitzt und gab ihr im Vorbeigehen einen Klaps auf den Po.

»Heeey«, rief sie in gespielter Empörung.

»Nur schade, dass Jürgen nicht da war.«

Elisa verzog den Mund. »Ja ... sehr schade.«

»Ach komm, so schlimm ist er nicht. Wir haben die wilden Tage doch längst hinter uns gelassen.«

»Wenn du das sagst ...«

Rainer versuchte, ein weiteres Glas auf das bereits übervolle Tablett zu packen, gab aber bereits nach kurzer Zeit auf und stellte es wieder zurück auf den Tisch. »Mehr geht nicht.«

»Alles klar.« Elisa ging voraus in die Küche. »Beim nächsten Mal nehmen wir Plastikgeschirr.«

»Abgemacht.« Er bugsierte die Sachen auf die Anrichte. »Kommst du hier allein klar?«

»Du räumst doch eh immer alles falsch ein.«

»Da ist was dran.« Rainer grinste breit, dann drehte er sich um und ging wieder hinaus.

Sie erwartete, dass er gleich die zweite Ladung bringen würde. Doch als Elisa einige Minuten später das Tablett geleert und alles ordnungsgemäß in der Spülmaschine verstaut hatte, war er noch immer nicht zurückgekehrt. Irritiert wandte sie sich zum Fenster und sah hinaus, konnte ihren Ehemann aber nirgends entdecken. Die restlichen, schmutzigen Gläser standen nach wie vor auf dem Terrassentisch.

Das ist ja mal wieder typisch ...!

»Rainer?« Sie ging hinaus.

Statt einer Antwort, hörte sie ein seltsam schabendes Geräusch, das sich in regelmäßigen Abständen wiederholte und aus dem hinteren Teil des Gartens zu kommen schien.

Was ist ihm denn jetzt wieder in den Sinn gekommen?!

Sie marschierte die Stufen hinunter, durchs Gras und auf das Gebüsch zu, das ihr die Sicht auf das Geschehen versperrte.

Der kann was erleben!

Elisa umrundete die Thuja. »Hey, du hättest mir –«

Sie blieb abrupt stehen.

»Schatz, ich ... ich komme gleich.« Ihr Ehemann hielt eine Schaufel in Händen und sah ertappt von dem dreißig Zentimeter tiefen Loch auf, das vor ihm im Rasen klaffte. Direkt daneben lag ein kleiner Hügel loser Erde. Hätte sie es nicht besser gewusst, hätte Elisa ihn wohl für das Werk eines Maulwurfs gehalten.

»Was zum Teufel machst du denn da?«

»Geh du nur wieder rein. Ich hab alles im Griff.«

Elisa gehorchte nicht. Stattdessen machte sie ein paar unsichere Schritte nach vorn. Ihr war plötzlich ganz komisch zumute.

»Schatz, ich sagte doch, ich kümmere mich darum.«

Jetzt konnte sie noch etwas sehen. Hinter dem Erdhügel. Es war länglich, maß etwa die Hälfte eines Unterarms. Und es bewegte sich nicht. Strähniges Fell glitzerte im Licht der Julisonne.

Eine Erinnerung bohrte sich in Elisas Bewusstsein. Ein Schrei, gefolgt von einem Platschen. Blankes Grauen erfasste sie, noch ehe sie zu begreifen begann. »Was –?!«

Sie brauchte die Frage nicht zu stellen. Die Antwort lag auf der Hand. *Das Meerschweinchen hat Sandra gebissen. Und sie hat es dafür bestraft.*

»Es war ein Unfall«, beteuerte Rainer sofort. Er ließ die Schaufel fallen und kam auf sie zu. »Bitte, Elisa, die Kleine könnte doch nie –«

»Fass mich nicht an!« Sie entzog sich seinem Versuch einer Umarmung. »Du weißt genau, was passiert ist!«

»Nein, das ist nicht wahr! Das Tier hat ihr wehgetan, sie hat sich erschreckt, gezuckt und dann ... dann ist das arme Ding runtergefallen.«

Sie wollte ihm glauben. Das wollte sie wirklich. Sie konnte die Lüge nicht aufgeben, die längst Teil ihres Lebens geworden war.

»Bitte.« Er erkannte die Zweifel und nahm ihre Hand. »Wir werden Nachbarn und Freunden sagen, dass das Meerschweinchen weggelaufen ist. Oder wir kaufen ein neues, das genauso aussieht. Oder –«

»Wir müssen das Mädchen untersuchen lassen.«

»Aber sie ist nicht verrückt. Sie ist nur ...«

Sie runzelte die Stirn.

»Bitte, Elisa. Du weißt nicht, wie das damals war, als sie Andreas weggebracht haben. Er wirkte so hilflos. So allein. Und er war siebzehn, nicht vier!«

»Und zwölf Jahre später hat er einen Mann umgebracht!«

Rainer sah sie aus großen Augen flehentlich an. »Die Kleine ist nicht wie er!«

»Woher willst du das wissen?«

Er atmete tief durch. »Gib ihr noch *eine* allerletzte Chance. Ich beauftrage gleich morgen eine Firma, die hier alles neu macht.« Er machte eine fahrige Geste, die den gesamten hinteren Teil des Gartens umfasste. »Damit wir Sandra immer im Auge behalten können. Bitte, Elisa. Ich verspreche dir hoch und heilig, dass so etwas nie wieder passieren wird!«

Sie gab nach. Wie sie es immer tat. Aus Mitleid. Und aus Angst, allein zu enden. »Also gut.«

»Danke!« Er schloss sie fest in die Arme.

Diesmal ließ sie es geschehen. »Aber nur noch diese eine Chance.«

»Sandra ist ein gutes Mädchen, du wirst schon sehen. Wir sind doch eine kleine, glückliche Familie.«

Nein, das sind wir ganz sicher nicht.

Elisa biss sich auf die Lippe, bevor sie etwas sagen konnte, das sie später bereuen würde. Sie drängte die grausame Wahrheit zurück. All die Dinge, die sie nicht auszusprechen, ja, oft nicht einmal zu denken wagte.

Dass sie sich in diesem Haus am Arsch der Welt wie eine Gefangene fühlte. Dass nichts in ihrem Leben so gekommen war, wie sie es sich erträumt hatte. Und, am schlimmsten von allem, dass sie dieses eigenartige Kind, das noch dazu nicht das ihre war, niemals würde lieben können.

47

ANDREAS

»Wow, was ist denn mit dir passiert?« Pokey hockte im Schneidersitz auf seinem Bett und riss ungläubig die Augen auf.

Andreas schnaubte. Ihm war immer noch übel. Alles drehte sich.

»Das wird schon wieder.« Benny hatte sich bei ihm untergehakt, um ihn zu stützen, und führte ihn so in die Zelle hinein. »Magst du dich hinlegen?«

»Nein, geht schon.« Er machte eine Kopfbewegung in Richtung des Schreibtischs, die seinen Schädel erst recht zum Dröhnen brachte. »Es gibt ja eh gleich Essen.«

Erst nachdem er auf dem Stuhl Platz genommen hatte, ließ der Pfleger ihn los. »Und du möchtest auch sicher keine Schmerztablette? Ich kann die auf die Liste setzen lassen, kein Problem.«

»Nein, ich komm klar. Wirklich.«

Benny betrachtete ihn eingehend. »Na gut.« Er wandte sich ab und ging hinaus.

»Verrätst du mir jetzt, was passiert ist?« Pokey stand auf und schlenderte zu ihm herüber.

Andreas verzog gequält den Mund, bevor er flüsterte: »Ich hab mir den Kopf an einem Wasserhahn gestoßen, weil —«

»Autsch. Tut's sehr weh? Der Verband ist ja riesig!«

»Pokey, hör mir doch zu! Und sei leise, verdammt!« Er sah zur Tür, konnte aber niemanden im Flur entdecken. Trotzdem lehnte er sich so weit vor, dass ihre beiden Nasen sich beinahe berührten. »Ich hab Tommy gehört. Aber diesmal könnte ich Glück haben, und es ist da oben gar nicht aufgefallen.« Die Hoffnung entsprang purer Verzweiflung, das war ihm sehr wohl bewusst. Trotzdem hielt er daran fest.

»Du meinst ...«

»Ich war in der Toilettenkabine, als es passiert ist.«

Pokey riss den Mund auf, aber bevor er etwas sagen konnte, hörten die beiden schwere Schritte, die immer näherkamen.

Andreas lehnte sich zurück und bemühte sich um ein sorgloses Lächeln.

Kurz darauf trampelte Thorsten zur Tür herein. »Hast wieder Stimmen jehört, wa? Mich kannste nich' verarschen, Killer! Ick seh dir det schon uff een Kilometer Entfernung an.«

Die Hoffnung zerbröckelte in tausend Teile. »Ich ... nein. Wieso ...?«

Der Hüne lachte. »Weeste, du bist ma' jar nich' so unufffällig wie de meenst. Wat sollt'n ditte werden? Waterboarding oder wat?« Er drehte sich um und ging, ohne die Antwort abzuwarten.

Pokey stöhnte. »Das war's dann wohl.«

Andreas konnte nicht sprechen. Seine Kehle war staubtrocken. Ein bleiernes Gewicht drückte auf seine Brust.

Nur langsam begann er zu realisieren, dass er ein weiteres Jahr in der Klinik verbringen musste. Vielleicht auch für immer. Bis die mint-grünen Flure ihn verschlangen, er in Gänze dem Wahnsinn anheimfallen und Amelie ihn für immer vergessen würde.

»Kommst du mit zum Essen?«

Er schüttelte benommen den Kopf. Den Schmerz unter dem Verband realisierte er kaum noch. Ihm war, als stünde seine Seele in Flammen.

Pokey verschwand, und er blieb allein, betrachtete die Gitterstäbe vor dem Fenster, die karge Möblierung der Zelle, die eiserne Tür, die ihn des Nachts gefangen hielt. Die Sicht-Klappe, deren Quietschen ihn jedes Mal weckte, wenn die Pfleger um zwei ihre Kontroll-Runde machten.

Plötzlich bereute er die Entscheidung hierzubleiben, statt sich zumindest von den Mitinsassen ablenken zu lassen, die in all den Jahren längst zu Freunden geworden waren. Er rappelte sich auf, wartete einen Moment, bis der Schwindel nachließ, und tapste dann langsam und vorsichtig in den Flur.

Als er den Speisesaal erreicht hatte, brauchte er sich nicht lange umzusehen, um Story, Zyankali, Pokey und Dumbo zu entdecken. Letzterer war offenbar aus der Iso zurück und mampfte genüsslich ein Käsebrot.

Andreas wurde zumindest ein klein wenig leichter ums Herz. Er holte sich ein Tablett an der Ausgabe, ging an Thorsten, Benny und Samu vorbei, die in der Nähe des Fensters standen und sich unterhielten, und steuerte auf den angestammten Tisch des Fünfer-Grüppchens zu, als sich ihm plötzlich das Chamäleon in den Weg stellte.

»Mahlzeit!« Andreas wollte sich an dem Kerlchen mit der Igel-Frisur vorbeidrücken. Er hatte keine Lust auf das Spiegel-Spiel.

»Warte, ich —« Cammy zögerte, stierte ihn plötzlich an, als habe er einen Geist gesehen. »Eigentlich habe ich keinen Hunger. Aber ich will nicht allein sein.«

Andreas schauderte. Wie gelang es dem Kerl nur, ihn immer wieder derart zu durchschauen? »Du musst ja nichts essen«, sagte er unsinnigerweise.

Sein Gegenüber machte ein ernstes Gesicht. »Ich habe eine Stimme gehört.«

Moment mal.

Andreas' Puls beschleunigte sich.

»Vorhin. In der Toilette.«

Das ist keiner seiner Tricks.

Eine Gänsehaut breitete sich auf seiner Haut aus, verursachte ein unangenehmes Kribbeln. »Woher weißt du —?«, krächzte er atemlos.

Er war da!

Jetzt erinnerte er sich daran, Cammy im Flur vor dem WC-Raum gesehen zu haben. »Hast du etwa —?«

Das Chamäleon würgte ein hysterisches Gackern heraus, das Andreas' Anspannung in ungeahnte Höhen schnellen ließ. Der Raum schien sich um ihn herum zu drehen, wurde schneller und schneller. Nur vage nahm er wahr, dass die drei Pfleger die Szene misstrauisch beobachteten.

»Hast du wirklich geglaubt, dass du mich so einfach loswirst?« Cammys Flüstern brachte die Welt mit einem Ruck zum Stehen. »Ich gehe nicht weg. Nie wieder.«

TEIL VIER

Wer über gewisse Dinge
den Verstand nicht verliert,
der hat keinen zu verlieren.

GOTTHOLD EPHRAIM LESSING

48

ANDREAS

Hast du wirklich geglaubt, dass du mich so einfach loswirst? Ich gehe nicht weg. Nie wieder.

Andreas schnappte nach Luft.

»Und weißt du auch, wieso?«, rezitierte das Chamäleon weiter, jetzt allerdings nicht mehr im Flüsterton. »Weil du nichts anderes verdient hast!«

Moment mal.

Sein Herz hämmerte im Millisekunden-Takt, während der Verstand die Fakten wie Puzzleteile zusammenfügte.

Wenn er den genauen Wortlaut kennt, dann bedeutet das –

»Du bist ein Mörder!«

Andreas riss den Arm hoch, packte das Kerlchen am Kragen, schüttelte so fest er konnte und brüllte: »Woher weißt du das? Woher weißt du, was Tommy gesagt hat?«

Sofort entstand ein Tumult im Speisesaal. Die Insassen wurden laut. Einige, darunter auch Zyankali, Dumbo und Pokey, sprangen von ihren Sitzen auf und stürmten Richtung Ausgang, um sich in Sicherheit zu bringen. Andere schienen ganz erpicht auf ein wenig Abwechslung und feuerten den Streit an.

»Gib's ihm!«

»Endlich ist hier mal was los in der Bude!«

»Immer druff!«

Samu und Benny hatten alle Mühe, die Meute zu besänftigen, während Thorsten bereits auf Andreas und Cammy zurannte. »Wat soll'n der Mist?! Lass ihn los!«

Andreas dachte gar nicht daran, dem Befehl Folge zu leisten. Er hielt das Chamäleon weiter am Kragen gepackt und brüllte auf ihn ein. »Sag es mir, Cammy! Raus mit der Sprache!«

»Ich habe eine Stimme gehört«, wiederholte das Kerlchen mit der Igelfrisur und sah Andreas eindringlich an. »Aber ich darf es niemandem verraten.«

»Wer hat das gesagt?«

Der Insasse hob die rechte Hand und legte den Zeigefinger an die Lippen.

»Wer, Cammy?!«

»Ick gloob du spinnst!« Thorsten machte Andreas' Hände unsanft los, packte ihn bei den Schultern und zog ihn am Chamäleon vorbei Richtung Tür, wo in etwa fünf Metern Entfernung ein Knäuel an verängstigten Insassen und überforderten Pflegern den Durchgang blockierte.

»Lass mich los!« Andreas zappelte und strampelte, wehrte sich verzweifelt gegen die Pranken, die ihn unaufhaltsam von der Wahrheit entfernten. »Die Stimme! Er hat sie auch gehört!«

»Dit is' doch Blödsinn!«

»Caaaammy! Wer hat gesagt, du darfst es keinem verraten?« Für den Bruchteil einer Sekunde erhaschte er einen Blick auf das kleine Kerlchen mit der Igelfrisur.

Es hatte den rechten Arm erhoben und deutete an Andreas vorbei Richtung Ausgang. »Er!«

Andreas riss den Kopf herum und sah, wie sich Doktor Engels zwischen Zyankali und Benny durch das Getümmel hindurchdrückte und auf ihn zueilte.

»Sie!« Blinde Wut erfasste Andreas. »Sie haben mir das alles angetan!«

»Das reicht jetzt. Halten Sie ihn fest, Thorsten!« Der Psychiater zog eine Spritze aus der Kitteltasche hervor und warf die Sicherheitskappe achtlos beiseite.

Andreas versuchte um sich zu schlagen, wehrte sich nach Leibeskräften gegen den hünenhaften Pfleger, aber es war ausweglos. »Diesmal ist es anders! Cammy weiß, was Tommy gesagt hat! Bitte, ihr müsst mir glauben! Ich bin nicht verrückt!«

»Nu' halt still. Denn tut et nich' weh.«

»LASS. MICH. LOOOOOOS!«

Doktor Engels rammte ihm die Kanüle in den Oberarm und drückte den Kolben der Spritze nach unten. »Genug ist genug.«

Andreas' Körper schien plötzlich aus Blei zu sein. Nur die Pranken an seinen Schultern bewahrten ihn davor, in sich zusammenzusacken und auf dem Boden aufzuschlagen. Schon wieder drehte sich der Raum um ihn herum. Schneller und schneller. Alles schien zeitlos und unecht.

»Bringen Sie ihn in die Isolationszelle«, zischte Engels Thorsten zu. Dann rauschte er mit wehendem, weißem Kittel davon.

»Neiiiiiin«, brüllte Andreas, bevor ihn die Dunkelheit verschlang.

49

VOLKER

Als Volker den Wagen auf dem Parkplatz vor dem Revier abstellte, zeigte die Uhr am Armaturenbrett *17:37.* Die Besprechung, zu der der Chef alle geladen hatte, war bereits seit sieben Minuten im Gange.

Verdammter Mist.

Er schlug den Kragen seines Mantels hoch, stieg aus und kämpfte sich durch das Unwetter. Während ihm der Wind Eis und Schnee ins Gesicht peitschte, musste er unwillkürlich an frühere Zeiten denken. An die vielen Jahre, in denen er ein geschätzter Kollege gewesen war. Ein wichtiger Mann, kein Zirkusclown, nur noch dazu da, alte Akten zu sortieren.

Nicht, dass man damals für ihn den Beginn einer Besprechung verschoben hätte. Aber man hätte doch zumindest angerufen, um zu fragen, wo er blieb.

Kurz bevor er das Gebäude erreichte, glitt er mit dem rechten Schuh aus, strauchelte, fluchte – und fand gerade noch so ins Gleichgewicht zurück. Ein schmerzhaftes Ziehen schoss von der Hüfte bis ins Knie.

Dreckswetter!

Er humpelte die letzten Meter bis zur Tür und rettete sich ins Warme, wo er zunächst ordentlich die Sohlen abstreifte. Mit nassen Schuhen, das wusste er nach all der

Zeit nur zu gut, konnte der Linoleumboden zur bösartigen Falle werden. Insbesondere, wenn man es eilig hatte.

Pfff. Was hetze ich mich überhaupt ab?

Eigentlich verspürte er gar keine Lust, an der Besprechung teilzunehmen. Lieber wollte er da draußen sein. Noch einmal einen großen Fall lösen. Gebraucht werden. Aber das würde nicht passieren. Man hatte ihn ausgemustert. Stück für Stück. Und das alles nur wegen Renate!

Und jetzt, da ich kurz vor dem Aus bin, da hat sie ...

Plötzlich schoss ihm wieder das Bild des maulenden Rentners im Unterhemd durch den Kopf.

Ich werde das nicht mit mir machen lassen! Denen werde ich zeigen, aus welchem Holz ich geschnitzt bin!

Sein Gang festigte sich, er straffte die Schultern. Vor dem Konferenzraum atmete er noch einmal tief durch. Dann drückte er die Klinke, schob die Tür auf, wunderte sich für den Bruchteil einer Sekunde darüber, dass es drinnen stockdunkel war, und –

Das Licht flammte auf.

»Überraschung!«

Bunte Wimpel hingen von der Decke. Die Kollegen hatten allesamt alberne Partyhütchen aufgesetzt und prosteten mit Plastikbechern zu.

Volker blieb wie vom Donner gerührt stehen. Stolz, Freude, Wut und Enttäuschung lieferten sich in seinem Inneren einen erbitterten Kampf.

»Damit hast du nicht gerechnet, was?« Plötzlich stand Otto neben ihm. Wahrscheinlich war er derjenige, der eben das Licht angeknipst hatte.

»Ja ... nein ... ich ...« Volker wusste nicht, was er sagen sollte. Am liebsten hätte er sich auf der Stelle umgedreht und wäre gegangen.

»Die Mädels haben darauf bestanden, dich ordentlich zu verabschieden.«

»Aber ich ...«

»Du musst dir den Kuchen anschauen, den sie für dich bestellt haben!«

»... bin doch noch eine ganz Woche da.«

Die Menschentraube vor ihm teilte sich und gab den Blick auf den Konferenztisch frei, auf dem eine Torte in Form einer liegenden Pistole thronte. Zwei graue Wellen stiegen vom Ende des Laufs auf.

Otto grinste breit. »Na, was sagst du?«

»Was soll das sein?«

»Was wohl?! Der einzige rauchende Colt in deiner gesamten Karriere!«

50

SANDRA

Das ist Andreas. Kannst du dich doch nicht an ihn erinnern?!

Sandra starrte ihren Papa ungläubig an. Erkannte einen beunruhigenden Mix aus Überraschung und Sorge in seinen Zügen. Das schreckliche Gefühl, den Verstand zu verlieren, kam zurück, breitete sich mit aller Macht in jeder Faser ihres Körpers aus.

In der Küche herrschte gebanntes Schweigen. Alle warteten auf ihre Antwort.

Sandra begann zu zittern.

Sie senkte den Blick, betrachtete noch einmal den Mann im Foto und hoffte wider jede Vernunft, dass sich sein Aussehen auf wundersame Weise verändern würde, wenn sie nur lange genug hinsah. Aber das tat es nicht.

Stattdessen stach ihr die Ähnlichkeit zu Rainer jetzt nur noch mehr ins Auge. Dasselbe schwarze, leicht wellige Haar. Dieselben Grübchen. Derselbe kleine Höcker auf der Nase. Die beiden waren Brüder, daran bestand kein Zweifel.

Auch etwas anderes stand unwiderruflich fest: »Ich habe diesen Mann noch nie in meinem Leben gesehen.«

Fynn sog scharf die Luft ein.

Papa versuchte ein Lächeln. »Du warst noch sehr klein. Gerade einmal anderthalb. Vielleicht ist die Erinnerung mit der Zeit einfach verschwommen.«

»*Das*«, Sandra schüttelte entrüstet den Kopf, »ist auf gar keinen Fall der Mann, von dem ich geträumt habe! Ich sehe ihn ganz klar vor mir. Und ich habe ihn vor dem *B20* eindeutig wiedererkannt!«

Plötzlich spürte sie Fynns Hand auf ihrem Unterarm. »Du hast was?!«

Mist.

»Äh ... ja. Ich —«

»Warum hast du mir das denn nicht gleich erzählt?«

Plötzlich befürchtete Sandra, er könne ihr böse sein. »Das wollte ich. Ehrlich. Es ging nur alles so schnell.« Ihre Stimme klang seltsam schrill, fast schon hysterisch.

»Schon gut. Alles in Ordnung, keine Panik. Ich war nur überrascht.«

Sie atmete erleichtert auf. Trotzdem wurde sie das Gefühl nicht los, dass sie alle im Raum für geisteskrank hielten.

Weißt du noch, wie du mir damals, mit sieben, erzählt hast, nachts stünde ein Mann draußen im Garten?

Mit einem Mal wurde ihr unerträglich heiß. Sie packte den Bund des Pullovers, zog sich das blöde Ding über den Kopf und warf es beiseite, aber das half nicht. Schweiß klebte überall auf der Haut. Sie schien von innen zu verglühen. »Ihr ... ihr versteht das nicht! Ich hab ihn mir nicht eingebildet!«

»Schhhhh.« Papa sah sie mitfühlend an.

»Er ist groß und schlank und ... und er hat blonde Haare, nicht schwarze!« Sie schloss die Augen, rief sich das Bild genau ins Gedächtnis. »Und er hat eine Narbe ... auf der rechten Wange. Nein ... links.«

Es klirrte.

Sandra fuhr herum.

»Ich Schussel«, keuchte Elisa und ging in die Hocke, um das Wirrwarr aus weißen Scherben und Spaghetti mit Tomatensoße auf den Fliesen zu beseitigen.

Fynn sprang auf und kam ihrer Adoptivmutter zur Hilfe.

Sandra atmete schwer. Ihre Nerven waren bis zum Zerreißen gespannt. Der Schreck hatte alles noch viel schlimmer gemacht. »Hört ihr mir überhaupt zu?! Ich habe mir das nicht eingebildet!«

»Sandra, schau mich an.« Papa legte ihr eine Hand auf die Schulter. Sie war warm und schwer. Irgendwie beruhigend. »Es ist nur ein Albtraum. Dir kann nichts passieren.«

»Aber ich —«

»Atme mit mir. Ganz langsam. Eiiiin und auuus.«

Sie gehorchte. Zumindest gab sie sich alle Mühe.

»Eiiiin und auuus.«

Jetzt kam auch Fynn wieder zu ihr. »Alles wird gut.«

Ihr Puls schien sich zu verlangsamen. Das Zittern hörte auf.

»Vielleicht geht ihr besser nach oben.« Papa warf ihrem Freund einen fragenden Blick zu.

Der nickte, hob seinen Rucksack mit den Übernachtungssachen vom Boden auf und warf sich einen der Gurte über die Schulter. »Tolle Idee! Wie wär das, Schatz? Wir schauen ein paar Folgen deiner Lieblingsserie.«

Ein zweites Klirren ließ sie zusammenzucken. Aber es war nur der Klang der aufprallenden Scherben, die Elisa gerade in den Mülleimer befördert hatte.

Sandra atmete. *Eiiiin und auuus.*

»Wir haben auch noch Beruhigungstabletten«, schlug ihre Adoptivmutter vor.

Sie hörte sie kaum.

Eiiiin und auuus.

»Das wird nicht nötig sein«, zischte Papa scharf. Dann, deutlich gefasster: »Du siehst doch, dass es schon wieder besser ist. Bring sie nach oben, Fynn.«

Sandra stand langsam von der Eckbank auf und ließ sich von ihrem Freund aus der Küche führen. Protest war zwecklos. Der Hunger war ihr gründlich vergangen. Und sie hielten sie ja doch alle für verrückt.

Vielleicht zurecht ...

Als die beiden die Treppe erreicht hatten, legte Fynn den Arm um ihre Taille und drückte ihr einen Kuss auf die Wange. »Das wird schon, Schatz. Wir machen uns jetzt einen schönen Abend.«

Sie nickte schwach.

Gemeinsam gingen sie die Stufen hinauf. Oben angekommen, machte sich ihr Freund aber dann doch wieder von ihr los. »Gehst du schon mal vor? Ich muss schon die ganze Zeit aufs Klo.« Er grinste verlegen.

»Ja, klar.«

»Ich bin gleich bei dir!« Fynn stürmte ins Bad und knallte die Tür hinter sich zu.

Sandra ging in ihr Zimmer, am Schreibtisch vorbei und – *Moment mal!* Der Stapel Briefe, den Elisa ihr gegeben und dem sie bislang noch gar keine Beachtung geschenkt hatte, war verschwunden.

Ich hab nur die Karte gelesen. Die hat Papa zerknüllt. Aber wo ist der Rest?

Plötzlich wurde ihr wieder schummrig. Sie hob Bücher und Schulhefte an, sah sogar auf dem Boden unter dem Tisch nach, aber die Umschläge waren nirgends zu finden.

Wo sind sie hin?

Weshalb kann ich mich nicht an Andreas erinnern?

Und wer ist der Mann aus meinem Traum?

Sie ließ sich rücklings aufs Bett fallen. Tausend Gedanken rasten durch ihren Kopf. Keine der Theorien schien Sinn zu ergeben.

Bis auf eine ...

»Sie kommt ganz nach ihrem Vater!«

»Pssst. Sie hört dich noch!«

»Quatsch, sie haben doch die Tür zugemacht!«

Sandra setzte sich auf.

Im Bad ertönte die Spülung.

»Rede wenigstens leiser, Herrgott!«

»Rainer, du weißt genau, dass ich recht habe! Diesmal müssen wir sie einweisen lassen!«

Sandra erschrak.

»Sie ist nicht verrückt!«

Jetzt näherten sich Schritte.

»Denk doch nur, was sie mit dem armen Meerschweinchen gemacht hat! Schon damals hätten wir sie wegschicken sollen!«

Fynn, der gerade ins Zimmer hereinkam, hob fragend eine Augenbraue.

Sandra zuckte die Achseln. Sie hatte keine Ahnung, wovon Elisa da redete.

»Das war ein Unfall!«

»Ich wette, das hat Andreas auch behauptet«, zischte ihre Adoptivmutter spöttisch, »nachdem er *sie* beinahe ertränkt hat!«

Sandra schluckte. Kämpfte tapfer gegen die Tränen.

»Ich finde«, flüsterte Fynn, während er langsam und möglichst leise die Tür schloss, »du solltest dir das nicht länger anhören.«

»Elisa, wie —«

51

ELISA

»— erklärst du dir bitte, dass sie ihn beschrieben hat?!« Rainer sah sie herausfordernd an.

Elisa wusste genau, worauf er anspielte. Doch allein der Gedanke war völlig absurd. »Viele Männer sind blond. Das könnte ein Zufall sein!«

»Und die Narbe?«

Sie zögerte.

»Du hast gehört, was sie gesagt hat. Und du hast dich genauso erschreckt wie ich!«

»Das ist doch verrückt! *Sie* ist verrückt — genau wie ihr Vater.«

»Was, wenn das nicht stimmt? Was, wenn —«

»Mach dich nicht lächerlich«, fuhr Elisa dazwischen.

»Aber wenn sie ihn gesehen hat, dann bedeutet das doch —«

»Wage es *ja* nicht, diesen Unsinn laut auszusprechen!«

Sie wusste, sie würde es nicht ertragen. Würde daran zu Grunde gehen. Denn wenn auch nur der Hauch einer Möglichkeit bestand, dass Rainer recht hatte ...

»Bitte, Elisa. Denk für einen Moment darüber nach.«

... dann war alles, woran sie all die Jahre geglaubt hatte, eine Lüge.

»Ich denk gar nicht dran! Es ist nur ein dummer Zufall, mehr nicht! Und jetzt will ich nichts mehr davon hören!«

»Ist das dein letztes Wort? Du willst nicht herausfinden, was dahintersteckt?«

»Ich weiß längst, was dahintersteckt. Gar nichts!« Sie verschränkte die Arme.

Ihr Ehemann sah sie an, als sei sie es, die den Verstand verloren hatte. Dann stand er kommentarlos auf und marschierte davon. Als er die Küchentür aufriss, huschte Sandras Kater herein.

Elisa verzog den Mund.

Sie hörte ein Rascheln im Flur. Dann einen Reißverschluss, der zugezogen wurde. »Wo zum Teufel willst du hin?!« Wutentbrannt sprang sie auf und lief Rainer nach.

Der kniete vor der Garderobe, hatte die Jacke bereits angezogen und mühte sich gerade mit den Schnürsenkeln seiner Winterstiefel ab.

»Da draußen tobt ein Sturm, falls es dir noch nicht aufgefallen ist!«

Er blickte auf. »Das ist mir egal. Ich muss etwas tun!«

Na klar ...

»Bitte, Rainer, jetzt mach dich nicht lächerlich!«

Statt zu antworten, erhob er sich, nahm den Autoschlüssel von der Kommode und ging zur Tür. Als er sie aufriss und nach draußen trat, fegte ein eisiger Wind durch den Flur.

Ein letztes Mal sah er sie an. Wehmütig fast. »Ich erkenne die Frau, die ich geheiratet habe, nicht wieder. Und das schon seit vielen Jahren nicht mehr.« Dann fiel die Tür hinter ihm ins Schloss.

Elisa blieb allein zurück.

Hinter ihr ließ der Kater ein Maunzen hören.

»Ja, ich komme ja schon.« Sie drehte sich um, ging zurück in die Küche und nahm ein Päckchen Nassfutter aus dem Schrank. Noch während sie den Inhalt in den Napf auf dem Boden kippte, begann der Kater die braune Soße aufzuschlecken. »Du tust ja gerade so, als würdest du hier nie etwas zu fressen bekommen!«

Elisa richtete sich auf, warf die Verpackung in den gelben Sack und beobachtete anschließend, wie das Tier innerhalb kürzester Zeit die verbliebenen Fleischbrocken herunterschlang.

Was, wenn Rainer recht hat?

Immer wieder schoss ihr dieser Gedanke durch den Kopf. Aber sie erlaubte sich nicht, die Theorie weiterzuspinnen.

Humbug!

Der Kater hatte sein Mahl beendet und kratzte wie wild am Glas der Terrassentür.

Elisa legte die Stirn in Falten, packte aber dennoch die Klinke und öffnete. »Du willst echt da raus?«

Der beißende Wind, der ihr entgegenschlug, ließ sie frösteln. Draußen herrschte lautes Getöse. Im Licht eines zuckenden Blitzes war der Eisregen zu erkennen, der auf den Garten niederprasselte, bevor beides wieder in der Dunkelheit verschwand.

Der Kater ließ sich nicht beirren und tapste auf die Terrasse hinaus.

Bitte ... dann lasst ihr mich eben alle allein!

Ein Maunzen. Dann sprang das Tier auf einen der Stühle unter dem Vordach und rollte sich zu einer pelzigen Kugel zusammen.

Elisa zuckte die Achseln, schloss die Tür und machte sich daran, die Reste des Abendessens zu versorgen.

52

ANDREAS

Es war kalt in der Höhle. Und dunkel. Andreas fürchtete sich. Denn er war nicht allein. Tausend Stimmen hallten von den Wänden wider. Verhöhnten und beschimpften ihn. Es gab kein Entkommen.

»Für Abschaum wie dich ist ein besonderer Platz in der Hölle reserviert.«

»Verpiss dich, Schizo!«

»Sie hatten eine Psychose mit optischen und akustischen, vielleicht sogar haptischen Halluzinationen, in deren Verlauf Sie einen Menschen getötet haben.«

»Du bist ein Monster!«

»Sie waren schon einmal in psychiatrischer Behandlung.«

»Hätte ich dich doch nie geboren!«

Andreas zitterte. Verzweifelt presste er sich die Hände auf die Ohren, doch das Stimmengewirr wurde keinen Deut leiser. Schreie von Toten und Lebenden donnerten gegen die Innenseite seines Schädels wie Schrapnellfeuer. Er strampelte mit den Beinen, brüllte vor Angst und Schmerz.

In der Dunkelheit, die ihn umgab, blitzten Gesichter auf. Sie stierten ihn aus großen, böse funkelnden Augen an – und verschwanden zurück in die Nacht.

Der Kommissar.

Ein Mitschüler.

Doktor Engels.

Seine Mutter.

»HÖRT AUF DAMIT!«

Plötzlich fühlte es sich an, als sei sein Gehirn zu groß für den Schädel. Als würde die Masse immer weiter anschwellen, bis sie seinen Kopf in Fetzen reißen und ihn damit in die Hölle schicken würde. Dass er ein Anrecht auf den Himmel hatte, glaubte Andreas längst nicht mehr.

»Lasst mich in Ruhe, ihr alle!« Sein Atem ging rasselnd und schwer. Das Herz hämmerte in der Brust. Er versuchte um sich zu schlagen, aber das ging nicht, weil –

Weil ich ein Lenkrad festhalten muss?!

Die Kakophonie des Grauens erstarb. An ihre Stelle trat eine einzelne, fest entschlossene Stimme: »Lass uns holen, was uns zusteht!«

Das Licht ging an – und Andreas fand sich in seinem schlimmsten Albtraum wieder. In jener Nacht, die sein Leben für immer verändert hatte.

53

VOLKER

Die vorgezogene Abschiedsparty zog sich für Volker wie Kaugummi. Alle anderen schienen sich allerdings prächtig zu amüsieren. Irgendjemand hatte Musik aufgedreht, es wurde getrunken und gelacht. Selbst der Chef war mittlerweile, nach dem offiziellen Teil, einer grauenhaft schnulzigen Rede, bei mindestens drei Bechern Sekt zu viel angelangt.

Volker stand allein in einer Ecke und tippelte unruhig mit dem Fuß. Wenn er gewusst hätte, was auf ihn wartete, wäre er lieber bei Renate geblieben. Hier war er genauso wenig von Nutzen. Vielleicht noch weniger. Jetzt war die Besuchszeit vorbei.

Ganz toll ...

Er dachte darüber nach, sich von den Kollegen zu verabschieden und ins Büro zu gehen, wo er zumindest noch ein paar Berichte abtippen konnte oder dergleichen. Aber als Ehrengast war es ihm wohl nicht vergönnt, als erster zu verschwinden.

Während er noch überlegte, wie er sich geschickt aus der Affäre ziehen konnte, schwang die Tür auf, und Susi trat ein. Sie hielt eine Akte in der Hand, sah sich um, entdeckte Volker, lächelte und kam näher. »Hey.« Sie hatte sichtlich Mühe, das Stimmengewirr und die Musik zu übertönen. »Ich will dich nicht von deiner Party wegholen, aber ...«

Ein Funken Hoffnung stahl sich in sein Herz. Er deutete zur Tür und hob fragend eine Augenbraue.

Sie nickte dankbar.

Als die beiden den Raum verlassen hatten, machte Susi ein schuldbewusstes Gesicht. »Bitte entschuldige, dass ich störe.«

»Kein Problem. Was gibt's?«

»Bei uns ist ein Mann aufgetaucht, der behauptet, er habe mögliche Hinweise zu einem alten Fall. In der Akte steht, ihr wart damals zuständig.«

Die Hoffnung wuchs. Vielleicht konnte er in seinen letzten Tagen doch noch etwas bewirken.

»Ich kann auch Otto fragen, wenn du —«

»Quatsch. Der hat eh einen im Tee. Ich mach das schon. Worum geht's?«

Sie drückte ihm die Akte in die Hand. »Ein Raubmord in Dahlem. Der Täter wurde gefasst.«

Volker legte die Stirn in Falten. »Neue Hinweise zu einem bereits gelösten Fall?«

Sie zuckte die Achseln. »Scheint so. Herr Mehlich wartet in Raum drei.«

Mehlich. Da klingelte etwas.

Er öffnete die Akte und betrachtete eins der Tatort-Fotos. Es war die Totale eines edlen, aber größtenteils verwüsteten Wohnzimmers mit Marmorboden. Links lag ein umgeworfenes Tischchen vor einer geblümten Chaiselongue und einer geöffneten Terrassentür. Rechts eine blutüberströmte Leiche im Schlafanzug vor einem Kamin. Die Wände waren mit Blut gesprenkelt. Überall lagen Papiere und allerlei Krimskrams herum.

Volker blätterte weiter und entdeckte das Täterfoto. Ein Mann mit pechschwarzen, welligen Haaren und einem Höcker auf der Nase stierte wirr in die Kamera.

Jetzt erinnerte er sich. *Das war dieser Schizophrene, der seinen Chef ermordet hat. Hat man den wieder rausgelassen?*

Missmutig klappte er die Akte zu. Neue Hinweise waren in einem derart glasklaren Fall ganz sicher nicht zu erwarten. Trotzdem war alles besser, als zurück zu der Party zu gehen. »In der Drei, sagst du?«

Susi nickte. »Soll ich mitkommen?«

»Nein, damit komm ich allein klar.« Er drehte sich um und machte sich auf den Weg.

Als er wenig später den kleinen Verhörraum betrat, sprang Mehlich vom Stuhl auf und lächelte. »Ich erinnere mich an Sie. Sie haben meine Tochter gerettet.« Die Haare waren etwas lichter, das Gesicht schmaler geworden.

»Hallo, Herr Mehlich.« Volker nahm auf der anderen Seite des Tisches Platz und bedeutete dem Mann, sich ebenfalls wieder zu setzen. »Was kann ich für Sie tun?«

»Ich habe Sie bei der Gerichtsverhandlung gesehen.«

Er blinzelte perplex. »Bei der Verhandlung?«

Da war er doch gar nicht dabei, weil er ... Wie haben die Ärzte das genannt? Kata-Dingsbums.

»Sie können sich bestimmt nicht an mich erinnern. Ich habe nicht ausgesagt. Saß nur im Publikum.«

Jetzt war Volker völlig verwirrt. Susi musste ihm die falsche Akte gegeben haben. Oder er war in den falschen Raum gelaufen.

Aber das erklärt nicht diese Ähnlichkeit ...

»Jedenfalls würde ich heute gerne mit Ihnen über die Ereignisse von damals sprechen.«

»Ich ... äh ... Wie war noch gleich Ihr Name?«

»Mehlich. Rainer Mehlich. Ich bin Andreas' Bruder.«

Endlich begriff Volker, was hier los war. »Ach so.«

»Meine Frau und ich haben Sandra, also, damals hieß sie noch Amelie, zu uns genommen und adoptiert, nachdem Andreas ...« Er brach ab. »Mittlerweile wohnen wir in Brandenburg.«

»Verstehe. Was kann ich heute für Sie tun?«

»Ich würde gerne mit Ihnen die Ereignisse besprechen, die dazu geführt haben, dass Sandra beinahe ertrunken ist.«

»Haben Sie diesbezüglich neue Informationen?«

Mehlich zögerte, schien mit sich zu ringen. »Ich würde gerne wissen«, sagte er schließlich, »ob es Spuren gab, die darauf hindeuteten, dass ... es kein Unfall war.«

Volker entging nicht, dass er die Frage unbeantwortet gelassen hatte. Trotzdem ließ er es vorerst dabei bewenden. »Eher im Gegenteil. Alles deutet darauf hin, dass das Mädchen in den Teich gefallen ist.«

»Wie kommen Sie darauf?«

»In den frühen Morgenstunden hat es geregnet. Die Erde im Garten hinter dem Haus Ihres Bruders war völlig aufgeweicht. Wenn er sie in den Teich gestoßen hätte, dann hätten wir Abdrücke seiner Schuhe finden müssen.«

»Und Sie haben auch wirklich ganz genau gesucht?«

Volker stöhnte. »Herr Mehlich. Wollen Sie mir nicht einfach sagen, was los ist?«

Der Mann wandte den Kopf zum Fenster und blickte hinaus. Draußen tobte noch immer das Unwetter. Durch das Geräusch des Niederschlags, den der Wind gegen die Scheibe peitschte, konnte Volker ihn kaum verstehen, als er flüsterte: »Sandra träumt davon. Sie träumt von Tommy.«

Wie bitte?!

Instinktiv zuckte Volker zurück, sammelte sich aber sofort wieder. »Wie darf ich das verstehen?«

»Es sind nur Bruchstücke, glaube ich. Aber sie kann Tommy genau beschreiben.«

»Herr Mehlich, wir haben diesen angeblichen Mittäter monatelang gesucht. Haben mit den Nachbarn gesprochen, die Skizze seines Gesichts veröffentlicht, jede Möglichkeit ausgeschöpft, die uns zur Verfügung stand. Niemand hat den Mann je gesehen.«

»Ich weiß.« Erst jetzt sah sein Gegenüber ihn wieder an. »Ich hab das alles ja auch für ein Hirngespinst von Andreas gehalten. Aber wie erklären Sie sich dann, dass Sandra Tommy beschreiben kann?«

»Vielleicht hat sie die Zeichnung von damals im Internet gefunden. Haben Sie ihr von den Hintergründen der Adoption erzählt?«

»Ja«, gab Mehlich kleinlaut zu.

Volker stand auf. Er bedauerte den Mann. Gleichzeitig ärgerte er sich über sich selbst, weil er der Hoffnung erlegen war, doch noch einen Fall lösen zu können. Das hier war nichts als Mumpitz. »Ich kann Ihnen versichern, dass das Mädchen nicht in den Teich gestoßen wurde. Weder von Ihrem Bruder, noch von jemand anderem.«

Mehlich erhob sich ebenfalls, wollte sich aber offenbar noch nicht ganz geschlagen geben. »Ja, aber —«

»Sie war erst achtzehn Monate alt«, unterbrach Volker sofort. »Ich bin kein Experte, aber ich bezweifle, dass das kindliche Gedächtnis in diesem Stadium überhaupt so weit entwickelt ist, dass es solche Dinge abspeichern und Jahre später korrekt wiedergeben kann.«

Mehlich machte ein Gesicht, als habe er ihm eine Ohrfeige verpasst. Dann wirkte er plötzlich unsagbar erleichtert.

»Es tut mir leid, aber ich muss jetzt gehen.« Volker wandte sich zur Tür. Ehe er den Raum verließ, drehte er sich aber doch noch einmal um. »Ach, und ... Sie wohnen in Brandenburg, sagen Sie?«

»In Brachwitz. Das gehört zu Treuenbrietzen.«

Er hatte beide Namen noch nie gehört und ging daher davon aus, dass es sich um eine eher ländliche Gegend handelte. »Dann würde ich Ihnen raten, sich heute Nacht ein Hotel hier in Berlin zu nehmen. Wenn man dem Wetterbericht glauben darf, soll der Sturm noch einige Stunden lang toben – und wer weiß, welchen Schaden er anrichtet.«

54

SANDRA

Die Ablenkung tat ihr gut. Sandra atmete ruhig und gleichmäßig. Ihr Kopf lag auf Fynns Brust. Er hatte den Arm um sie geschlungen. Sie spürte seine Wärme, seine Zuneigung. Zum ersten Mal, seit alles aus den Fugen geraten war, fühlte sie sich sicher und geborgen. Fynn war ihr Rettungsanker in all dem Chaos. Der einzige Mensch, dem sie noch vertraute.

Auf dem TV-Bildschirm startete gerade eine weitere Folge ihrer Lieblingsserie. Die Hauptcharaktere packten ihre Koffer für eine lange Reise. Alle waren glücklich und gelöst. Freuten sich darauf, dem Alltag zu entfliehen.

»Was hältst du davon, wenn wir das auch machen?« Sie griff nach der Fernbedienung und drückte die Pause-

Taste. Eine hübsche Brünette gefror in der Bewegung, ein breites Grinsen ins Gesicht gefräst.

Fynn sah sie irritiert an. »Du willst in den Urlaub fahren? Nach Mexico?«

»Nein, kein Urlaub.« Sandra setzte sich auf. »Und auch nicht unbedingt Mexico, aber ... können wir nicht einfach von hier weggehen?«

Er lächelte gequält. »Was ist mit der Schule? Du hast in ein paar Wochen Prüfungen.«

»Die hassen mich alle! Und wer braucht schon Abi?! Ich werde mir einfach einen Job suchen. Wir sind nicht an die Gegend gebunden, du kannst überall als Schreiner arbeiten. Wo wolltest du immer schon mal hin?«

»Schatz, das klingt überhaupt nicht nach dir ...«

»Ich fänd ja Paris total spannend. Oder London.« Sie konnte es vor sich sehen. Eine kleine, schnucklige Wohnung, irgendwo im Herzen einer Großstadt. Weit weg von hier.

Fynn schüttelte den Kopf. »Sei nicht albern.«

Das Fantasiegebilde brach in sich zusammen. Plötzlich wurde Sandra wieder misstrauisch. »Hältst du mich also doch für durchgeknallt?«

»Nein«, sagte er, ohne zu zögern, und sie konnte in seinen Augen sehen, dass er es so meinte.

»Warum willst du dann nicht mit mir weggehen?!«

Das Handy in Fynns Rucksack begann zu vibrieren, aber er ignorierte den Anruf. »Ich mache mir nur Sorgen, dass du ... vor dir selbst davonlaufen willst. Du wolltest Abi machen, studieren und dann als Street Workerin in

Berlin arbeiten! Das war immer dein Wunsch, und ich will nicht, dass du ihn aufgibst!«

»Ja, aber ... alle halten mich für irre!«

Er nahm ihre Hand und drückte sie fest. »Dann musst du ihnen beweisen, dass das nicht stimmt.«

Was, wenn doch?!

Sie traute sich nicht, die Frage laut auszusprechen, aber er schien sie in ihrer Mimik zu lesen.

»Du hast unglaublich viel mitgemacht in letzter Zeit. Erst der Angriff dieses Nachbarn, dann die Sache mit der Adoption. Gleichzeitig paukst du fürs Abi. Es ist doch völlig normal, dass man da durcheinandergerät!«

»Meinst du?«

»Auf jeden Fall! Als meine Mutter damals gestorben ist, war ich auch völlig durch den Wind.«

»Da warst du gerade mal vier!«

»Na und? Meinst du als Erwachsener wird einem nicht auch manchmal alles zu viel?!«

Sie schwieg.

»Schatz, ich weiß, dass du es gerade sehr schwer hast, aber es geht vorbei. Es ist nichts. Nur ein böser Traum.«

Vielleicht hat er recht ... Es ist der Stress, mehr nicht.

Wieder vibrierte das Handy.

»Willst du nicht drangehen?«

Fynn grinste verschmitzt. »Wieso? Nichts kann so wichtig sein wie du.« Er zog sie zu sich und nahm sie fest in die Arme. »Und jetzt lass uns weiterschauen. Ich will wissen, was in Mexico passiert.«

Sandra gab nach und griff zur Fernbedienung.

55

ELISA

Ein Geräusch riss sie aus dem Schlaf. Sie wusste nicht, was es gewesen war. Nur, dass es ihr Unterbewusstsein erschüttert hatte.

Vielleicht hat Sandra mal wieder im Schlaf geschrien.

Elisa tastete im Dunkeln auf die andere Seite der Matratze, suchte nach Rainer, bekam aber nur mit Stoff umhüllte Daunen zu fassen. Erinnerte sich, dass er weg war. In Berlin. In einem Hotel.

Sie schaltete die Nachttischlampe ein und setzte sich auf. Hörte nichts als leises Schnarchen aus dem Nebenzimmer. Selbst der Sturm, der bis spät in den Abend draußen gewütet hatte, schien sich gelegt zu haben.

Wahrscheinlich habe ich mir das Geräusch nur eingebildet.

Ihr Puls verlangsamte sich. Trotzdem wollte sie sichergehen. Sie schlug die Decke beiseite, stand auf und trat ans Fenster. Der Garten und die dahinterliegenden Felder waren nur schemenhaft zu erkennen. Fahles Mondlicht verlieh dem Ganzen einen blau-grauen Schimmer.

Einige Minuten lang blieb Elisa stehen und lauschte. Doch alles blieb still. Irgendwann gab sie auf, schalt sich selbst eine Närrin und ging wieder ins Bett.

56

ANDREAS

Andreas umklammerte das Lenkrad wie einen Rettungs-ring. Ein verschwommenes Meer aus Lichtern schoss am Fenster des Wagens vorbei.

»Wenn wir da sind«, sagte Tommy, »brichst du die Vordertür auf. Ich gehe hinten rum.«

»Wieso das?«

»Damit keiner entwischt und die Polizei ruft.«

Andreas wurde plötzlich unwohl. Vielleicht war die ganze Sache doch keine so gute Idee. »Hast du nicht gesagt, die van Hautens sind nicht zuhause?«

»Ganz ruhig. Das ist nur eine Vorsichtsmaßnahme.«

Er lenkte den Wagen um eine Kurve. Das Ziel rückte ins trübe Scheinwerferlicht. Es war zu spät, jetzt einen Rückzieher zu machen. Er wollte nicht wie ein Feigling dastehen.

Er parkte am Straßenrand, stellte den Motor aus, ließ den Schlüssel aber, wie vereinbart, stecken und sah zu Tommy auf den Beifahrersitz hinüber.

Sein Freund schlüpfte in schwarze Handschuhe aus Leder und zog sich eine Sturmhaube über. »Startklar?«

Andreas tat es ihm gleich und nickte.

Jetzt sind wir schon hier ...

»Dann los.«

Die beiden stiegen gleichzeitig aus und ließen die Wagentüren, um Lärm zu vermeiden, einen Spaltbreit offenstehen. Die Innenbeleuchtung war ausgeschaltet.

Tommy huschte voran. Er hielt sich am Rande des Grundstücks, entfernte sich immer weiter und verschwand schließlich in der Dunkelheit.

Mit einem mulmigen Gefühl in der Magengegend, machte sich nun auch Andreas auf den Weg. Wie vereinbart, ging er über den Gartenweg direkt auf die Villa zu. Etwa auf halber Strecke flammte plötzlich die Außenbeleuchtung auf. Er blieb abrupt stehen, blickte sich nach allen Seiten um, konnte aber keine Menschenseele entdecken.

Erst zögerlich, dann immer schneller ging er weiter. Im Eingangsbereich angekommen, sah er sich noch einmal um. Die Straße war vollkommen verlassen, die Nachbarshäuser dunkel.

Also öffnete er die Jacke, zog den Hammer aus der Innentasche, holte aus und hieb die Spitze gegen das Glas, das als Sichtfenster in die Tür der van Hautens eingelassen war. Es barst nach innen weg. Er packte das Werkzeug zurück und steckte die behandschuhte Hand in das Loch, wo gerade noch die Scheibe gewesen war. Innerhalb weniger Augenblicke schaffte er es, den Schließmechanismus zu entsichern, die Klinke hinunterzudrücken und sich so Zugang zu verschaffen.

Andreas machte einen Schritt über die Scherben, die auf dem Marmorboden verstreut lagen, und zog anschließend eine Taschenlampe aus der Jacke hervor. Dem

Eingangsbereich schenkte er keine Beachtung. Stattdessen ging er zielsicher durch den überdimensionierten Rundbogen ins Wohnzimmer, um die Terrassentür zu öffnen.

Ein kalter Luftzug ließ ihn schaudern. Doch kaum, dass sein Freund die Villa ebenfalls betreten hatte, fühlte er sich besser. Tommy wusste, was zu tun war. Er hatte alles im Griff. Immer.

Jetzt zeigte er erst auf seine Brust, und machte dann eine Geste, die diesen Raum umfasste. Anschließend bedeutete er Andreas, im angrenzenden Arbeitszimmer zu suchen. Er wartete die Reaktion nicht ab, sondern legte sofort los. Die Anweisung war kein Vorschlag, sondern ein Befehl.

Andreas gehorchte und machte sich drüben ans Werk. Sein erstes Augenmerk galt dem mannshohen Tresor. Der war natürlich verschlossen und mit einer Zahlenkombination gesichert. In einem Film hatte Andreas einmal gesehen, dass Hauseigentümer den Code für den Safe auf der Rückseite eines Gemäldes notiert hatten. Er sah sich um, entdeckte tatsächlich ein Bild an der Wand und riss es herunter. Doch obwohl er den Strahl der Taschenlampe mehrmals auf jede einzelne Stelle richtete, konnte er nichts entdecken.

Den Geräuschen nach zu urteilen, die aus dem Wohnzimmer zu ihm herüberdrangen, zog Tommy Schubladen aus ihrer Halterung und kippte den Inhalt auf den Boden. Andreas tat es ihm gleich, durchwühlte den Schreibtisch – und musste sich zusammenreißen, um nicht plötzlich laut loszulachen. Auf der Tischplatte lag eine kleine, schwarze Box, die er eigentlich schon beim Betreten des Raums hätte bemerken müssen. Den Deckel zierte das Logo eines weltbekannten, hochpreisigen Schmuckherstellers. Als er ihn aufklappte, entfuhr ihm beinahe ein Jauchzen. Zwei diamantene Ohrringe funkelten im Licht der Taschenlampe.

Das Poltern im Wohnzimmer wurde jäh unterbrochen.

»Ich rufe die Polizei!« Die Stimme seines Chefs, kein Zweifel.

Andreas erstarrte. Er saß in der Falle.

Tommy fluchte. Dann folgte neuerliches Poltern und Scheppern und ein eigenartiges Ratschen. Jemand schrie. Es klang nicht wie ein Mensch, eher wie ein verwundetes Tier, aber das konnte nicht stimmen.

Andreas' Herz raste.

Er hörte ein Keuchen und Stöhnen. Das seltsame Ratschen wiederholte sich. Mehrmals. Ein Poltern. Und ein Klirren. Leise Schritte. Dann herrschte Stille.

Endlich löste sich seine Schockstarre. Was auch immer gerade geschehen war, er musste hier weg. Sich so schnell und so weit wie möglich von dieser Villa entfernen. Er umrundete den Schreibtisch, schlich ins Wohnzimmer – und blieb wie angewurzelt stehen.

Im Strahl der Taschenlampe sah er Horst van Hauten auf dem Marmorboden vor dem Kamin liegen. Sein Schlafanzug war über und über mit Blut bedeckt. Tiefe Löcher klafften in Brust und Bauch. Aus einem hing eine Darmschlinge heraus.

Blankes Entsetzen erfasste Andreas, als er bemerkte, dass sich der Brustkorb des Mannes nach wie vor hob und senkte. Die Augen waren geöffnet. Stierten ihn an. Van Hauten röchelte.

»Tommy, was hast du getan?!« Jetzt war alle Vorsicht vergessen. Er riss sich die Strumpfmaske vom Kopf, stopfte sie in die Jacke, stürzte auf den Mann zu und beugte sich über ihn.

»Gaaaaarh.« Der Sterbende riss den Arm hoch und packte ihn am Handgelenk.

Andreas wehrte sich nach Leibeskräften, zog, zappelte und hieb mit der Taschenlampe auf die Hand seines Chefs ein. Endlich gelang es ihm, sich dem Klammergriff zu entreißen.

Es klackerte leise. Gleichzeitig sackte Van Hautens Arm auf den Boden zurück. Er stöhnte noch einmal. Dann schloss er die Augen. Die tiefrote Lache um seinen Körper wurde größer und größer.

Wie in Trance taumelte Andreas rückwärts. Erst jetzt bemerkte er den Schürhaken, der neben dem Mann lag. Die Spitze glänzte feucht.

Er blieb stehen, konnte den Blick einfach nicht abwenden. Er hörte das Blut durch seinen Schädel rauschen. Der Körper wurde ganz taub.

»Laaaaauf«, brüllte die Stimme, die immer erwachte, wenn er Hilfe brauchte.

Andreas gehorchte.

57

VOLKER

Der Wecker klingelte um Punkt fünf Uhr dreißig. Wie jeden Morgen. An Werktagen und am Wochenende. Seit mehr als vierzig Jahren.

Volker schaltete den Alarm aus und hievte sich aus dem Bett. Er hatte unruhig geschlafen, von Renate und alten Fällen geträumt, war immer wieder aufgewacht und drei Mal aufgestanden, um auf die Toilette zu gehen. Jetzt fühlte er sich hundeelend.

Während er sich ins Bad schleppte, begann das rechte Bein schmerzhaft zu pochen. Er musste es sich bei seinem gestrigen Beinahe-Sturz vor dem Revier ordentlich verdreht haben. Die Gelenke fühlten sich geschwollen und irgendwie matschig an.

Volker stellte sich vors Waschbecken, stützte sich mit beiden Händen am Rand ab und betrachtete den alten Mann im Spiegel. Er hatte dicke, blutunterlaufene Tränensäcke und tiefe Falten. Die Mundwinkel hingen herab. Die Haut war aschfahl. Graue Haare standen wirr in alle Richtungen ab. Zu allem Überfluss war er gestern zu faul gewesen, nach einem frischen Schlafanzug zu suchen, weshalb er jetzt nichts als ein weißes Feinripp-Unterhemd am Oberkörper trug.

Um Himmels willen ...

Volker wandte sich angewidert ab. Dieser Mann wollte er nicht sein.

Nachdem er geduscht, sich angezogen und zurechtgemacht hatte, ging es ihm etwas besser. Er humpelte die Treppe hinunter und in die Küche hinein, wo er sich Kaffee und eine ordentliche Portion Rührei zubereitete. Renate hatte vor Jahren aufgehört, regelmäßig zu essen. Deshalb war er es mittlerweile gewohnt, für sie beide zu kochen.

Er setzte sich an den Tisch. Allein. Die alte Standuhr tickte laut in der Stille. Von draußen drang gedämpft Verkehrslärm zu ihm herein. Plötzlich hatte er keinen Hunger mehr. Der blassgelbe Berg auf dem Teller widerte ihn geradezu an.

Missmutig stemmte sich Volker vom Stuhl hoch, nahm die Kaffeetasse und humpelte damit zum Fenster. Schnee rieselte in zarten Flocken in den Vorgarten. Das Gras war unter einer weißen Decke verschwunden. Eiskristalle bedeckten die Zweige des alten Apfelbaums, an dessen dickstem Ast eine Reifenschaukel baumelte.

Sie zeugte von einer weit entfernten Zeit, in der das Haus von Glück und Liebe erfüllt gewesen war. Vom Duft nach Plätzchen oder Gegrilltem. Von Spielzeug und Schulheften. Von Kinderlachen und dem Surren der Nähmaschine. Volker schauderte.

Er ging zum Telefon, rief im Krankenhaus an und vergewisserte sich, dass es Renate den Umständen entsprechend gut ging. Die Einschätzung des Mediziners blieb dieselbe: »Sie können im Moment nichts für sie tun.«

Noch während er den Hörer in die Ladestation steckte, entschied Volker, dass er nicht hierbleiben und abwarten konnte. Die Stille des Hauses, das Gefühl des Kontrollverlusts, die Ausweglosigkeit der Situation. Das alles würde ihn unvermeidlich in den Wahnsinn treiben, wenn er sich keine Aufgabe suchte.

Er würde aufs Revier fahren. Dienstplan hin oder her. An einem Sonntag konnten die Kollegen doch immer Unterstützung gebrauchen.

Als er kurz darauf, dick eingepackt, durch den Schnee zu seinem Wagen humpelte, begleitete ihn das Bild des grässlichen Alten, den er heute Morgen im Spiegel entdeckt hatte.

58

SANDRA

Sie erwachte genau so, wie sie am Abend zuvor eingeschlafen war. Eingekuschelt in Fynns Arm, die Wange an seine Brust geschmiegt. Der TV-Bildschirm war jetzt allerdings schwarz. Er musste sich irgendwann von allein ausgeschaltet haben. Bis auf das leise Schnarchen ihres Freundes, war es vollkommen still.

Wie schön.

Sandra hob den Kopf, blinzelte ins trübe Licht des Wintermorgens und streckte die Glieder. Die Muskeln schmerzten, als sei sie in der Nacht einen Marathon gelaufen. Sollte sie wieder geträumt haben, konnte sie sich nicht daran erinnern.

Das Handy in Fynns Rucksack begann zu vibrieren. Er regte sich nicht.

Sie schloss die Augen, versuchte den plötzlichen Druck auf der Blase zu ignorieren und wieder einzuschlafen, aber es klappte nicht. Widerwillig schlug sie die Decke zurück und stand auf.

Fynn grummelte leise.

Das Handy vibrierte weiter.

Sandra tapste aus dem Zimmer hinaus und ins Bad. Sie erleichterte sich, wusch die Hände und putzte sich anschließend die Zähne. Mundgeruch am Morgen war schließlich so gar nicht sexy.

Als sie wieder in den Flur trat, hörte sie Fynn reden. »Nein, ich hab doch gesagt, dass ich nicht –« Stille. Er schien zu telefonieren. »Ja, das weiß ich, aber –«

Für einen kurzen Moment blieb Sandra unschlüssig stehen. Sie wollte ihn nicht stören. Zumal das Gespräch alles andere als angenehm klang.

»Jaaa, ist ja gut. «

Sie setzte sich wieder in Bewegung. Es war schließlich ihr Zimmer. Außerdem hatten sie keine Geheimnisse voreinander.

»Ja, ich komme«, sagte er gerade, als sie den Raum betrat. Dann legte er auf, warf das Smartphone in den

Rucksack und verdrehte entnervt die Augen. »Mein Dad. Ich soll ihm bei etwas helfen.«

Sie runzelte die Stirn. »Jetzt sofort? Das fällt ihm aber früh ein. Kann er nicht jemand Anderen fragen?«

»Er hat es wohl gestern schon die ganze Zeit bei mir versucht.« Er zog ein schuldbewusstes Gesicht, klaubte die Jeans vom Boden auf und schlüpfte hinein.

»Aber —« Sie brach ab. Es war egoistisch und dumm, Fynn nicht gehen zu lassen. Seinen Erzählungen zufolge, hatte er nie ein sonderlich gutes Verhältnis zu seinem Vater gehabt, obwohl der ihn allein großgezogen hatte. Erst in den vergangenen Monaten hatten die beiden angefangen, sich wieder anzunähern.

»Ich bin sicher, du verstehst das.«

Missmutig dachte Sandra an Papa und Elisa und an den gestrigen Abend zurück. »Ja ...«

Ihr Freund nahm sie in die Arme und drückte ihr einen Kuss auf die Stirn. »Ich komme danach wieder her, versprochen. Es dauert nicht lange.« Er löste sich von ihr, suchte nach seinem Pullover und entdeckte ihn schließlich auf der Lehne des Schreibtischstuhls.

Während er hineinschlüpfte, kämpfte Sandra gegen das beklemmende Gefühl an, das sich unaufhaltsam in ihr breit machte. Sie durfte sich jetzt nicht schon wieder benehmen wie ein Baby. Fynn hatte recht. Wenn sie beweisen wollte, dass sie nicht durchgeknallt war, musste sie sich zusammenreißen.

Es ist nichts. Nur ein böser Traum.
Ich bin nicht wie dieser Andreas!

Sie atmete ein paar Mal tief durch.

»Alles wird gut, mein Schatz.« Fynn, der inzwischen auch Sneakers trug, sah sie besorgt an. »Du machst dir jetzt einen schönen Vormittag, und ehe du dich versiehst, bin ich wieder da. Dann reden wir nochmal ganz in Ruhe mit deinen Eltern.«

Sie nickte tapfer. »Fahr vorsichtig.«

Er gab ihr einen langen, ausschweifenden Kuss, bevor er sich den Rucksack schnappte und ihr Zimmer verließ.

Sandra hörte, wie er die Treppe hinunterging. Ein Rascheln und Ratschen, als er die Jacke an- und den Reißverschluss zuzog. Kurz darauf fiel die Haustür leise ins Schloss.

Sie trat ans Fenster und sah, dass alles von einer Schneedecke eingehüllt war. Dunkle Schuhabdrücke durchbrachen die weiße Oberfläche. Sie führten wie eine gestrichelte Linie auf den blauen Fiat zu, den Fynn sich, einige Tage nachdem der Seat damals verreckt war, von seinen letzten Ersparnissen gekauft hatte.

Hoffentlich kommt er mit dem klapprigen Ding überhaupt in Berlin an ...

Sandra überlegte, ob sie ihm anbieten sollte, mit ihrem Wagen zu fahren, aber es war bereits zu spät. Fynn stieg ein, startete den Motor und brauste davon.

Sie beruhigte sich mit dem Gedanken, dass er ein guter Fahrer war, als ihr plötzlich das Knallen der Haustür in den Sinn kam, das die beiden gestern Abend noch einmal aufgeschreckt hatte.

Das bedeutet ... na toll.

Papas Audi stand nicht in der Einfahrt. Wo auch immer er nach dem Streit mit Elisa hingefahren war, er war nicht zurückgekehrt.

Mit einem mulmigen Gefühl in der Magengegend wandte sie sich vom Fenster ab, durchquerte den Raum und lauschte. Sie hatte Glück. Im Haus war es totenstill. Ihre Adoptivmutter schien noch zu schlafen.

So leise wie möglich ging Sandra zum Schrank, holte frische Klamotten heraus und zog sich an. Dann schlich sie in den Flur und die Stufen ins Erdgeschoss hinab.

In der Küche angekommen, schaltete sie die Kaffeemaschine ein, nahm ein Päckchen Nassfutter aus dem Schrank und sah sich nach Mister Hyde um. Er lag nicht auf der Eckbank, wie sie es erwartet hatte.

»Pspsps.«

Auch im angrenzenden Wohnzimmer konnte sie ihn nirgends entdecken.

Eigenartig. Elisa wird ihn doch gestern nicht in den Sturm hinausgejagt haben?! So herzlos könnte doch nicht einmal sie – Doch!

Fassungslos starrte Sandra durch die Scheibe der Terrassentür. Ganz hinten im Garten, auf einem der Stühle im Freisitz, lag der Kater.

Sie riss die Tür auf. »Pspsps.«

Hyde regte sich nicht.

Er wird doch nicht ...

Von einer plötzlichen, irrationalen Angst erfasst, stürzte Sandra los, über die eiskalten Fliesen und in den Schnee. Schon nach wenigen Schritten waren ihre Socken völlig durchweicht, die Füße eiskalt. Trotzdem lief sie weiter.

Das graue Fellbündel bewegte sich noch immer nicht. Aus seiner Flanke ragte etwas nach oben hervor. Der untere Teil glänzte silbrig.

Nein! Das darf nicht das sein, wofür ich es halte!

Sie stolperte auf die Holzpanelen des überdachten Freisitzes – und blieb abrupt stehen. Die grausige Gewissheit schnürte ihr die Kehle zu.

Rund um den flauschigen Körper herum, hatte sich das Polster des Liegestuhls tiefrot verfärbt. Auch an der Nase des Tiers klebte getrocknetes Blut. Die Zunge hing aus dem Maul heraus. Der Bauch war längs aufgeschlitzt worden. Ein Teil des Darms quoll aus dem Schnitt hervor. In einer weiteren, großen Wunde zwischen den Rippen steckte ein Küchenmesser.

»Mister Hyde!« Sandra fiel auf die Knie, wiegte den Oberkörper vor und zurück. »Bitte, das darf nicht wahr sein! Wach auf!« Sie würgte trocken. Ihr Rachen brannte. Ein unerträglicher Druck breitete sich in ihrem Schädel aus. Einzelne Bilder schossen durch ihren Verstand. Gras. Eine Art Gatter. Nasses, dunkelbraunes Fell. Plötzlich wusste sie nicht mehr, was real war, und was nicht.

Sie kommt ganz nach ihrem Vater, hörte sie Elisa zischen. Sie presste sich die Hände auf die Ohren. Alles drehte sich um sie herum – *Denk doch nur, was sie mit dem armen Meerschweinchen gemacht hat!* – und blieb mit einem Ruck stehen. *Diesmal müssen wir sie einweisen lassen!*

Sandra erfasste blinde Panik, als ihr schlagartig klarwurde, wie das alles aussehen musste. Der tote Kater. Das Messer. Ihre Spuren im Schnee.

Nein! Niemand darf das sehen!

Sie rappelte sich auf. Musste den Leichnam beseitigen, bevor –

»Du verdammte Irre, was hast du getan?!«

59

ELISA

Ich hab's gewusst! Ich hab es immer gewusst!

Elisa rannte in Hausschuhen durch den Schnee.

Es ist genau wie damals!

»Ich ... ich könnte doch nie«, stammelte Sandra.

Jetzt hatte Elisa sie erreicht und packte ihren Arm. »Lüg mich nicht an, verdammt nochmal!«

»Nein, hör doch zu –«

»Sag mir, wieso!« Eine Mischung aus Enttäuschung, Verzweiflung und Angst brachte Elisas Stimme zum Zittern. »Was hat er dir getan? Wieso tust du uns das an?«

»Bitte, ich ... ich hab keine Ahnung ...« Sandra begann zu weinen. Sie zappelte, versuchte sich loszureißen. »Ich war das nicht!«

Elisa verstärkte den Griff um ihr Handgelenk. Sie hatte sich lange genug von Rainers Gequatsche einlullen lassen. Von seiner Vorstellung der perfekten Familie. Dabei hatte sie immer geahnt, wie es mit dem Mädchen enden würde. Es würde keine weitere Chance geben. »Ich bringe dich zu einem Psychiater.«

»Oaaaar, du kannst mich mal!«

Es gab einen Ruck, und plötzlich hatte sie nichts mehr zwischen den Fingern.

Sandra wirbelte herum und rannte davon, ehe Elisa überhaupt begriff, was passiert war.

Scheiße!

Sie nahm die Verfolgung auf. »Warte, lauf nicht weg! Du brauchst Hilfe!«

Das Mädchen war schnell, aber sie blieb dicht dran. Ihr Herz pochte wie wild. Sie war wütend, hatte gleichzeitig ein schlechtes Gewissen, dass sie nicht früher etwas unternommen hatte. Dann wäre der Kater wohl noch am Leben. Sandra musste in Behandlung.

Elisa schloss bis auf einen Meter zu ihr auf, streckte den Arm aus, berührte schon beinahe den Stoff ihres Pullovers – und stolperte über ihren eigenen Hausschuh. Sie segelte durch die Luft und knallte der Länge nach in den Schnee.

Als sie den Kopf hob, sah sie gerade noch, wie Sandra im Haus verschwand. Sie ignorierte den Schmerz, rappelte sich auf und rannte wieder los. Über die Terrasse, durch die Küche, in den Flur. Die Tür am anderen Ende stand offen.

In der Auffahrt kramte Sandra in einer Tasche, die sie sich von der Garderobe geschnappt haben musste.

»Warte, wir können doch darüber reden!«

Das Mädchen entriegelte das Auto, sprang hinein, startete den Motor und setzte zurück.

Atemlos blieb Elisa stehen.

Rainers silberner Audi kam die Straße entlang.

Der Polo brauste in die andere Richtung davon.

60

ANDREAS

Tommy war da! Er hat van Hauten umgebracht, nicht ich!

Andreas riss die Augen auf – und glaubte in einem weiteren Albtraum gefangen zu sein. Er starrte direkt auf eine Betonfläche in grellem Pink, an der eine halbkugelförmige Kamera angebracht war.

Dauerüberwachung ... na toll.

Sein Herz machte einen Satz, das Hirn schickte erste Impulse durch die lahmen Gliedmaßen. Bewegen konnte er sie nicht. Nur der Kopf ließ sich vorsichtig und unter Aufwendung aller Kraft ein Stück drehen.

Jetzt sah er, dass Wände und Boden des Raums in demselben widerwärtig schrillen Farbton gehalten waren.

Außerdem gab es eine geschlossene und mittig mit zwei Klappen versehene Metalltür, ein kleines Waschbecken und eine Toilette. Alles pink. Schrecklich pink. Der Sehnerv war überfordert, schmerzte beinah.

Iso, dämmerte es Andreas langsam. *Engels hat mich wegsperren lassen.*

Schweiß rann über seine Stirn, obwohl er gleichzeitig fröstelte. Der Mund schien mit Sand gefüllt. Er hustete trocken.

Was zum Teufel hat er mir gespritzt?!

Er fühlte sich schummrig. Wie beschwipst. Lag auf dem Rücken wie ein Käfer, konnte aber nicht einmal strampeln. Stattdessen begannen die Beine zu kribbeln, als würden Tausende von Ameisen darüber wuseln und sich an seinem Fleisch laben. Er versuchte, danach zu schlagen, aber die Arme blieben wie tot auf der Matratze liegen.

Scheiße!

Der Schädel wummerte im Takt eines unhörbaren Basses, schickte Schmerzwellen die Wirbelsäule hinab. Tränen und Rotz rannen über Andreas' Gesicht.

Wie bin ich hierhergekommen?

Er erinnerte sich vage an einen Rollstuhl. Daran, wie er unter viel zu hellen Neonröhren hindurchgeschoben wurde. Man hatte ihn hergebracht, weil –

»Ich habe eine Stimme gehört. Vorhin in der Toilette.«

Plötzlich stand ihm das Chamäleon wieder deutlich vor Augen. Er sah, wie sich der kleine Kerl vor ihm aufbaute. Hörte, wie er Tommys Worte wiedergab.

*»Hast du wirklich geglaubt, dass du mich so einfach loswirst?
Ich gehe nicht weg. Nie wieder.«*

Nur langsam setzte Andreas' malträtiertes Hirn die Fakten zusammen. Er rief sich die Szene auf der Toilette zurück ins Gedächtnis.

Cammy muss im Flur, direkt vor oder irgendwo neben der Tür, gestanden haben. Ich saß auf dem Klositz und –

Er unterdrückte einen Schrei.

Die Pantoffeln in der anderen Kabine!

Blankes Grauen jagte ihm durch Mark und Bein.

Tommy ist hier! Hier in der Klinik!

Ein metallisches Schaben erklang.

Andreas riss den Kopf herum.

61

VOLKER

Er hatte sich gerade einen frischen Kaffee geholt und begonnen, einen weiteren, alten Bericht ins System zu übertragen, als das Telefon klingelte. Interne Nummer. Dankbar für die Ablenkung von der Tristesse, hob Volker ab. »Jansen?«

»Ich habe diesen Mehlich am Telefon, mit dem du gestern gesprochen hast«, sagte Susi, sachlich und ohne

Begrüßungsfloskel. Wahrscheinlich saß sie gerade an einem bedeutenden Fall. »Darf ich ihn dir durchstellen?«

Obwohl Volker keine Ahnung hatte, ob er mit seiner Vermutung richtig lag, verspürte er sofort einen Anflug von Neid. Ihm drückte man nur noch Mumpitz wie diesen aufs Auge. »Ja«, sagte er trotzdem, »stell ihn durch.« Besser als schnöde Berichte abzutippen war so ein Telefonat allemal.

Es klackte in der Leitung.

Er gähnte. »Jansen?«

»Herr Jansen, gut, dass ich Sie erreiche«, schnatterte Mehlich los. In seiner Stimme schwang nackte Angst. »Meine Tochter. Sie ist weg. Wir müssen sie dringend finden!«

Volker dachte an das Mädchen im Teich zurück und war plötzlich hellwach.

»Sie geht nicht an ihr Handy, und bei ihrer besten Freundin ist sie auch nicht. Wir denken, dass sie zu ihrem Freund nach Berlin will. Ich habe keine Adresse und keine Telefonnummer, aber ich kann Ihnen das Kennzeichen seines Autos geben.«

Er schnappte sich Block und Stift und schrieb mit, was der Mann diktierte.

»Es ist ein schwarzer Seat und —« Mehlich brach ab. Im Hintergrund hörte Volker eine Frau murmeln. »Ach, äh, Moment, nein. Er fährt jetzt ein anderes Auto. Einen blauen Fiat. Ob er die Nummernschilder auch gewechselt hat, weiß ich nicht.«

»Das finde ich schon raus. Wie heißt er denn?«

»Fynn. Fynn Gruner.«

Volker notierte sich den Namen. »Wie lange ist Ihre Tochter bereits verschwunden?«

»Sie ist vor einer Dreiviertelstunde hier losgefahren.«

Er stutze. »Sagten Sie gerade ›gefahren‹?«

»Ja, mit ihrem Polo. Da kann ich Ihnen auch —«

»Herr Mehlich, wie alt ist Ihre Tochter?« Volker legte den Stift weg. Er kannte die Antwort bereits.

»Achtzehn, aber sie —«

»Sag ihm, dass sie verrückt ist«, unterbrach die Frau im Hintergrund, diesmal so laut, dass Volker sie verstehen konnte.

»Hat sie eine diagnostizierte Erkrankung?«

Stille am anderen Ende der Leitung.

»Herr Mehlich?«

»Nein. Sie ist nicht verrückt, sie ist nur ...«

»Herr Mehlich, es tut mir leid, aber in diesem Fall kann ich nichts für Sie tun. Ihre Tochter ist volljährig und aus freien Stücken weggefahren, wie Sie selbst sagten. Wenn keine Gefahr für Leib und Leben vorliegt —«

»Hören Sie«, unterbrach ihn der Mann ganz aufgebracht. »Es hat einen ... Zwischenfall gegeben. Hier bei uns. Unser Kater wurde ermordet.«

»Sie hat ihn umgebracht«, rief die Frau im Hintergrund, »sag es, wie's ist!«

»Ihre Tochter hat eine Katze umgebracht?«, hakte Volker verwirrt nach.

»Nein, das hat sie nicht! Elisa, jetzt lass mich doch — Einen Moment bitte.«

Er hörte ein Poltern, dann Schritte. Die Frau sagte wieder etwas, war nun aber nicht mehr zu verstehen. Mehlich musste mit dem Telefon in ein anderes Zimmer gegangen sein.

»So, da bin ich wieder. Hören Sie, ich weiß, dass Sie nicht daran glauben, dass dieser Tommy existiert, und bis vor einer Stunde hatten Sie mich auch davon überzeugt, dass Sandra sein Gesicht aus dem Internet oder sonst woher kennt ... aber irgendjemand hat heute Nacht unseren Kater getötet! Er hat ihm den Bauch aufgeschlitzt, sodass der Darm rausquillt, und ich ... es sieht fast aus wie ... Das kann doch kein Zufall sein!«

Volker runzelte die Stirn. Er wusste genau, worauf der Mann anspielte. Van Hauten. Mehlich kannte die Tatortfotos vom Gerichtsverfahren.

Die logischste Erklärung wäre ...

»Was ist mit Ihrem Bruder?«

»Andreas ist in der Klinik. Ich habe erst gestern mit seinem Psychiater gesprochen. Er kann es unmöglich gewesen sein.«

Die Umstände von van Hautens Tod wurden der Presse nie bekanntgegeben. Volker verdrängte den Gedanken, so schnell er gekommen war. Das Ganze war absurd. Immerhin ging es hier um eine Katze. Eine Katze in Brandenburg. »Am besten, Sie rufen bei der örtlichen Polizei an. Die Beamten werden —«

»Das haben wir längst getan. Die kommen aber erst in ein paar Stunden. Wegen des Unwetters hat es eine Menge Unfälle gegeben.«

»Gut, dann —«

»Bis dahin kann es längst zu spät sein! Sie müssen Sandra unbedingt finden! Wenn Tommy existiert und heute Nacht bei uns war, dann ... dann ist sie in Gefahr!«

»Herr Mehlich, ich —«

»Bitte, ich flehe Sie an.«

Volker seufzte. Er hatte Mitleid mit dem Mann. »Ich sehe mir die Akte noch einmal an.«

62

SANDRA

Tränen rannen Sandras Wangen hinab, während sie den Polo über die vereisten Straßen steuerte. Sie hielt das Lenkrad umkrampft, den Blick starr nach vorn gerichtet – und sah doch nichts als den toten Mister Hyde.

Ich werde wahnsinnig!

Sie wusste nicht mehr, was real war und was nicht. Der Schock machte die Erinnerung trübe. Aus Schnee wurde Gras. Graues, samtiges Fell verwandelte sich vor ihrem inneren Auge in braune, zottige Strähnen.

Sie presste den Fuß aufs Gas. Nur vage war ihr bewusst, dass sie keine Schuhe trug. Die Klimaanlage blies warme Luft auf die nach wie vor klammen Socken.

Der Wagen schlitterte um eine Kurve. Sandra fuhr wie in Trance.

Was passiert nur mit mir?!

Plötzlich fiel ihr wieder ein, wie schlapp sie sich am Morgen gefühlt hatte. Wie sehr Muskeln und Gelenke geschmerzt hatten, als sie aufgestanden war. Blankes Grauen brandete durch sie hindurch wie eine giftige Welle. Hatte Elisa recht? Erwachte das Böse in Sandras Genen zum Leben?

Nein, das kann nicht sein. Ich könnte doch niemals ...

Endlich erreichte sie das Ziel. Sie fand eine freie Lücke, parkte den Wagen und stieg aus. Ein eiskalter Wind schlug ihr entgegen.

Hätte ich nach dem Anziehen heute Morgen bloß das verdammte Handy eingesteckt.

Jetzt lag es nutzlos in ihrem Zimmer, und sie wusste nicht einmal, ob Fynn überhaupt zuhause war. Er war ihre letzte Zuflucht.

Sie verschränkte die Arme, tapste hastig den Gehweg entlang – und hatte Glück. Ein Holzkeil hielt die Tür des Wohnblocks offen. An der Straße stand ein weißer Kleinbus, durch dessen Heckfenster Umzugskisten zu erkennen waren.

Im Treppenhaus war es kaum wärmer als draußen, aber zumindest windstill. Zur Not konnte sie es hier eine Weile aushalten.

Bitte sei da. Bitte sei da.

Mit jeder Stufe, die sie hochstieg, wurde ihr noch schwindliger. Sie musste sich am Geländer festhalten, um nicht zu stürzen. Es rauschte in ihrem Schädel. Die Ohren prickelten.

Bitte. Ich brauche dich.

Endlich hatte sie es geschafft. Sie erreichte den Absatz im vierten Stock, taumelte um die letzte Biegung – und erstarrte.

Die Tür zu Fynns Wohnung stand weit offen. Sie gab den Blick in den Flur und einen Teil des angrenzenden Wohnzimmers frei. Überall lagen Sachen auf dem Boden verstreut. Der Fernseher fehlte.

»Fynn?!« Ohne nachzudenken, stürzte Sandra los. Sie stolperte durch das Chaos, rief wieder und wieder den Namen ihres Freundes, aber er antwortete nicht. Sie sah in der Küche nach. Im Bad und im Schlafzimmer. Er war nicht da. »Fyyyynn?!«

Ein Rascheln. Direkt hinter ihr.

Sandra zuckte zusammen, wollte sich umdrehen, aber es war zu spät. Sie spürte einen dumpfen Schlag am Hinterkopf. Dann wurde alles schwarz.

63

ELISA

»Ich gehe sie selbst suchen!« Rainer nahm seine Jacke von
der Garderobe.

»Schatz, bitte.« Sie legte ihm eine Hand auf den Arm
und hinderte ihn so daran, hineinzuschlüpfen. »Das bringt
doch nichts. Willst du durch ganz Berlin laufen und ihren
Namen rufen?«

Er stöhnte resigniert. »Aber wir müssen doch irgendetwas tun!«

»Wir haben alles getan, was wir tun konnten.« Sie
griff nach der Jacke und hängte sie zurück. »Jetzt bleibt
uns nur noch zu warten. Komm mit mir in die Küche.
Wir trinken einen Kaffee.« Sie ging voraus, trat an die
Anrichte und schaltete die Maschine an. Es gurgelte und
blubberte.

Als sie sich umdrehte, setzte sich Rainer gerade auf
die Eckbank. Die vergangenen Monate hatten ihn über
die Maße altern lassen. Erst jetzt fiel ihr das so richtig
auf. Tiefe Krähenfüße hatten sich in die Haut gegraben.
Die Haare wurden immer lichter.

»Machst du dir denn kein bisschen Sorgen?!«

Doch, aber aus ganz anderen Gründen. Sie schluckte die
Wahrheit herunter, wollte nicht schon wieder streiten.
Wilde Theorien und Anschuldigungen hatte es in der

vergangenen Stunde zur Genüge gegeben. »Sandra ist zu Fynn gefahren.« Sie versuchte zu lächeln. »Wenn sie sich beruhigt hat, kommt sie zurück.« *Und dann bringen wir sie sofort zu einem Arzt ...*

»Das ist alles deine Schuld«, polterte Rainer trotz ihrer Bemühungen schon wieder los. »Du bist gleich auf sie losgegangen, oder?! Hast ihr gar keine Chance gegeben. Wenn du ihr nur für einen Moment zugehört hättest ...«

»Ich bitte dich«, platzte es aus Elisa heraus. »Sie hat den Kater umgebracht! Wie um Himmels willen hättest du denn reagiert?!« Kaum ausgesprochen, bereute sie die eigentlich rhetorisch gemeinte Frage. Sie wusste genau, dass Rainer anders reagiert hätte. Er hatte schon einmal alles vertuscht. Damals, bei dem Meerschweinchen.

»Ich hätte ihr vertraut«, brüllte er prompt. »Stattdessen hast du sie nach da draußen gejagt, wo irgendwo dieser Irre wartet!«

»Hör mir doch auf! Du weißt genau, dass das mit diesem Tommy völliger Blödsinn ist. Der Kommissar aus Berlin hat dir auch nicht geglaubt.«

»Elisa!« Er sah sie eindringlich, beinahe flehentlich an. »Hast du nicht gesehen, wie der Kater aussah? Es ist nicht einmal unser Küchenmesser!«

»Pfff. Und das bedeutet, sie war es nicht?! Mach dich nicht lächerlich. Nachher, wenn die Polizisten kommen, wirst du es sehen. Vielleicht öffnen die dir ja endlich die Augen!«

Er antwortete nicht. Saß nur da, starrte sie an und klopfte mit den Fingern auf den Küchentisch.

Sie wusste nicht, was sie noch sagen sollte.

Für einen Moment schwiegen beide. Elisa schenkte zwei Tassen Kaffee ein und stellte ihm eine davon hin. Dann setzte sie sich ihm Gegenüber auf einen Stuhl und flüsterte: »Tief im Inneren weißt du, dass ich recht habe. Sie ist eine Gefahr für sich und andere. Wir müssen ihr Hilfe besorgen. Diesmal war es ›nur‹ ein Kater, aber wer weiß, wen –«

»Ich weiß nicht, wie oft ich das noch sagen soll.« Er zog eine trotzige Miene. »Wenn meine Tochter sagt, sie war das nicht, dann war sie es nicht.«

Sie verlor ein weiteres Mal die Geduld. »Sie ist nicht unsere Tochter, sondern die von Andreas. Und sie hat die Krankheit ihres Vaters geerbt. Ganz egal, ob du das wahrhaben willst oder nicht.«

Rainers Gesichtsmuskeln erschlafften. Er sah plötzlich unsagbar müde aus. »Es ist meine Schuld, nicht deine. Ich habe dir nie die ganze Wahrheit erzählt.«

64

ANDREAS

»Pokey!« Andreas' Stimme war kaum mehr als ein heiseres Krächzen. Ungläubig starrte er zu der geöffneten Luke in der pinken Tür. Das Loch war gerade so groß, dass Augen und Nase seines Zellengenossen zu erkennen waren. »Wie –? Ach, vergiss es. Du musst mir helfen! Ich kann mich nicht bewegen.«

»Ich hab nicht viel Zeit. Hab mich weggeschlichen. Und sie kommen sicher gleich, um dir den Verband zu wechseln.«

»Tommy ist hier! Hier in der Klinik!«

Pokey hob eine der buschigen Augenbrauen. »Völlig unmöglich. Wir kennen jeden in Station F. Du hättest ihn doch längst wiedererkannt.«

Er hat recht. Keiner marschiert hier einfach rein und raus.

Andreas fühlte sich wie vor den Kopf geschlagen. Er konzentrierte sich auf das Kribbeln seiner Gliedmaßen. Versuchte krampfhaft, die Kontrolle über seinen Körper zurückzuerlangen, wenn schon der Verstand nicht recht funktionierte.

»Bist du sicher, dass es Tommys Stimme ist?«, hörte er Pokey fragen.

»Ich bin es, Tommy. Hast du mich vermisst?«

Urplötzlich wurde Andreas bewusst, dass er den Ursprung des Flüsterns nie hinterfragt hatte. »Du meinst, jemand anderes –« Er hörte Schritte im Flur.

In den Augen seines Zellengenossen stand plötzlich Angst. »Sie kommen. Ich muss gehen. Wenn sie mich erwischen, dann ...«

»Warte!«

»Erinnere dich«, zischte Pokey. »Du musst die Puzzleteile zusammensetzen.«

Dann schloss er die Klappe in der Tür.

Andreas blieb allein und ratlos zurück.

Er wartete darauf, dass einer der Pfleger hereinkam, um ihm den Verband am Kopf zu wechseln, die Starre seines Körpers zu lösen oder ihn wenigstens von dem Kribbeln der Gliedmaßen zu befreien. Dabei ließ er den Blick ziellos durch den Raum gleiten, betrachtete noch einmal die pinken Wände, das Waschbecken und die Toilette, die geschlossene Tür.

Diese pinke Hölle treibt mich noch in den Wahnsinn!

Er schloss die Augen, durfte sich jetzt nicht kirre machen lassen. Stattdessen befolgte er Pokeys Rat und rief sich die Geschehnisse des vergangenen Abends ins Gedächtnis zurück.

»Caaaammy! Wer hat gesagt, du darfst es keinem verraten?« In der Erinnerung klang seine eigene Stimme seltsam manisch.

Der Wahnsinn spiegelte sich in den Augen des Chamäleons. *»Er!«*

Andreas stockte der Atem. Das Kerlchen mit der Igelfrisur hatte ihm einen Hinweis gegeben. Er hatte auf Doktor Engels gezeigt.

Hatte der Psychiater Andreas all die Jahre etwas vorgespielt? War er womöglich gar nicht an seiner Genesung interessiert? Aber weshalb? Und wie hätte er das bewerkstelligen sollen?

Nein, entschied Andreas. *Das ist Blödsinn.*

Engels hatte überhaupt keinen Grund, so etwas zu tun. Und selbst wenn, würde er sich dafür sicherlich keine

Klinik-Schläppchen anziehen und sich in der Klo-Kabine verstecken. Nein, bei dem Mann, der sich als Tommy ausgegeben hatte, musste es sich um einen Mitinsassen handeln.

Ich verdammter Vollidiot!

Andreas ärgerte sich maßlos über sich selbst. Er war der Lösung des Ganzen so nah gewesen. Hätte er nur über die Trennwand hinüber in die Nachbarkabine geschaut oder den Kerl, der sich darin versteckt hielt, an einen der Pfleger verpetzt, müsste er jetzt nicht rätselraten.

Wer hatte ein Motiv dafür, ihn glauben zu machen, er sei verrückt?

Niemand.

Er stöhnte. Vielleicht ging er die ganze Sache falsch an. Womöglich bezahlte Tommy jemanden dafür, dass er ihn hier drin hielt und sich draußen nicht für die Inhaftierung rächen konnte.

Kein übler Ansatz ...

Trotzdem verließ ihn der Mut. Wenn es um Geld ging, kam jeder seiner Mitinsassen infrage. Immerhin konnte keiner von ihnen auf einen normalen Job nach der Entlassung hoffen. Und auch Cammys Fingerzeig war, wenn er es recht bedachte, als Hinweis völlig unbrauchbar. Er hatte aus einigen Metern Entfernung auf eine Menschentraube gedeutet.

Andreas' Schädel dröhnte. Das Nachdenken verlangte ihm viel zu viel Kraft ab. Er war müde und hatte schrecklichen Durst.

Dafür verflüchtigte sich endlich das Kribbeln in den Beinen. Vorsichtig unternahm er einen neuen Versuch, sie zu bewegen. Es klappte, wenn auch etwas ungelenk. Also öffnete er die Augen, rappelte sich langsam auf und kam schließlich zum Stehen.

Das Pink, das den gesamten Raum, einschließlich der Matratze, auf der er die ganze Zeit über gelegen hatte, umfasste, stach in seine Pupillen. Jeder einzelne Muskel in seinem Körper schmerzte.

Wie auf Stelzen stakste er zu dem pinken Waschbecken hinüber, drehte an der pinken Armatur und – *Das darf nicht wahr sein!* Für einen kurzen, schrecklichen Moment glaubte er, die Klinik habe sogar das Wasser pink eingefärbt. Doch es war der Farbton des lackierten Metallbeckens, der durch die klare Flüssigkeit hindurchschimmerte.

Andreas beugte sich vor und trank gierig aus dem Strahl. Das wächserne Gefühl im Mund blieb. Ebenso wie das Brennen in der Kehle. Dafür schien der Verstand mit einem Mal gänzlich aufzuklaren. Ein Erinnerungssplitter bohrte sich messerscharf ins Bewusstsein.

»Ich habe eine Stimme gehört. Aber ich darf es niemandem verraten.«

»Wer hat das gesagt?«

Cammy hob die rechte Hand und legte den Zeigefinger an die Lippen.

Andreas drehte den Wasserhahn ab, wischte sich mit dem Handrücken über den Mund – und grinste. Auf seine eigene, verdrehte Art hatte das Chamäleon ihm mitgeteilt, wer hinter all dem steckte. Pokey hatte recht behalten. Er musste sich nur erinnern.

65

VOLKER

Wenn ich eine Katze aufschlitzen müsste, überlegte Volker, *und mich nicht für die Kehle, sondern den Bauch entscheiden würde ... hinge dann nicht immer ein Teil des Darms heraus?*

Die Ähnlichkeit zu van Hautens Leiche musste, so unheimlich sie auf den ersten Blick auch wirken mochte, eher zufällig entstanden sein. Auch waren getötete Haustiere, gerade in ländlichen Gegenden, keine Seltenheit. Zankende Nachbarn, gelangweilte Jugendliche – So was kam immer wieder mal vor.

Trotzdem ...

Volker nahm einen Schluck Kaffee.

Eigenartig war, dass dieser grausige Akt von Vandalismus ausgerechnet in der vergangenen Nacht stattgefunden hatte. Nur wenige Stunden, nachdem Rainer Mehlich hier aufgetaucht war und Bedenken geäußert hatte, ob es damals, im Fall seines Bruders, nicht doch einen zweiten Täter gegeben haben könnte.

Und er war sich so sicher ...

Volker nahm die Akte zur Hand und betrachtete ein weiteres Mal die Totale des Wohnbereichs, in dem van Hauten ums Leben gekommen war. Die blutüberströmte Leiche auf dem Marmorboden vor dem Kamin. Die tiefroten Sprenkel an den Wänden. Das umgekippte Tischchen vor der Chaiselongue und der – *Moment mal!*

Die Terrassentür stand offen. Jetzt erinnerte er sich daran, dass er damals am Tatort geglaubt hatte, sie sei nachträglich geöffnet worden. Durch Frau van Hauten, die Sanitäter oder einen umsichtigen Kollegen, der den Gestank vertreiben wollte. Aber das stimmte nicht.

Was, wenn ...

Einige Sekunden lang dachte Volker darüber nach, ob Andreas Mehlich so einem Mittäter Zutritt zur Villa verschafft haben könnte. Immerhin wäre dieser dann tatsächlich nicht in den Kameraaufnahmen aufgetaucht.

Ach, Mumpitz!

Als erfahrener Kommissar durfte sich Volker nicht von den Flausen im Kopf eines Angehörigen verrückt machen lassen.

Dem Gerichtsgutachter zufolge hatte Mehlich während des Einbruchs eine Psychose durchlebt. Nur der Himmel wusste, was ihn geritten hatte, die Tür zu öffnen. Vielleicht war ihm beim Durchsuchen schlicht warm geworden. Das erklärte auch, dass er alle Vorsicht vergessen und die Sturmhaube abgenommen hatte.

Es gibt keinen Tommy.

Volker trank einen weiteren Schluck Kaffee, blätterte sicherheitshalber zu den Untersuchungsergebnissen von

Andreas Mehlichs Grundstück und stellte zufrieden fest, dass alles, was er Rainer Mehlich am Vortag gesagt hatte, der Wahrheit entsprach. Man hatte kleine Fußabdrücke im Matsch gefunden. Ansonsten gab es keine Spuren. Bis auf diejenigen natürlich, die Volker bei der Suche und anschließenden Rettung des Mädchens verursacht hatte.

Die Sachlage ließ keinerlei Zweifel zu. Vor dem Eintreffen der Beamten hatte niemand, mit Ausnahme von Amelie, die Erde rund um den Teich betreten.

Fall abgeschlossen.

Volker legte die Akte weg.

66

SANDRA

Sie saß zwischen Gänseblümchen und Pusteblumen auf einer Wiese und spielte. Ein seichter Wind wehte. Eine Libelle surrte an ihrem Ohr vorbei. Sandra drehte den Kopf, um ihr nachzusehen – da hörte sie plötzlich ein Rascheln im Gebüsch.

»Papa?«

Zwischen Zweigen und Blättern entdeckte sie einen Mann. Für einen kurzen Moment war er wie erstarrt. Dann hoben sich seine Mundwinkel. »Hallo, Prinzessin.«

Es raschelte ein weiteres Mal, als er aus dem Schatten der Sträucher trat. »Du hast mich erwischt.« Er lächelte, aber seine Augen wirkten eiskalt.

Ihr kleines Herz machte einen Satz.

Der Mann kam näher und streckte beide Arme aus.

Sie hob Teddy vom Boden hoch und presste ihn fest an sich. Das Fell kitzelte sie am Hals, aber es war sanft und tröstlich.

»Prinzessin«, sagte der Mann und zeigte ein beinahe diabolisches Grinsen, das viel besser zum Rest seines Gesichts passte. »Meinst du, dein kleiner Freund kann schwimmen?«

Sie drückte Teddy noch fester. Er strampelte und quiekte, aber sie durfte ihn trotzdem nicht loslassen. Sie musste ihn doch beschützen.

»Pass jetzt gut auf«, sagte der Fremde und beugte sich ganz nah zu ihr. »Denn wenn du irgendjemandem erzählst, dass du mich gesehen hast, dann mache ich dasselbe mit dir.«

Sandra versuchte auf die Beine zu kommen und zu fliehen, aber es war zu spät. Der Mann griff nach Teddy. Sie versuchte, das Tier festzuhalten, spürte plötzlich ein Stechen im Finger – und ließ los.

Teddy!

Sie schrie.

Der Fremde richtete sich hastig auf, holte mit der Hand aus und warf. Teddy segelte durch die Luft und landete mit einem Platschen im Teich.

Teddy!

Sandra musste ihn retten. Sie rappelte sich auf, tapste durchs Gras und stieg über das Gatter, das sein Zuhause war. Hier gehörte er hin, nicht ins Wasser.

Am Ufer angekommen, blieb sie stehen. Das Meerschweinchen strampelte wild um sich, versuchte, auf einen Stein zu klettern, glitt aber sofort ab. Der Kopf tauchte immer wieder unter. Sandra begann zu weinen. Sie konnte Teddy nicht helfen. Sie war zu klein und zu schwach, das Tier zu weit entfernt und –

Sie schwebte davon. Die Traumbilder verflüchtigten sich, ihre Konturen verschwammen. Dann zerriss alles in tausend Fetzen – die sich Millisekunden später in Sandras Gedächtnis auflösten wie Nebelschwaden in den Strahlen der aufgehenden Sonne. Was blieb, war eine vage, unbestimmte Angst. Und ein Gesicht.

Sandra riss die Augen auf und sah – *Fynn*.

»Gott sei Dank, du bist wach«, flüsterte ihr Freund, bevor er sich hektisch nach allen Seiten umsah.

Sie wollte antworten, aber es ging nicht. Ein dicker Knebel steckte in ihrem Mund. »Reank.« Ihr Herz raste. Die Schultern schmerzten. Sie konnte die Arme nicht bewegen.

»Wir haben nicht viel Zeit«, zischte Fynn und verschwand aus ihrem Blickfeld.

Sandra blinzelte, begriff endlich, wo sie war. Sie saß auf einem Stuhl in Fynns Wohnzimmer, dort, wo früher der Fernseher gestanden hatte, und blickte direkt auf die angelehnte Wohnungstür. Ihre Handgelenke waren hinter der Rückenlehne zusammengebunden.

Hier wurde eingebrochen!

Jetzt erinnerte sie sich wieder.

»Er kommt gleich zurück.«

Tränen schossen ihr in die Augen. Durch das Stoff-knäuel in ihrem Mund bekam sie kaum Luft.

»Wenn ich dich losgemacht habe, musst du laufen so schnell du kannst, okay?« Fynn nestelte an den Fesseln herum, die ihr die Haut einschnürten. »Versprich es mir!«

Sie nickte heftig. In blinder Panik. Der Druck auf die Handgelenke ließ etwas nach, verschwand aber nicht.

»Egal, was mit mir ist, du —«

Die Wohnungstür schwang auf. Davor stand der Mann, den Sandra aus ihren Albträumen kannte.

67

ELISA

Elisas Welt brach in sich zusammen. Alles um sie herum wurde dumpf, verlor Farbe und Glanz. Es klingelte ihr in den Ohren. Sie fühlte sich, als sei neben ihr eine Granate explodiert. Und auf gewisse Weise stimmte das auch. »Wie ... wie oft?«, presste sie hervor.

»Es war nur dieses eine Mal, das schwöre ich dir!« Rainer sah sie aus großen Augen an. In seiner Miene standen Scham, Reue – und Stolz. »Aber es gibt keinen Zweifel.«

»Wann ... ich meine ... wieso?!«

Er ließ den Kopf hängen und atmete laut hörbar durch die Nase aus. Es klang fast wie ein verächtliches Schnauben. »Wir haben es versucht und versucht. Immer wieder gehofft, und es war jedes Mal umsonst. Ich konnte nicht mehr, Elisa. Und es tat auch verdammt weh, *dich* so zu sehen.«

Wut machte sich in ihr breit. »Das ist doch noch lange kein Grund –«

»Erinnerst du dich an den Tag, als du die Puppe gekauft hast?«

Sie zuckte zurück.

»Du warst so glücklich – und dann war's wieder nichts. Du bist ausgerastet, hast mich beschimpft. Wir haben *beide* fürchterliche Dinge zueinander gesagt, und ich ...«

Es ist meine eigene Schuld. Ich hab ihn vor die Tür gejagt!

»... ich hab einfach jemanden zum Reden gebraucht.«

Ihr Mund war staubtrocken. Sie trank einen Schluck Kaffee. Er war fast kalt und schmeckte wie Galle.

»Sie war für mich da«, fuhr Rainer fort. »Hat mich in den Arm genommen und mir gesagt, dass alles gut wird. Es ... es ist einfach passiert.«

Elisa stand auf, ging mit der Tasse zum Spülbecken und kippte den Rest des widerwärtigen Gesöffs weg. Ihre Seele war tot. »Das ändert rein gar nichts.«

»Doch, verdammt, das tut es«, brauste Rainer auf.

»Nein, es –«

»Verstehst du denn nicht?! Sandra kann Andreas'
Erkrankung nicht geerbt haben! Sie ist *meine* Tochter.«

68

ANDREAS

Andreas' größte Sorge galt den Kameras. Er saß im
Schneidersitz auf der pinken Matratze und bemühte sich
um einen neutralen Gesichtsausdruck. Sein Verstand
arbeitete messerscharf. In seiner Seele tobte ein Sturm.

Nach einer schier endlosen Zeit des Wartens, ging
endlich die Tür auf. Er blinzelte in Richtung der Öffnung.
Ein Spiel der Farben strömte auf ihn ein. Die knallrote
Kluft des Pflegers stach im krassen Kontrast zum grauen
Boden und der mintgrünen Wand hervor wie ein greller
Feuerball.

»Wie geht's dir heute?«, fragte Benny mit besorgter
Miene, während er bereits auf ihn zukam.

»Hab mich wieder eingekriegt.« Andreas lächelte. Sein
Sehnerv beruhigte sich.

»Sehr schön. Hör mal, heute ist hier der Teufel los.
Den Verbandswechsel müssen wir leider auf später ver-
schieben. Sieht ja aber echt noch voll okay aus.«

»Ich werd's überleben.« Er zwinkerte dem Pfleger zu.

»Prima. Dann bringe ich dich jetzt zurück auf Station – natürlich nur, wenn du das möchtest.«

Ich hatte keine Wahl, als ihr mich hergebracht habt ...

»Warum sollte ich bleiben wollen?« Die Frage platzte unbeabsichtigt aus ihm heraus.

Benny zuckte die Achseln. »Manche lassen sich hier sogar freiwillig einschließen. Es ist die Monochromie. Cool-down-pink. Wirkt angeblich beruhigend.«

Andreas grinste und bemühte sich um den gewohnt lässigen Tonfall, als er sagte: »Ich weiß nicht. Ich steh irgendwie drauf, beim Scheißen *nicht* beobachtet zu werden.«

Der Pfleger lachte schallend. »Das glaub ich dir.« Er half Andreas aufzustehen und führte ihn hinaus.

Nach einem kurzen Fußmarsch durchs Zahnpasta-Labyrinth, erreichten die beiden Station F. Benny öffnete die Sicherheitstür mit seiner Chip-Karte, und Andreas trat ein.

»Willkommen zurück!«

»Danke.«

Er schlenderte betont lässig durch den verwaisten Flur in den Speisesaal. An einem Sonntag waren die meisten Insassen hier zu finden. Sie spielten Karten, unterhielten sich oder versuchten auf andere Weise, Zeit totzuschlagen. Tatsächlich entdeckte er Zyankali am gewohnten Tisch. Er quatschte mit Dumbo und Story.

Andreas gesellte sich zu ihnen. »Hey, Leute!«

Der kindliche Dumbo öffnete den Mund, bekam aber keine Chance zu reden.

»Puzzles, wie schön dich zu sehen«, laberte Story stattdessen sofort los. »Wie war's in der Iso? Nette Farbe, was? Du hast hier draußen überhaupt nichts verpasst. War vollkommen öde nur zu dritt. Wir hocken nur rum, versuchen neue Themen zu finden, aber irgendwie ist halt alles gesagt.«

Schön wär's.

»Passiert ja nix hier in dem Saftladen, und —«

»Wie immer also«, unterbrach Andreas, bevor der Kerl ewig so weitermachte. »Ich war ja auch nur eine Nacht weg.« Jetzt kam der heikle Teil. »Zyankali, es gibt da noch eine Sache, bei der ich deine Hilfe brauchen könnte.«

Der Blondschopf runzelte die Stirn. »Sofort?«

Vielleicht roch er den Braten. Er war nicht dumm. Aber geisteskrank. Vielleicht konnte Andreas das zu seinem Vorteil nutzen. Er beugte sich verschwörerisch nach vorn und flüsterte: »Ich habe etwas herausgefunden, das uns alle retten wird. Über Engels und seine Helfershelfer ...«

Es klappte. Zyankali war plötzlich Feuer und Flamme. »Erzähl!«

»Doch nicht hier. Vor den Kameras ...«

»Dann in meinem Zimmer!«

Das ist fast zu einfach.

Andreas grinste ich sich hinein. Er folgte dem Paranoiker aus dem Speisesaal hinaus und in den Flur. Auf halber Höhe zu Zyankalis Zelle hörte er ein Schlurfen, irgendwo hinter sich. Er blieb ruckartig stehen, sah über die Schulter und entdeckte Cammy. »Verschwinde!«

Es funktionierte nicht. Kaum hatte er den Kopf nach vorn gedreht und war losgelaufen, schlappte auch das Chamäleon wieder los. »Geh weg!«

»Lass ihn, schon gut.« Zyankali stand vor seiner Zelle und lächelte milde. »Ich vertraue ihm.«

Ihm blieb kaum eine Wahl. All seine Nervenenden schrien danach, endlich Antworten zu finden. Zur Not mit Gewalt. Ob Cammy dabei anwesend war, spielte letztlich überhaupt keine Rolle. Verteidigen würde er Zyankali sicherlich nicht. Nach allem, was Andreas über den Dachschaden des Kerlchens wusste, hielt er es sogar für wahrscheinlich, dass das Chamäleon ihn nachahmte – und ebenfalls zuschlug.

Und wenn er mich hinterher verpetzt, was soll's?!

Er machte sich da keine Illusionen. Erwischen und bestrafen würde man ihn so oder so. Wichtig war nur, dass die Pfleger erst Wind davon bekamen, wenn die Sache gelaufen war.

»Kommt ihr?« Zyankali verschwand in seiner Zelle.

Andreas folgte ihm, wartete, bis auch Cammy eingetreten war, und schloss anschließend die Tür. Erst jetzt, außerhalb der Kamera-Dauerüberwachung, wagte er es, den Friede-Freude-Eierkuchen-Gesichtsausdruck abzulegen.

»Ich bin sauer«, folgerte das Chamäleon prompt.

Zyankali setzte sich aufs Bett und sah Andreas fragend an. »Bist du das?! Ich nämlich auch!«

Okay. Wir überspringen das Geplänkel.

»Sag mir, wieso! Wieso hast du das gemacht?!«

Cammy zog ein entschlossenes Gesicht. »Ich will eine Antwort!«

Dafür machte der Verräter plötzlich doch einen auf unschuldig. »Ich weiß gar nicht, wovon du sprichst.«

Blödsinn. Andreas trat näher und packte ihn fest am Kragen. »Schluss mit den Spielchen! Ich weiß, dass du mich die ganze Zeit über verarscht hast!«

Die Stimme des Chamäleons nahm einen beinahe bedrohlichen Unterton an, genauso, wie er es vorhergeahnt hatte. »Verarscht hast du mich!«

»Als ich in der Toiletten-Kabine war, habe ich eine Stimme gehört.«

»Ich war in der Kabine, und hab sie genau gehört«, paraphrasierte Cammy, noch ehe Andreas weitersprechen konnte.

»Was weißt du darüber, Zyankali?!« Er musste sich zusammenreißen, um nicht loszubrüllen. Wut pulsierte durch seine Adern wie glühend heißes Magma.

»Es ist ein Komplott!« Der dürre Blondschopf riss den rechten Arm nach oben, legte den Zeigefinger auf die Lippen und –

Andreas explodierte. »Wie konntest du mir das nur antun?! Ich dachte, wir wären Freunde!« Er stieß den Kerl mit aller Kraft zur Seite. Ein lautes »Plong« ertönte, als die Schläfe gegen die robuste Metallstrebe des Kopfteils knallte.

Cammy schrie wie am Spieß, riss die Tür auf und rannte in den Flur.

Scheiße!

Jetzt musste es schnell gehen. Andreas zog den federleichten Oberkörper in die Senkrechte zurück. »Sag mir die Wahrheit!«

Zyankali antwortete nicht. Der Blick war dumpf, als wäre gar kein Leben mehr drin. Aus dem linken Ohr rann ein dünnes, rotes Bächlein.

»Du warst es«, brüllte Andreas.

Jetzt konnte er schwere Schritte hören, die sich rasant näherten.

»Sie kommen«, hörte er plötzlich Pokey hinter sich rufen. »Was machst du denn da?!«

Andreas antwortete nicht. Jetzt war das alles egal.

Er riss Zyankali noch ein weiteres Mal herum. Es gab ein zweites »Plong«. Und ein ganz leises, kaum hörbares Knacken.

69

VOLKER

»Ihrer Frau geht es den Umständen entsprechend gut, Herr Jansen. Sogar deutlich besser, als wir ursprünglich angenommen hatten.«

Volker atmete auf. Die Hand, die den Telefonhörer umklammerte, lockerte sich.

»Wir haben bereits damit begonnen, die Aufwachphase einzuleiten. Morgen Vormittag sollte sie langsam das Bewusstsein wiedererlangen.«

»Ich werde da sein.«

»Nichtsdestotrotz wird sie noch einige Zeit bei uns unter Beobachtung bleiben. Und ich würde, angesichts der Ursache ihres Aufenthalts, auch unbedingt zu einer mindestens teilstationären, psychiatrischen Behandlung raten. Lassen Sie uns das bitte morgen ausführlicher besprechen.«

»Gern.« Volker verabschiedete sich, legte auf und ließ sich die Worte des Mediziners noch einmal durch den Kopf gehen. Die Erleichterung, die ihn noch vor wenigen Augenblicken durchströmt hatte, wurde vom altbekannten Gefühl grenzenloser Ohnmacht abgelöst. Er konnte Renate nicht helfen. Hatte es in all den Jahren nicht gekonnt. Sonst wäre es nie so weit gekommen.

Er hatte sich und all den Anderen etwas vorgemacht. Die Depression kleingeredet – und seiner Frau damit nur noch mehr geschadet.

Sie ist nicht verrückt, sie ist nur ...

Plötzlich schoss ihm Rainer Mehlichs Beteuerung in den Sinn. Volker hörte die verzweifelte Hoffnung in seiner Stimme. Den Klang der Verleugnung. Er kannte das alles nur allzu gut.

Sie müssen Sandra unbedingt finden! Wenn Tommy existiert und heute Nacht bei uns war, dann ... dann ist sie in Gefahr!

Vielleicht klammerte sich Mehlich an diese abstruse Theorie, weil er der Wahrheit nicht ins Gesicht sehen konnte. Dass seine Tochter womöglich eine Gefahr für sich selbst war.

Volker griff nach dem Notizblock. Es konnte nicht schaden, zumindest einmal das Kennzeichen zu überprüfen, das der Mann ihm gegeben hatte. Ein leises Kribbeln schoss durch seine Adern. Zum ersten Mal seit Wochen fühlte er sich wieder zu etwas Nütze.

Zumindest hab ich dann etwas zu tun.

Er tippte die Buchstaben und Zahlen ins System ein, das sofort einen Treffer ausspuckte. Einen schwarzen Seat Ibiza, seit acht Jahren angemeldet auf – *Thomas Gruner.* Volker blinzelte ungläubig. Der Vorname konnte doch nur Zufall sein.

Er gab den Namen bei *INPOL* ein und erfuhr, dass Gruner in der Vergangenheit mehrere kleine Verstöße gegen das Betäubungsmittelgesetz zur Last gelegt worden waren. Vor zweieinhalb Jahren war er schließlich in eine Kneipenschlägerei geraten und in den Bau gewandert. Wegen guter Führung hatte man ihn vor sechs Monaten entlassen.

Volker klickte auf die Bilddatei, die dem Eintrag beigefügt war – und schnappte nach Luft.

Thomas Gruner hatte blondes, auffallend dünnes Haar, das er zum Mittelscheitel gekämmt trug. Auf der linken Wange prangte eine sternförmige Narbe. Die Phantomzeichnung, die nach Andreas Mehlichs vager Beschreibung angefertigt worden war, wurde dem Mann nicht gerecht. Trotzdem bestand für Volker kein Zweifel. Tommy starrte ihm direkt ins Gesicht.

70

SANDRA

Tränen rannen ihre Wangen hinab. Rotz verklebte Nase und Nebenhöhlen. Sie bekam kaum noch Luft. Verzweifelt presste sie die Zunge gegen den Knebel, versuchte, den Atemweg frei zu machen, aber der Stoffstreifen gab nicht nach. Sandra würgte, machte es dadurch nur noch schlimmer. Die Sicht verschwamm.

Der Anblick der Mündung blieb. Das Grauen hatte sich unauslöschlich in ihr Gedächtnis gefräst. Ein kleines, tiefschwarzes Loch am Ende eines Pistolenlaufs. Eine Perspektive, die den Tod bedeutete. Enttäuschung, Wut, Trauer – das alles geriet in den Hintergrund. Jetzt ging es nur noch ums nackte Überleben.

»Dad, jetzt lass den Scheiß«, flehte Fynn, irgendwo hinter ihr. »Du willst doch nicht wieder im Knast landen!«

»Geh zur Seite. Ich sage es jetzt zum letzten Mal ...«

Irgendwie schaffte sie es, den Stoff in ihrem Mund doch noch ein winziges Stück zu bewegen, und sog gierig nach Atem. Gleichzeitig riss sie mit letzter, verbliebener Kraft an den Fesseln, die ihre Handgelenke umschnürten, ignorierte den beißenden Schmerz wundgescheuerter Haut. Der Stuhl kippelte hin und her.

»Und du hörst auf zu zappeln, verdammt!«

Sie gehorchte. Ihr Puls flatterte.

Der Mann legte jetzt den Zeigefinger an den Abzug. »Mach, dass du wegkommst, Junge! Wenn die Kugel durchschlägt, treff ich dich auch.«

»Dad ...«, hörte Sandra Fynn sagen. »Was glaubst du, wie weit du kommst, wenn du abdrückst?!«

»Das ist nicht dein Bier!«

»Ach nein?! Du hast mich in den ganzen Mist reingerissen, und jetzt geht es mich nichts mehr an?!«

Der Mann schnaubte.

»Ich hab mich auf den kranken Scheiß eingelassen, mich an sie rangeschmissen und für dich ausspioniert, weil du geschworen hast, dass du den Kerl damals nicht umgebracht hast, aber *das*, das geht eindeutig zu weit!«

»Sie hat mich gesehen!« Schiere Verzweiflung stand ins Gesicht des Mannes geschrieben.

Sie zu lesen, ließ Sandras Angst ins Unermessliche steigen. Erneut begann sie, Schultern und Handgelenke zu bewegen, an den Fesseln zu zerren, so fest sie konnte. »Gngnn.«

»Ich hab keine Wahl, verstehst du das denn nicht?!«

Die gereizte Haut schickte neue Schmerzsignale ins Hirn, Schweiß troff ihr aus jeder Pore, aber sie machte tapfer weiter.

»Es ist vorbei, Dad. So oder so.«

»Nein, ich ...«

Der Lauf der Waffe begann zu zittern.

»Wenn du rumballerst«, hörte Sandra Fynn sagen, während er ganz langsam von hinten in ihr Blickfeld trat, »dann stecken sie uns *beide* in den Bau.«

Der Mann wischte sich mit dem linken Handrücken über die Stirn.

»Es ist *meine* Wohnung, und *ich* bin seit zweieinhalb Jahren mit ihr zusammen. Die Bullen werden dir niemals glauben, dass ich nicht beteiligt war.« Fynn arbeitete sich Zentimeter für Zentimeter vor.

Sandra riss weiter an den Fesseln. Etwas Glitschiges rann über die rechte Handfläche und den Mittelfinger hinab.

»So war das alles nicht geplant! Ich ... ich wollte das alles nicht!«

»Ich weiß, Dad, ich weiß.«

»Andreas war mein Freund, und ... ich wollte doch nur sehen, wie es seiner Tochter geht.« Der Mann ließ die Pistole ein Stück sinken. Jetzt zeigte der Lauf auf Sandras Knie.

Sie intensivierte den Befreiungsversuch, wackelte auf dem Stuhl herum, kämpfte.

Ihr Peiniger schien in einer anderen Welt. Sein Blick war ganz glasig. »Wir haben ausgemacht, uns nicht mehr zu treffen, falls irgendwas schiefgeht. Ich wusste nicht, dass sie ihn verhaftet haben. Und als ich es rausfand, hab ich sofort nach Amelie gesucht. Er hätte dasselbe für mich getan, nachgeschaut, ob es dir gutgeht.« Er sah seinen Sohn an, schien aber eher durch ihn hindurch zu blicken.

Unbemerkt trat der wie in Zeitlupe immer näher auf ihn zu.

»Aber dann ... dann hat sie mich gesehen und ...« Die Stimme wurde schlagartig fester. Entschlossener. »Ich dachte, das mit dem Meerschweinchen reicht, um dich zum Schweigen zu bringen, verdammt nochmal!« Plötzlich riss der Mann die Waffe wieder nach oben. »Du hättest —«

Fynn sprang, packte die Hand, die die Pistole hielt und drückte sie gewaltsam zur Seite. Beide Männer stürzten zu Boden, es gab ein Gerangel und –

Ihr Arm schnellte nach oben, als sie es schaffte, die Fesseln zu zerreißen. »Gaargh!« Sandra kam auf die Beine und taumelte an den Kämpfenden vorbei Richtung Wohnungstür. Sie packte die Klinke, drückte und zog, trat einen Schritt zurück – und spürte gleichzeitig einen Griff um den Knöchel, der sie gewaltsam zu Boden riss.

Sie knallte aufs Laminat. Hüfte, Schulter und Arm schickten Schmerzwellen durch den gesamten Körper. Sandra trat und schlug um sich so fest sie nur konnte, traf aber nur ins Leere.

Sie riss den Kopf herum – und sah gerade noch, wie eine Faust gegen Fynns Schläfe knallte. Er sackte in sich zusammen und blieb reglos liegen. »Ghhm.«

»So, und jetzt zu dir ...« Ihr Peiniger kam auf die Knie und hob die Pistole vom Boden auf.

Sie konnte nicht mehr. Ihr Verstand setzte aus. Die Muskeln erschlafften.

»Polizei«, brüllte jemand hinter ihr. »Lassen Sie die Waffe fallen!«

Der Mann riss den Arm hoch.

Sandra blickte in den Abgrund.

Dann hallte ein Schuss durchs Haus.

71

ELISA

»Elisa, bleib hier!«

Sie dachte gar nicht daran. Stattdessen schwang sie sich den Gurt der Reisetasche über die Schulter und ging auf die Haustür zu. »Den Rest hole ich in ein paar Tagen. Sag mir bitte Bescheid, wenn du etwas von Sandra hörst.«

»Ach, auf einmal machst du dir Sorgen?«

Sie fuhr herum. »Ich habe mir immer Sorgen gemacht. Sie ist meine Adoptivtochter! Aber wir müssen der Tatsache ins Auge sehen, dass sie Hilfe braucht.«

Rainer stierte sie entgeistert an. »Warte doch wenigstens ab, was die Polizei zu der Katze sagt! Hast du denn immer noch nicht kapiert, was hier los ist?!«

»Fang jetzt nicht wieder mit diesem Tommy an.« Langsam wurde sie wirklich sauer. »Dass Sandra nicht Andreas' Tochter ist, macht das Hirngespinst nicht real. Nichts anderes werden die Beamten dir sagen, wenn sie hier ankommen. Außerdem bist du sein Bruder. Ihr habt die gleichen Gene. Und je länger ich darüber nachdenke, desto mehr glaube ich, du bist genauso verrückt wie er!«

Ihr Ehemann verzog das Gesicht.

Obwohl sie es sich nicht eingestehen wollte, empfand Elisa Genugtuung. »Ich gehe erst einmal in ein Hotel. Danach werde ich mir eine Wohnung suchen.«

Rainer machte den Mund auf.

»Keine Angst«, sagte sie schnell. »Ich will das Haus nicht.« *Zu viele unschöne Erinnerungen.*

Sie wandte sich zum Gehen, hatte die Türklinke bereits in der Hand, als ihr doch noch etwas einfiel. »Die Briefe habe ich aus Sandras Zimmer geholt, wie du es wolltest. Sie sind in meiner Nachttischschublade versteckt.« Sie drehte sich um, unternahm einen letzten Versuch, ihren Ehemann doch noch zur Vernunft zu bringen. »Wenn du *deine Tochter* wirklich liebst, dann gib sie ihr zurück.« Sie machte eine kurze Pause. »Versprich es mir. Sandra muss begreifen, was passieren kann, wenn sie sich nicht behandeln lässt.«

Rainer explodierte förmlich. »Sie ist nicht verrückt«, brüllte er sie an, »genauso wenig wie –«

Elisa zuckte zurück.

Ihr Ehemann biss sich auf die Lippe.

»Genauso wenig wie ... wer?!«

Sie kannte diesen Gesichtsausdruck. Den leicht nach oben gezogenen, rechten Mundwinkel. Den gesenkten Blick. Die gerümpfte Nase. Sie kannte das alles sehr gut. Immerhin war sie seit mehr als zwanzig Jahren mit diesem Mann verheiratet.

Sie stellte die Reisetasche auf den Boden und sah ihn eindringlich an. »Was hast du angestellt?«

Er atmete laut hörbar aus und ließ sich auf eine der Treppenstufen sinken.

Elisa bekam Angst. Nach allem, was in den letzten Stunden passiert war, würde sie einen weiteren Schlag in die Magengrube, eine weitere, düstere Wahrheit einfach nicht ertragen. Sie war sogar versucht, einfach zu gehen, Rainer da sitzen zu lassen mit –

»Hast du die Briefe gelesen?«

Sie runzelte die Stirn. »Nein. Du?«

»Sie handeln davon, dass Andreas eine Stimme hört«, sagte er leise und klang dabei fast wie ein Märchenerzähler. »Eine Stimme, die nicht nur in seinem Kopf existiert. Und davon, wie er das Monster, das ihm das angetan hat, endlich besiegen konnte.«

»Aber das beweist doch nur, dass –«

»Er ist nicht verrückt, Elisa.«

»Was meinst du?! Er hat immerhin einen Menschen getötet!«

Rainer lachte gequält auf. »Seinen Chef. Ja, das dachte ich auch. Es schien auch alles so logisch, nicht wahr?! Andreas hatte vorher schon eine Stimme im Kopf, also hat er sich diesen Tommy auch eingebildet. Ein ganz klarer Fall. Es konnte doch keiner ahnen, dass es ihn wirklich gegeben hat ...«

Elisa wollte Einspruch erheben, ließ es dann aber bleiben. Sie spürte, dass Rainer keine neuerliche Diskussion über die Existenz eines Mittäters vom Zaun brechen wollte, sondern etwas Anderes auf dem Herzen hatte. Sie hielt den Mund und wartete, gab ihm Zeit, die richtigen Worte zu finden.

»Als Andreas verurteilt wurde ... naja, ehrlich gesagt, konnte ich mein Glück kaum fassen. Meine Tochter konnte bei uns aufwachsen, ohne dass ich dir etwas von der Sache mit Nathalie erzählen musste. Gleichzeitig hatte ich Angst, dass er bald wieder freigelassen wird und mir das alles wieder wegnimmt.«

Elisa schluckte. »Rainer, worauf willst du hinaus?«

Wieder biss er sich auf die Lippe. Er senkte den Kopf, konnte ihr offenbar nicht einmal in die Augen sehen. »Ich habe einen der Pfleger dafür bezahlt, dass er Andreas eine Stimme vorspielt.«

»Du hast *was?!*«

»Das war so ein junger Kerl, gerade am Ende seiner Ausbildung. Keine Ahnung, wie er das gemacht hat. Mit einem Funkgerät oder so.«

»Rainer, ich fasse es einfach nicht. Wir müssen sofort in der Klinik —«

»Dafür ist es zu spät.«

»Wie meinst du das?«

Er atmete tief durch, bevor er erklärte: »Vor knapp vier Jahren hat Andreas herausgefunden, dass die Stimme real ist. Er hat einen anderen Insassen verdächtigt und ihn beinahe umgebracht.«

Elisa wusste nicht, was sie sagen sollte. Sie wusste nicht einmal mehr, was sie fühlte.

»Der Pfleger hat gekündigt. Seither —«

Das Telefon klingelte.

Die beiden hasteten in die Küche. Rainer schnappte sich den Hörer vom Tisch. »Mehlich?« Es folgte eine kurze Pause, dann: »Sandra! Gott sei Dank!«

Elisa atmete erleichtert auf. Sie hatte also doch recht behalten. Das Mädchen war in Sicherheit.

Sie schlich zurück in den Flur und hob die Reisetasche vom Boden auf. Jetzt war es wirklich Zeit zu gehen.

»Schhhh«, machte Rainer in der Küche. »Papa ist ja da. Es wird alles gut. Das verspreche ich dir.«

EPILOG

Der Tag, an dem Andreas Mehlich die Klinik verließ, war der erste Mittwoch im Mai. Die Sonne strahlte warm auf ihn herab, die Bäume ringsum trugen eine wunderschöne Blütenpracht zur Schau, und kleine Vögel zwitscherten im Geäst.

»Papa!« Sobald sich das schmiedeeiserne Tor geöffnet hatte, stürzte Amelie freudestrahlend auf ihn zu. Ihre pechschwarzen Haare wehten hinter ihr her.

Er breitete die Arme aus und –

»Uffjewacht, Killer! Heute is' deen großer Tach!«

Andreas riss die Augen auf. Blinzelte gegen das Licht der Neonröhre. Zum letzten Mal betrachtete er die stockfleckige Zellendecke. Denn Thorsten hatte recht. Heute war sein großer Tag.

Er schwang sich aus dem Bett und sah auf die Uhr. Schon nach neun. Er hatte verschlafen. Enttäuschung machte sich in ihm breit. Pokey war längst zur Therapie aufgebrochen. Er hatte sich nicht verabschiedet.

Vielleicht ist er doch neidisch ...

»Komm in de Puschen!«

Andreas ging ins Bad und beeilte sich, aus dem Schlafanzug raus und in die Klamotten hinein zu kommen, die er gestern Abend bereitgelegt hatte. All seine anderen Habseligkeiten waren bereits gepackt. Sie passten in zwei Plastiktüten.

»Bevor ick et verjesse«, sagte Thorsten, kaum dass er wieder vor ihm stand. »Post haste noch.« Er drückte ihm einen Umschlag in die Hand.

Neben Amelies Adresse, die Andreas vor zwei Tagen selbst draufgeschrieben hatte, prangte ein roter Vermerk: *unbekannt verzogen.*

»Die will wohl nich' jefunden werden, wa?!«

Andreas seufzte und stopfte den Brief in eine der beiden Tüten. Das mangelnde Einfühlungsvermögen des Berliner Urgesteins würde er definitiv nicht vermissen. Und auch sonst gab es wenig für diese Liste.

Seit der Sache mit Zyankali hatte sich vieles verändert. Er war kein Teil der Gruppe mehr, wurde überall gemieden. Dumbo hatte Angst vor ihm – genau wie viele andere. Selbst Story, der Labersack, bekam kaum das Maul auf, wenn er ihm gegenüberstand. Manchmal war Pokey über Tage hinweg der einzige Insasse, der überhaupt mit ihm sprach. Trotzdem hatte sich das Ganze allemal gelohnt. Tommys Stimme war verstummt. Für immer. Und heute konnte er diesen schrecklichen Ort endlich verlassen.

»Könn' wa jetze?«

Andreas nickte. Mit den beiden Tüten in Händen, ließ er sich ein allerletztes Mal durchs Zahnpasta-Labyrinth führen. Thorsten hielt ihn dabei gewohnt fest am Arm gepackt, beinahe als fürchte er, Andreas beabsichtige, sich zu wehren. *Wie albern ...*

Durch eine Vielzahl an Sicherheitsschleusen und mit Stacheldraht gesicherten Außenfluren erreichten die zwei schließlich eine unscheinbare, graue Tür im Mauerwerk. Das gigantische, schmiedeeiserne Tor, von dem Andreas seit vielen Jahren träumte, existierte wohl nur in seiner Fantasie.

Genau wie Amelie, die mir lächelnd entgegenrennt ...

Andreas' Herz wurde schwer. Es gab niemanden, der da draußen auf ihn wartete. Er würde sich allein durchschlagen müssen.

»Wat is'n jetze? Kriegste kalte Füße?«

Er atmete noch einmal tief durch, warf dem Hünen irgendeine Abschiedsfloskel zu – und trat in die Freiheit. Die Tür fiel hinter ihm ins Schloss. Ein elektronischer Verriegelungsmechanismus surrte leise.

Er blickte nach rechts, die Straße entlang, die in seine Heimatstadt führte. Ganz weit hinten zeichnete sich der Fernsehturm als spitze Nadel vor blauem Himmel und Schäfchenwolken ab.

»Na, wie fühlt es sich an?«

Er fuhr herum.

Pokey lehnte an einem der Bäume, die den Gehweg säumten, und grinste breit.

Er blinzelte perplex. »Was ... was machst du ... wieso bist du ...?«

»Wieso ich bei dir bin?«, fragte der kleine Kerl – und Andreas stellte mit wachsendem Entsetzen fest, dass er dabei den Mund geschlossen hielt. »Aber das bin ich doch immer.«

Immer dann, wenn du meine Hilfe brauchst.

*Ein Tropfen Liebe ist mehr
als ein Ozean Verstand.*

BLAISE PASCAL

NACHWORT & DANKSAGUNG

Liebe Leserin, lieber Leser,

vielen Dank, dass du dich in meine Welt getraut und Andreas, Volker, Sandra und Elisa ein Stück des Weges begleitet hast. Ich hoffe, du hattest vergnügliche Lesestunden.

Trotz intensiver Recherche kann ich nur erahnen, wie sich ein psychisch kranker Mensch fühlt. Einige Teile dieses Romans unterliegen daher ausdrücklich der künstlerischen Freiheit. Andere, wie etwa das häufig kritisierte Konstrukt des Maßregelvollzugs, beruhen auf tatsächlichen Gegebenheiten.

Die weiße Gummizelle, wie man sie aus Film und Fernsehen kennt, sucht man in deutschen Forensischen Kliniken vergebens. Die Isolationszelle ist tatsächlich ein Raum ganz in »Cool-down-Pink«. Zyankali, Story, Dumbo, der Käpt'n und Hairy sind realen Personen nachempfunden, die derzeit in einer Einrichtung ganz ähnlich der Station F leben.

Ein Fall wie der des Chamäleons wurde jedoch nur ein einziges Mal dokumentiert. 2007 behandelte der italienische Arzt Giovannina Conchiglia einen 65-jährigen Patienten, dessen Persönlichkeit sich an den äußeren Umständen zu orientieren schien. Gegenüber den Medizinern gab er sich selbst als Arzt aus, in eine Bar gebracht,

mixte er fleißig Cocktails, und in der Krankenhaus-
küche behauptete er, Chefkoch zu sein und sich sogar
Spezialmenüs für Diabetiker ausgedacht zu haben. Die
Ursache für dieses Verhalten war allerdings keine
psychische Erkrankung, sondern eine Verletzung des
Frontallappens, also dem Ort im Gehirn, der für die
Kontrolle von Hemmschwellen verantwortlich ist. Der
Cammy, wie er in diesem Buch existiert, entspringt also
nur meiner Fantasie.

Es war mir eine große Freude, ihn und all die vielen
anderen Charaktere zum Leben zu erwecken, mit ihnen
zu leiden, zu lachen und zu weinen. Vom Manuskript
bis zum fertigen Buch braucht es aber weit mehr als
eine Autorin im stillen Kämmerlein. Deshalb möchte
ich mich an dieser Stelle bei all jenen bedanken, die mir
dabei geholfen haben, dass du, liebe Leserin, lieber Leser,
diese Zeilen nun vor dir hast:

Sarah Lippasson, die weit mehr getan hat, als es ihre
Aufgabe als Lektorin beinhaltet. Du bist der Wahnsinn!

Martin Krist, dessen fantastische Thriller mit hohem
qualitativem Anspruch mir eine stetige Inspiration sind,
und der immer ein offenes Ohr für mich hat.

Vivienne Schneider, die wie immer fleißig Tippfehler
ausgemerzt hat.

Anke Koopmann, aus deren digitaler Werkstatt das
wundervolle Cover stammt.

Mein guter Freund Jan, der vorab gelesen und viele
tolle Gedanken eingebracht hat.

Und natürlich bedanke ich mich bei Phil, dem Mann an meiner Seite. Ohne dich, dein Verständnis und deine Unterstützung, wäre ich wohl beim Schreiben selbst dem Irrsinn verfallen.

Wenn dir, liebe Leserin, lieber Leser, gefallen hat, was wir gemeinsam geschaffen haben, dann empfiehl dieses Buch (online und offline) weiter und/oder schick mir einen Kommentar per Mail an emely@emelydark.com. Ich freue mich auf deine Meinung!

Emely Dark
Dezember 2021

EMELY DARK

VERBORGENE
SCHREIE

PSYCHOTHRILLER

»SING, BABY, SING UM DEIN LEBEN!«

Julias Leben ist perfekt. Sie hat ein Vermögen geerbt und
den Traummann geheiratet. Jetzt startet die gemeinsame
Musikkarriere durch, die Fans liegen ihnen zu Füßen.
Doch hinter der glänzenden Fassade lauert etwas Dunkles.
Als Julia das merkt, ist es längst zu spät.

Ausgelaugt von der Pflege des alzheimerkranken Vaters
entdeckt David in einem von Julias Songs eine Botschaft.
Kann er die Sängerin retten?

»Beklemmend und hochspannend –
mit ihrem neuen Thriller zeigt Emely Dark,
was sie kann!«
Martin Krist

»Ein Thriller, der sich
mühelos durchsuchten lässt.«
Sarah Lippasson

EMELY DARK

LERNE ZU

DIE AKADEMIE DES TODES

HASSEN

THRILLER

DÜSTER. BLUTIG. SPANNEND.
»DIE AKADEMIE DES TODES«

Fünf Sekunden. Ein winziger Fehler, und plötzlich ist
Alex' Zukunft in Gefahr. Der erfolgreiche Geschäfts-
mann hat ein tödliches Geheimnis. Jetzt droht es, ans
Licht zu kommen.

Wie viel wissen die Kommissare? Und wer steckt hinter
der geheimnisvollen Botschaft, die auf der Türschwelle
liegt?

Alex verstrickt sich in einem Netz aus Angst und Gier,
das ihn unversehens zurück in die Vergangenheit führt
– und zu einer Chance, die sein Leben für immer
verändern könnte …

EMELY DARK

NACHT ANGST

DAS WESEN DER STILLE

THRILLER

EMELY DARK

NACHT WAHN

DER RUF DER VERGELTUNG

THRILLER

DIES IST NICHT IRGENDEINE GESCHICHTE.
ES IST MEINE GESCHICHTE.

Nacht für Nacht kämpft Emely mit den Dämonen ihrer Kindheit. Vom wahnhaft christlichen Vater jahrelang seelisch misshandelt, kann sie auch als Teenager die widersinnige Angst vor Hexen und Wiedergängern nicht abschütteln, die er in ihr gesät hat.

Als ein schwerer Schicksalsschlag die junge Frau gänzlich aus der Bahn wirft, beginnen Vision und Realität zu verschmelzen – bis Emely sich der Wahrheit stellen muss. Der Wahrheit über die Angst. Aber vor allem über sich selbst.

EMELY IST ERWACHSEN GEWORDEN.
UND SIE GIERT NACH RACHE.

Drei Kinder, in der Gewalt eines Entführers.
Eine Mörderin, auf der Jagd nach Verbrechern.
Und ein Polizist, von der Justiz enttäuscht.
Das Spiel beginnt...